掌上明珠

2

風 文創
284

月半彎 著

目錄

第三十章

那些黑衣人離開不久，一輛簡簡單單的青布馬車慢悠悠駛來。

「咦，公爺，前面河灘上好像有個死人？」車夫忽然一勒馬車，回頭對車內人道。

「是嗎？」一個蒼老的聲音從車裡傳來，車內人似是沈吟片刻，終於吩咐道：「你去瞧瞧。」

「是。」車夫應了一聲，跳下馬，探了下那人的鼻息，忙揚聲道：「公爺，好像還有口氣。咱們要不要救？」

「還活著？」車裡老人微睜了下眼睛又閉上。「你看著辦就好。」

還沒坐穩，那車夫突然極為驚嚇似的大叫一聲：「公爺！」

老人不由皺眉。阿武跟著自己南征北戰多年，血河屍海都見過，怎麼今日卻這般沈不住氣？果然是太久沒有上戰場了嗎？

「公爺！」哪知安武抱起河灘上的人就跌跌撞撞地跑了過來，眼睛裡甚至還有淚花。

「您快看，您快看呀！」

老人越發蹙緊了眉頭，剛要呵斥，卻在看到安武懷裡的年輕人胸口處綴著一塊缺了角的玉珮，及玉珮下傲然而立的奔馬形胎記時，呆在了那裡。

「快，回京！」

「少爺，你醒醒啊，少爺……」

霽雲只覺頭昏昏沈沈的，耳邊好像總有蒼蠅在嗡嗡嗡地飛來飛去，想要抬起手，卻覺得有千斤重。

「少爺、少爺的手動了！」

那聲音再次響起，是阿虎？

「阿虎……」霽雲以為用盡了全身的力氣，卻不過是微微發出了一點點聲音。「阿遜……」

現在是什麼時間了？爹爹呢？自己為什麼會躺在這裡？

卻只來得及吐出「去邊關」幾個字就再次昏了過去。

「少爺。」李虎緊緊握住霽雲的手，紅著眼睛衝著門外道：「爺爺，您快來看看我家少爺！」

茅屋外，一個正在磨柴刀的老人聞聲忙放下手中東西，快步走進屋來，看到臉上仍是隱隱有些青氣的霽雲，不覺嘆了口氣。

「阿虎啊，你家少爺，這是身上餘毒未清。爺爺這點草藥，現在看來，八成是不濟事了。這附近窮鄉僻壤的，也沒有什麼好大夫，不然，你們再回奉元。」

回奉元？李虎愣了一下，馬上搖頭。那批賊人明顯就是衝著兩位少爺來的，也不知他們走了沒有？現在自己身上受傷，大少爺不知所蹤，小少爺又昏迷不醒，這次能逃出來，已經是僥天之幸，若是再碰見，定然有死無生啊！

不然，就按少爺說的去邊關。

小少爺昏睡中，不是一直說他的爹爹在軍營中嗎？說不定找到少爺的爹，就能救少爺了！

主意已定，他就轉頭對老獵戶道：「爺爺，我們要去邊關的話，不知道要走幾天啊？」

聽李虎如此說，老獵戶不由皺緊了眉頭。「你這孩子怎麼如此糊塗，如今兵荒馬亂的，你一個小孩，你家少爺身子骨還這麼弱，你們往邊關跑什麼啊？聽爺爺的，就去奉元。」

「爺爺。」李虎神情黯然。「不是阿虎不聽爺爺的話，實在是那些追殺我們的仇家就在奉元，這個時候，我們不能回去啊。」

「啊？」老獵戶也呆了一下，狠狠拍了下桌子。世上怎麼有這麼狠的人？不過是兩個小孩子，就下這般狠手！

若不是自己趕巧去溝裡設的陷阱看有沒有獵物掉進去，阿虎這小子怕是連命都沒了。還有那小少爺，這麼小的年紀，傷得卻這般重，幸好他那匹馬有靈性，把人馱到了自己的茅屋外……

「我們少爺的爹正在軍營中，阿虎想著，找到老爺，說不定少爺還有救。」阿虎接著道。

「原來你家小少爺的爹也在軍營裡啊……」老獵人怔了怔，沈吟半晌。「若是軍醫，應該是治這種刀傷的好手。兩個孩子可憐見的，也罷，我就跟你們一塊兒去吧。我那兒子正好也在軍營裡，說不定還能幫上忙。」

這幾日，山下一直傳言說，祈梁國勾結朝中奸臣要害忠良，逼邊關的容帥和高侯爺退兵，說不定會惹得上天震怒，降下懲罰。自己心裡雖也萬分希望趕緊收兵，可要真是祈梁國的陰謀詭計，那怎麼著也要把祈梁國先打趴下才好。

而且這幾日，這山上的動物好像都很不對勁，大冬天的，自己昨兒個竟見著好幾條蛇爬出來……

「爺爺，謝謝您，李虎替少爺謝過您的大恩大德！」李虎跪下朝著老獵戶重重磕了三個響頭。自己人生地不熟的，又傷了一條腿，要去虎牢關，不知得走到什麼時候，沒想到爺爺竟主動提出陪自己走這一遭。更要緊的是，爺爺還粗通醫術，這一路上，起碼可以保證少爺性命無憂。

老獵戶姓劉，也是個爽利人，說走就馬上收拾東西，好在茅屋中東西倒也簡單，很快就套好了一輛牛車，把霽雲抱到上面，厚厚蓋好。

至於那匹玉雪獅子驄，這麼忠心的馬兒，老獵戶還是頭一遭見到，心裡稀罕得緊，就不捨得套上，那玉雪獅子驄倒不用人牽，一直乖順地跟在牛車後面。

幾天裡，霽雲仍是一直昏迷，或者偶爾哭叫「爹爹」、「阿遜」，李虎雖是腿傷還未痊癒，早已心急如焚，便央求著老獵戶再快些。

這日傍晚時分，終於到了虎牢關外。

劉栓長吁一口氣，心裡卻是有些犯嘀咕。雖是阿虎那個孩子一直說軍營就在虎牢關，可孩子的話怎能作得了準？自己明明聽說前些時日軍隊還駐守在居元關的。

拉了牛車進了關，打聽之下，果然也就有些守軍罷了，容帥的大軍可不在這裡。

「爺爺，阿虎瞧著我家少爺這兩日情況好像更不好了，不然，咱們先找個醫館瞧瞧吧。」

聽說大軍不在這裡，李虎愣怔了片刻，強忍著淚道。

劉栓瞧了瞧已經病得脫了形的霽雲，按住想要下車的李虎，嘆了口氣。「好孩子，你的腿有傷，爺爺去就成。」

「咦，玉雪獅子驄！」車外忽然響起一陣驚嘆聲。

劉栓忙往外一瞧，不由嚇了一跳，卻是一個衣著華貴的高傲男子正兩眼發光地瞧著一直跟在車旁的小白馬，男子身後除了同樣趾高氣揚的隨從外，竟然還有整整齊齊的兩隊士兵。

劉栓雖是久居深山，可看這人排場也知道定然是了不得的大人物，忙跳下車，陪著笑地不住鞠躬。

「這位官爺見諒，小老兒不知道擋了您老的路，小老兒這就走。」說著慌裡慌張地牽著牛車就想往路邊去。

劉栓一走，玉雪獅子驄昂首嘶鳴了一聲，伸頭就去頂一直在自己身上摸個不停的高傲男子。

男子猝不及防，一張臉正好貼上小白馬的大嘴巴，驚得忙往後仰身，因剛下過雪，地下濕滑，竟是撲通一聲摔了一跤。

後面領隊護衛的白袍將軍最先忍不住笑出聲來，其他將士也都捂著嘴巴悶笑不已。

劉栓一愣，忙停好牛車，想要伸手去扶男子。

男子已經被隨從給七手八腳地扶了起來，看到劉栓過來，抬起腳朝著老人的心口就踹了過去。

「混帳東西！」

劉栓哎呀一聲，捂著胸口就倒在了地上。

李虎聽得外面聲音不對，忙下車，正好看到劉栓倒在地上，忙下車，一瘸一拐地跑過來，帶著哭腔道：「爺爺，您怎麼了？」抬頭怒視著男子。「你憑什麼打人？」

「憑什麼打人？」男子冷笑一聲，神情傲慢地瞧著李虎。「爺心情不好，自然就要打人。來人！」

當下就有兩個隨從上前，對李虎拳打腳踢。

那白袍將軍神情厭惡至極，心裡更是後悔萬分。定是自己方才的笑聲惹惱了這位特使大人，也連累了這位老人和這個孩子，忙上前攔住那兩個隨從，又轉身對著男子陪笑道：「大人，晚宴應該已經準備好了，大帥和侯爺怕是已經候著大人了，咱們還是回去吧。」

男子哼了一聲，這才翻身上了馬，又有一個機靈的隨從上前去牽那小白馬。

李虎踉踉蹌蹌就撲了過去。「那是我家少爺的馬。」

卻被隨從狠狠推倒在地。

「什麼你家少爺的，這匹馬大軍征了，快滾！」

說著拽著小白馬就揚長而去。
白袍將軍氣得渾身發抖，拳頭鬆了又緊、緊了又鬆，終於狠狠一跺腳。
真他娘的想剁了這狗娘養的！
男子騎在馬上不屑地斜了一眼滿臉怒氣的白袍將軍，冷笑一聲。「林將軍，還不走？」
說著朝馬屁股直抽了一下，那馬兒揚開四蹄，就開始在大街上橫衝直撞，嚇得路人紛紛走避，頓時亂成了一鍋粥。
林將軍臉一變，順手從懷裡掏出錠銀子塞給劉栓。
「老丈見諒，是林克浩對不住您了。老丈若有事，可到軍營找我。」
說著，忙急匆匆上了馬追過去。
林克浩？李虎卻一下抬起頭。當初在佢裡時，帶著他們一群沒爹沒娘的孤兒要飯的大哥也叫林克浩啊！
可那時大哥面黃肌瘦，跟豆芽菜相仿，方才那位將軍卻是身材魁偉……
但細細回想，好像那眉眼就是有些相似呢！
「哎喲……」旁邊的劉栓又呻吟了一聲，李虎忙爬了過去，艱難地把劉栓扶起來。「爺爺，都是我們連累了你。」
「別說傻話。」幾天相處，劉栓也對虎頭虎腦的李虎很是喜歡，這會兒看這孩子為了護自己，被打得鼻青臉腫的模樣，不由又是心痛又是憤怒。「走吧，孩子，咱趕緊找個醫館。」

哪知剛走幾步，迎面又一個軍士快步跑來，上前就抓住劉栓的胳膊。「你們已經搶走我們的馬了，還想幹什麼？」李虎嚇了一跳，忙護住老人。「快放開我爺爺！」

哪想到劉栓卻一把握住來人的手，渾身都是哆嗦的。「陶兒？是陶兒嗎？」

那軍士撲通一聲就跪倒在地。「爹，是我，是我啊！」

爹？李虎愣了一下，這個人不是方才那個壞蛋的手下，而是爺爺的兒子？

「陶兒，真的是你啊！」劉栓上上下下不住打量著兒子，終於確定眼前的人確實是自己的兒子，不但活著，也沒有缺隻胳膊少條腿，一把摟著兒子，不由老淚縱橫。「陶兒啊，爹作夢都想見你啊！」

忽然想到什麼，忙拉起還跪在地上的劉陶。「這麼說，咱們大軍真的回來了？」

劉陶擦了把眼淚，扶起劉栓。「可不是。大軍現在就在虎牢關外十里處。大帥說天晚了，不想擾民，就改在明日進關。對了，爹，您怎麼到這裡來了？還有這孩子臉上的傷是哪個打的？馬兒被搶又是怎麼回事？」

劉栓擦了把淚。「這事說來就話長了……」

聽劉栓說完前因後果，劉陶雖是氣得發抖卻也無可奈何。

「爹，我知道您說的是哪個大人了，定然就是那個狗屁特使謝薈！那人仗著特使的身分，又是上京謝家人，除了對著大帥還客氣些，就是高侯爺面前，也是傲慢得不得了！您知道我到這虎牢關做什麼？就是這謝薈說軍隊的飯菜吃膩了，讓我們這些伙頭兵來給他搜羅山珍海味來了！

「也幸好我來了，不然就碰不到爹了。」劉陶擦了把淚，街對面幾個兵丁打扮的人已經對著劉陶招手。

「劉陶，別磨蹭了，咱們得趕回去了。」

「欸。」劉陶應了一聲，轉身對劉栓道：「爹，走吧，跟我一起到軍營讓軍醫給你們瞧瞧。」

聽劉陶如此說，李虎頓時大喜。

劉栓卻是有些猶豫。「我們去的話，將軍們會不會怪罪你？」

「沒事。」劉陶搖搖頭。「那幾個都是我的生死兄弟，況且大軍班師，便是地方負責接應的官吏也來來往往，軍營裡並不似原來那般森嚴。車裡那小兄弟我也看了，要不早點讓軍醫瞧瞧，說不定有性命之憂。等會兒，你們躲在我們買東西的車裡悄悄進去，等軍醫瞧過了，我再把你們送出來。」

「好，好。」劉栓忙點頭。

「對了，劉大哥，」李虎忽然想到一件事，忙拉住劉陶的衣襟。「你們軍營裡有沒有一位老家是侶裡來的，名叫林克浩的人？」

「小兄弟認識我們林小將軍？」劉陶一愣。「林小將軍可是少年英雄，是容帥的愛將呢！不過他老家是哪裡，我倒是不曉得。」

「是嗎？」李虎怔了怔，便沒再問。

那些等著劉陶的兵丁聽劉陶說了事情經過，果然一口答應了下來，將霽雲三個挪到馬車上，又把牛車寄存在一個小客棧裡。

天擦黑時，一行人終於回到軍營。

第三十一章

「大帥、侯爺！」林克浩坐在下首，氣得直喘粗氣。「咱們大軍的臉面，都教那位謝大人丟盡了！」

「怎麼了，克浩？」看到林克浩緊繃的臉，高岳難得起了逗弄的心思。「今兒個去了一趟虎牢關，有什麼感受啊？咱們風流倜儻的林小將軍，準是迷倒一大片大姑娘小媳婦吧？」

「侯爺您又取笑末將。」林克浩咧了咧嘴，露出一個比哭還難看的笑容。「還大姑娘小媳婦呢，末將都要被人罵死了。」

「謝薈？」容文翰放下手中的茶杯，神情中隱隱帶上些冷意，令得周身儒雅清貴的氣質更添了些肅殺之氣。

「就是那個謝大人。」想起虎牢關的事，林克浩就是一陣堵得慌。「……搶了人家一匹玉雪獅子驄不說，還打了那對爺孫一頓，末將怕謝大人再惹事，只得跟著趕了回來。」

「玉雪獅子驄？」高岳愣了一下。愛武之人一向最稀罕寶刀或者好馬，聽說竟有一匹玉雪獅子驄被搶了過來，不由大感興趣。「真是玉雪獅子驄，你沒看錯？那樣價值連城的寶馬良駒怎麼可能會是普通人所有？你確定真的是一對貧苦的爺孫倆？」

「是啊。」林克浩認真回想一下，也覺得有些奇怪，那對爺孫的穿著，實在不像是能用得起這般寶馬良駒的人啊！

「自作孽，不可活。」容文翰語氣平淡，林克浩聽得卻是一樂。

謝薈不知道，他們這些經常跟在大帥身邊的人可最清楚，大帥說道誰的語氣越淡，說明那個人就越該倒楣了！

「大帥、侯爺，末將告退。」

「你去吧。」容文翰頷首，並未挽留。

林克浩知道，大帥定是還有要事要和侯爺商量，忙行了個禮，這才走出帳外。

走了一段距離，林克浩忽然站住，瞧著一個漆黑的角落。

「誰？出來！」

躲在那裡的劉陶嚇了一跳，忙快步上前，給林克浩磕了個頭道：「劉陶見過林將軍。」

「劉陶？」林克浩這才看清來人，倒也認識，卻是伙房裡的劉陶，緊繃的神經這才鬆弛下來。「是你啊，起來吧。這麼鬼鬼祟祟做什麼？」

劉陶卻不起來，又磕了一個頭道：「將軍，實是小人有事相求。」

「有事？」林克浩愣了一下，擺擺手道：「有什麼事起來說話。」

劉陶這才小心翼翼地起身，苦著臉道：「將軍見諒，剛才特使派人來吩咐說，要喝鮮魚湯，您說這天寒地凍的，我們上哪兒去弄啊？」

「真他媽的不是東西！」聯想到下午的事，林克浩臉色越發難看。「我們這是大營，他以為這是他們謝家開的酒樓嗎？」

只是這位謝大人目前是奉皇命而來，還真不敢得罪他。

雖是恨得牙根癢癢，可容帥和侯爺沒有發話，林克浩也不敢和他對上，只得憋氣道：「我那裡還有前兒一對兄弟送來的兩條醃製的鹹魚，一直沒捨得吃，你拿走吧！」

「是，謝謝林將軍。」劉陶大喜，忙跟著林克浩往營帳而去，路上又小心地說了自己爹受傷的事。

林克浩一愣。「今天下午那老人是你爹？他現在在哪裡？」

聽劉陶說就藏在自己帳裡，林克浩明顯皺了下眉頭。

「劉陶，你這事有些魯莽，怎麼不先來跟我商量一下？」

自己瞧著那謝薈的一幫手下，每天在營中賊眉鼠眼的，怕是沒安什麼好心。

劉陶嚇了一跳，吶吶道：「將軍，實在是那位小兄弟傷太重了。」

「算了。」林克浩擺擺手。「帶進來就帶進來吧。你趕緊回去安排一下，我這就領著軍醫去瞧一下。」

兩人剛離開，營帳後面便轉出一個人來，瞧著兩人的背影一陣冷笑，轉身就往和帥帳並列的謝薈帳中而去。

「把陌生人領進了大營？」謝薈倏地坐了起來。

「可不是，大人。」那隨從一臉諂笑。「小的可是聽得清清楚楚，大人，您看……」

謝薈冷笑一聲。

「你下去，安排一下人手。」

這麼多天，自己這個特使可真是受夠了！

本以為如此榮耀的身分，終於可以擺擺譜了，而且既然是大捷，少不得肯定還能分不少油水。

沒想到無論自己明示暗示，容文翰都是一副裝傻充愣、絲毫聽不懂的樣子！既然刮不了多少油水，那就趕緊回上京好吧，可容文翰倒好，照樣慢騰騰的，也不說不走，就是這樣半死不活地拖著。這麼多天了，天知道自己有多憋屈！

容文翰還罷了，自己也知道自己有幾斤幾兩，想要動容家家主，自是毫無可能，可包括高岳在內那些四肢發達的武夫又是怎麼回事？特別是那個林克浩，名為保護自己，看著是監視自己還差不多，處處給自己難堪。

今天，自己就先拿這小子立立威！那容文翰不是最寵愛這個林克浩嗎？自己今天就偏要打他的臉！

「跟著他們，什麼時候看到林克浩領著人進去了，就馬上回來稟報。」

劉栓和李虎護著霽雲，焦急地在帳中等待著，一直到天完全黑下來，劉陶終於回來了。

「劉大哥，怎麼樣？」李虎輕聲道。

劉陶點了點頭。「林將軍已經答應了，很快就會帶人過來。」

「謝謝劉大哥，大恩不言謝，李虎替少爺給大哥磕頭。」李虎說著就要跪下。

「別。」劉陶忙攔住，剛要吩咐李虎準備一下，外面就響起一陣腳步聲。

劉陶嚇了一跳，忙抬頭看去，卻是林克浩正帶了軍醫掀開幔帳進來。

李虎怔怔看著走在前面的英偉少年將軍，慢慢起身，顫著聲道：「克浩大哥，真的是你嗎？」

林克浩一愣，看了李虎一眼，隱約有些熟悉，卻又一時想不起來。

李虎終於能夠確定，眼前這人就是當年領著他們一群娃兒乞討的林克浩，紅著眼睛又上前一步。

「大哥，我是李虎，佢裡的李虎啊！」

「啊？」林克浩臉色瞬間大變，猛地上前一步，把李虎拉到燈影下，上上下下打量著，一下攥住李虎的肩頭。「小虎子，真的是你？都長這麼高了！你怎麼來這裡了？」

「大哥。」李虎狠狠抹了把眼淚。「你讓人救救我家少爺。我家少爺真的是好人，你快點讓軍醫救救他好不好？」

「你家少爺？」林克浩這才看到床上還躺著個十歲出頭的孩子，紅著眼睛道：「你就跟在他的身邊？好，你放心，這位小少爺可是咱們的恩人，我就是拚了這條命也要救他。」

軍醫已經上前把霽雲翻過來，查看背部的傷口，越看臉色越是沈重，良久，終於起身，衝林克浩一拱手。

「林將軍，這孩子身中劇毒，好在毒素已經被人吸出了些，只是這毒太過霸道，留在體內的雖不過兩分，卻仍是已然擴散至四肢，好在五臟六腑尚無大礙。我目前所做，也只能控制毒素不再蔓延，若想完全清除，還須服用產自西岐雪山之頂的冰晶雪蓮……」

「冰晶雪蓮？」林克浩愣了一下。「只有西岐有嗎？」

「是啊。」那軍醫遲疑了一下，還是點了點頭。「這雪蓮花生長在西岐極寒的雪山之巔，聽說每隔百年才會有一次花期。不過屬下倒是記得，六年前，西岐曾經進貢宮中四朵雪蓮，以這孩子的傷勢，服用兩片花瓣應該就足以清除餘毒。」

李虎和林克浩一聽，心一下涼了半截。別說兩瓣，就是一點雪蓮渣，他們又能去哪裡尋來？

「克浩大哥，」送走那名軍醫，李虎含著淚道。「你能不能再多找幾個軍醫來，還有再幫忙打聽一下，咱們大營中可有姓容的將軍？」

「姓容的將軍？」林克浩愣了一下。「阿虎找姓容的將軍做什麼？」

「我家少爺的爹也在軍營中。我們這次來，就是為了找少爺的爹。」李虎哽咽著道。「沒想到卻在路上被人伏擊，少爺當時說，是有要事要找老爺，而且，說不定少爺的爹可以救少爺呢！」

「你們少爺的爹也在大營中？」林克浩也很是吃驚，可整個大營裡，除了大帥，自己再沒有聽說第二個姓容的人啊！而且私下裡，自己也聽高侯爺說過，大帥膝下並無兒子啊！

想了想道：「阿虎可知道你家老爺的名諱？」

李虎黯然搖了搖頭。「少爺並未說起過。」

林克浩沈吟半晌，拍了拍李虎的肩膀。「阿虎放心，只要毒素不再蔓延，好歹這小少爺沒有性命之憂。等回到上京，大哥不要任何封賞，只向陛下討兩瓣雪蓮，想來陛下仁慈，應該能准大哥所求。我再回去打探一下，看有沒有其他姓容的將士。」

說著，起身就要走，哪知剛拉開營帳，就被人擋住去路。

「林克浩，你身為我大楚將軍，不思殺敵報國，怎麼竟私通奸細？」

林克浩抬頭，卻是謝薈正帶了他那班隨從堵在營帳外。

「謝大人，如此深更半夜，大人不在帳中安眠，怎麼跑到這裡來了？」

謝薈冷冷一笑。「林克浩，你到現在還裝傻？」說著，一揮手。「把林克浩和這帳裡的奸細全都拿下！」

「謝大人莫要血口噴人！」沒想到謝薈竟然一上來就直接給自己安了這麼個罪名，林克浩大怒，一腳踹倒兩個撲上來的隨從。「你明知道他們根本不是奸細。」

「林克浩。」沒想到林克浩竟敢反抗，謝薈頓時大怒，厲聲道：「林克浩若不束手就擒，就把這帳內所有人格殺勿論！」

「你——」林克浩慢慢垂下雙手，憤然道：「沒想到謝大人竟是如此卑鄙無恥之輩！」

這幫子隨從固然人多，可要想對付自己，也得費一番功夫，只是身後阿虎他們均是老弱傷病，真打起來，怕是凶多吉少！

營帳外面忽然人影一閃，卻是那剛剛離開的軍醫，正拿了包藥物折返，看到帳中的情形不由大吃一驚，沈吟片刻，轉身就往中間的帥帳而去。

「抓了克浩？」容文翰本已準備安歇，聽了軍醫的稟報也出乎意料，當即讓侍衛喚起高岳，一行人急匆匆往劉陶的營帳而來。

「林克浩。」謝薈笑吟吟地看著乖乖被綁的林克浩，心裡得意至極，上前一步，陰陰道：「怎麼，心裡不服？」

說著，抬腳就朝林克浩腹部狠狠踹了過去。

「你們這些下賤庶民，也敢在爺面前擺譜，我呸！」

林克浩身子猛地一歪，卻是恨恨吐了一口唾沫。

「喲，不服氣是不？」沒想到都這個時候了，林克浩還是這般桀驁不馴，謝薈氣得拿起鞭子，劈頭蓋臉地朝著林克浩就抽了過去。「爺今天就讓你記住，什麼人是你永遠也不能得罪的！」

鞭子抽在林克浩的臉上，帶起一溜血痕。

「大哥！」

「林將軍！」

李虎和劉陶想去護住林克浩，卻被隨從狠狠推倒在地。

「咦，這床上還有一個！」又一個隨從忽然道，說著上前解開幔帳，正露出裡面昏睡的霽雲。

「都拉出來，我們走！」謝薈冷笑一聲，吩咐道。

「是。」那隨從上前拽住霽雲的腳就朝床下拉，霽雲撲通一聲栽倒在地，頓時有鮮血順著額角流了下來。

「放開我家少爺！」李虎瘋了一般推開抓著他的人，撲上去就想扶霽雲，卻被身後的人拽住頭髮拉了回來。

「你們幹什麼？」林克浩大怒。「謝薈，你要對付我就儘管來，對付個小孩子做什麼？」

沒想到對這個小孩子出手，這些人反應會如此大。謝薈只覺很有意思，一指那個隨從道：「把他給我拖過來，我倒要看看這是何方神聖，竟讓咱們林大將軍護得這麼緊！」

「謝薈，我和你拚了！」眼見那隨從竟真的倒拖著霽雲向前，林克浩氣到簡直要瘋了，使盡全身的力氣去撞旁邊抓著自己的人，謝薈只看得哈哈大笑。

正值一片混亂之時，帳外忽然傳來一個清冷的聲音。「你們這是做什麼？」

謝薈嚇了一跳，反射般就站了起來。

「容公。」

話音未落，容文翰和高岳一前一後走入營帳。

「大帥。」林克浩撲通一聲跪倒，紅著眼睛道：「大帥快瞧瞧那小少爺怎麼樣了！」

「什麼小少爺？」謝薈寒著臉道。「這明明是祈梁國的奸細！」

「你胡說！」李虎也跟著跪倒，哭著道：「求大帥救救我家少爺，我家少爺不是奸細，我家少爺是來找爹的！」

容文翰眼睛慢慢掃過來，那拖著霽雲的隨從嚇了一跳，手一鬆，霽雲咚的一聲摔在地上。

劇烈的疼痛讓霽雲腦子微微清醒了些，吃力地張開眼，入眼卻正是容文翰挺拔的身材、溫潤的眉眼，兩滴淚水順著眼角緩緩淌下。

「爹……」

自己是在作夢嗎？竟然夢到了爹爹……

容文翰身子猛一踉蹌，不敢置信地瞧著地上半死不活的霽雲，顫顫地上前兩步，一把抱住地上的小人兒。

「你方才說什麼？」

「爹……」霽雲眼中的淚流得更急，用盡全身的力氣低低說了一句。「雲兒，好想你……」

頭一歪，便再次昏死了過去。

第三十二章

「快去把李昉找來！」容文翰厲聲道，說完身子一軟，竟然跪坐到了地上。

自己剛才聽見了什麼？這個孩子竟然叫自己爹，還自稱是雲兒？

李昉？高岳愣了一下。李昉雖也是軍醫，身分卻是特殊得很，祖上本是朝中名醫，早年曾獲罪，為容家所救後，便甘願入容家為僕。只是他家醫術高明，便是當今聖上的痼疾也多賴李昉父親才得以痊癒，容家歷代也只視他家為賓客罷了。

而這李昉，是年輕一輩中醫術最高妙的，說是軍醫，其實也只看顧容文翰一人罷了。

「容公，您這是做什麼？」謝蒼臉色陰沈地上前一步。「這明明是敵國的奸細，容公切莫上當！」

又給那隨從使了個眼色。「沒長眼睛嗎？還不快把人帶下去！」

那隨從也明白，今日裡要不坐實了這些人奸細的身分，那大人也好，他們這幫隨從也罷，怕都是要吃不了兜著走。

「容公爺，您身分高貴，怎麼能讓這般來歷不明的奸細近身？這奸細就交給小人，任他是鐵嘴銅牙，小人都能給他撬開。」

沒想到一番話說完，容文翰竟仍是跪坐在地上，傻了似的緊緊抱著懷裡的人兒。那隨從有些莫名其妙，就抖著膽子上前，竟然真的伸手就想去扯容文翰懷裡的霽雲。

哪知手還沒碰到霽雲，容文翰倏地抬起頭來，那眼中驟然而起的殺氣，驚得那隨從撲通一聲跪倒在地。

「大帥饒命！」

「謝大人。」高岳也察覺到容文翰的不對勁，上前一步擋住謝蒼。「這裡是軍營，可不是你謝大人的私宅。這幾人是否奸細，可不是你一個人說了就能算的。」

謝蒼本來最怵容文翰，沒想到這麼久了，容文翰一直沒開口，反倒是高岳，這般當眾不給自己面子，臉色頓時有些難看。

「侯爺又有什麼證據證明這些人不是奸細？我堂堂大楚軍營，竟然任陌生人自由出入，可真是如菜市場一般了，怪不得對付區區一個祈梁，就打了四年之久！謝蒼回去定要拜表上奏，看看這大楚軍營容不容得了你高侯爺一手遮天。」

「這位大人莫要血口噴人！」李虎紅著眼圈道。「明明是你先搶了我家少爺的玉雪獅子驄，還毆打爺爺和我，我家少爺是來軍營找爹的，才不是你說的什麼奸細！」

「好了，孩子。」沒想到李虎竟敢跟那個大官頂嘴，劉栓嚇得不住哆嗦，邊趴在地上磕頭邊道：「各位老爺大人不記小人過，阿虎這孩子還小，你們千萬別跟他一般見識。小老兒是劉陶的爹，小老兒可以作證，這兩個孩子真是咱們大楚人，是來軍營找爹的，只是路上被人追殺。」

「還有李虎，」林克浩也上前，一指李虎道：「這是我老家佢裡的兄弟，是我從小就認識的，也是地地道道的大楚人，謝大人憑什麼搶了人家的玉雪獅子驄不說，還誣賴別人是奸細？真當咱們大楚沒王法了嗎？」

「現在聽到了吧？謝大人。」高岳冷冷一笑，指著劉栓道：「這位老人家是劉陶的爹，還有克浩的那位小兄弟，明明就是地地道道的大楚人，你還有什麼話可說的？」

「是嗎？」謝薈冷笑一聲，揚手一指容文翰懷裡的霽雲。「那這個小東西呢，他又是什麼身分？你們說他是來找爹的，那他的爹又是哪個？還說我搶了他的玉雪獅子驄，可世人哪個不知，玉雪獅子驄可是價值連城，憑他一個小毛孩，用得起這般寶馬良駒？高侯爺，你不說我還不知道，現在我才明白，怪不得這些奸細能輕而易舉進入軍營，原來是內外勾結啊！」

「誰說我家少爺用不起玉雪獅子驄？」李虎抗聲道。「憑我家少爺是萱草商號的大當家，別說一匹，便是十匹百匹，我家少爺也用得起。」

「什麼？」李虎此言一出，高岳和謝薈神情都是大變。

萱草商號的名頭早已響遍大楚，誰人不知，哪個不曉？

謝薈忽然想到人說萱草商號富可敵國的傳聞，兩眼頓時閃閃發光。高岳則是又驚又喜，想不到竟突然有了自己和容公神交已久、心嚮往之的萱草商號的消息。

看容公這麼護著那孩子，敢情是早已知道其中關節？

自然，兩人對於李虎口中「大當家」一說都不曾放在心上，皆以為便是有關係，也定然是子姪。

可即便如此，也已經夠了。

拿了這孩子在手中，不怕萱草商號當家不乖乖把錢財拱手奉送……謝薈盤算著。

虧自己還說大軍凱旋，便要親自登門當面拜謝的，現在人家孩子竟然在自己眼皮底下被傷成這樣，真是豈有此理！高岳憤怒。

「爺。」一個一身灰布衣衫、年約二十上下的沈穩男子揹著藥箱快步而入，徑直掠過謝薈，往容文翰身邊而去。

「李昉，你快來，瞧瞧這孩子！」

李昉不由一愣。從小到大，自己見過容家家主的各種模樣，或光風霽月，或雲淡風輕，便是最悲傷時也不過默然而坐，何曾有過這般驚慌失措的脆弱模樣？

忙快走幾步。「爺莫急，讓我瞧一瞧。」

說著便要伸手去接，哪知容文翰卻是不放。「我抱著她，你快瞧瞧她！」

又深吸一口氣道：「傷在哪裡？傷得怎樣？」

「我家少爺主要是後背的傷。」李虎垂淚道，又磕了個頭，遞了包東西過去。「這些都是我家少爺一向隨身攜帶的，少爺自來愛惜得不得了，說是老爺給的。若不是此次傷重，少爺沒了意識，不然斷不會讓旁人碰。現在阿虎把這些交給大帥，求大帥快些幫少爺把爹找來，也好證明我們少爺真的是冤枉的！」

容文翰抖著手接過李虎捧著的小小包裹，慢慢打開，兩眼倏地睜大，一滴大大的淚珠泫然墜落，正正砸在那早已陳舊不堪的信箋和信箋上那枚小印。

李昉手一抖，驚得一下跪在了地上。

這小孩子到底是誰？怎麼爺竟然在流淚！

他突然想到一個可能，神情瞬間激動無比。

「爺，難道、難道她是……」

容文翰閉了閉眼睛，想要說話，胸口卻是一陣絞痛，內心更是生出滔天恨意，竟是除了點頭，再說不出一個字。

眼前忽然閃過剛出生時那個粉粉的小肉團子，以及最後留在印象裡，那個白白胖胖、天真爛漫的心愛女兒……

雲兒，到底是誰害得妳成了這般模樣?!

李昉眼裡一熱。竟然真的是小姐回來了？可自己記得那個每天跟在自己屁股後，跌跌撞撞喊自己「昉哥哥」的，明明是個胖乎乎的小丫頭啊？到底吃了多少苦，才會變成現在這般骨瘦如柴？

爺那麼疼愛小姐……

這世上，自己再沒見過比爺更愛女兒的爹了。自從小姐不見後，爺就經常整夜呆坐在小姐的房間裡……現在小姐這個樣子，爺怎麼受得了？

雖是極力控制，可李昉的淚還是怎麼也止不住，胡亂地在臉上抹了一把，才哽咽著道：「爺，李昉要先查看、查看一下，少爺的傷口……」

容文翰嗯了一聲，俯身抱起霽雲。

「去我的大帳。」

身子卻是猛地一晃，竟是跪坐得久了，兩腿早已沒了知覺。

「大帥，給我吧。」林克浩想要去接，卻被容文翰讓開，徑直往門外而去。

「容公。」謝薈愣了一下。容文翰這是什麼意思？萱草商號這麼大塊肥肉，他要自己占了？

「這怕不合適吧，我看這小子還是交給我——」

話音未落，容文翰忽然抬手，對著謝薈的臉上就是狠狠一耳光。

「就憑你也敢碰！」

謝薈一下被打懵了，捂著臉不敢置信地瞧著容文翰。

「我、我可是朝廷特使，容公你——」

容文翰卻是看也不看他。

「林克浩，把那謝薈和今日在這屋裡的所有隨從，統統押下去！」

「啊？」林克浩愣了一下，半天才反應過來，上前就反剪了謝薈。

「慢著，」李昉突然上前一步，揪住林克浩。「方才是誰把我家——不是，把小少爺的頭弄傷了？」

小姐額頭上的傷一看就是撞的，而且就在不久前。

「是他。」李虎恨恨的蹦起來，朝著方才那還耀武揚威的隨從就搗了一拳。「他故意把我家少爺摔到床下又拖著。」

話音未落，正抱著霽雲往前走的容文翰忽然轉身，當胸朝著那隨從就是一腳，那隨從慘叫一聲，就從帳裡飛了出去。

李昉仍不解氣，跟著跑到帳外，對著那隨從又踢又打，嘴裡還不知說些什麼。

直到容文翰和李昉走得不見了，高岳才緩過神來，轉向同樣驚疑不定的林克浩。

「克浩，我、我方才是不是、是不是眼花了？」

剛才那般直接動手揍人的，真是光風霽月的貴公子、容家家主容文翰？

到底發生什麼事了？即便戰場上如何慘烈，也沒見容公這麼失態過……

他腦海裡忽然靈機一動，一把拽過同樣嚇傻了的李虎。

「好孩子，你可知道，你家少爺的爹姓什麼？」

「容。」李虎囁嚅著道：「我家少爺說他爹姓容。」

容？記得容公當初曾說，「萱草」乃是思親之意，還特意問過自己家中可有才華卓越的孩兒。

難道，這孩子是容公丟失的女兒?!

「容公，即便你是容家家主又如何？你別忘了我可是謝家人，還是朝廷特使！你們竟敢綁我？想要造反不成？快放開我！」

看容文翰來真的，謝蕃愣了半天，終於氣急敗壞。

「堵住嘴，拖下去！」容文翰腳都沒停。

「好嘞。」林克浩應得爽利，順手從床底下摸出那群伙頭兵不知道多少天沒洗過的臭襪子，塞進謝蕃的嘴裡。

謝薈先是雙眼猛地睜大，下一刻就變成了淚流滿面。

我操！這是誰的襪子？要熏死人了啊啊啊！

「侯爺。」林克浩笑嘻嘻地衝高岳一拱手。「末將先把人押下去，然後再向您和大帥覆命。」

「算了。」高岳忙擺手，隔空指了指林克浩的手，皺眉道：「你那手上的臭味消失之前，絕不許出現在我和容公面前，否則軍法是問。」

說著，掩了鼻子轉身匆匆而去。

「有那麼臭嗎？」林克浩很是疑惑。「謝大人這麼久了不是也沒說什麼。」低頭一瞧，卻是一下呆了，被自己架著的謝薈早兩眼一翻，暈過去了。

高岳匆匆趕到容文翰大帳外，卻被容家長隨容寬一臉如臨大敵般給攔住。

「侯爺請回，我家主子吩咐今日不見客。若有怠慢，還請侯爺恕罪。」

已經猜到那孩子應是容文翰的女兒，高岳倒也不以為忤，從懷裡摸出個錦囊遞了過去。

「無妨。你只把這個交給容公，就說是侯爺我保命的靈藥，讓李昉瞧瞧可用得？」

容寬愣了一下，忙雙手接過錦囊，對著高岳就雙膝跪倒。

「容寬謝侯爺賜藥。」

高岳嚇了一跳，忙伸手去扶。

容寬家世代在容家為僕，對容公最是忠心不過，自來眼裡只有自家主子罷了，這般大禮參拜，委實讓高岳大吃一驚。

哪知即便高岳已經讓起來，容寬仍是堅持著磕了三個響頭，這才拿起錦囊急匆匆往大帳裡而去。

不過是幾顆藥，就行這麼重的禮，看來自己的猜測是對的了。

高岳靜靜站立片刻，才緩緩轉身而去。

小小年紀，卻有如此心胸才華，便是女兒又如何？瞧著可比自己家裡那一窩小子都要強得多。

如此奇女子，也不知什麼樣的人家才能配得上？

啊呀，對了，自己家那三個小子長相還算清秀，又能識文斷字的，改日只管探探容公的口氣……

大帳內，容文翰小心地把霽雲翻過來，讓她趴在床上，咬牙瞧著李昉一點點割開傷口周圍的衣衫，露出裡面已經發黑變紫的傷口。

「這是……」李昉皺了下眉，取出根銀針，極快地扎入傷口，抽出來放在鼻端嗅了下。

「祈梁國的冥花毒，再不會錯了。」

「祈梁國？好、好、好！」容文翰連說了三個好字。

許是語氣裡殺氣太濃，躺在床上的霽雲不覺抖了一下。

容文翰怔了一下，忙伸出手，俯身輕輕捂住霽雲的小手。接觸到那雙小手的一瞬間，籠罩在周身的殺氣又無影無蹤。

等李昉小心處理完傷口，已經是二更天了。

看自家主子始終如雕塑一般直直坐在那裡，李昉忙勸道：「爺不妨先歇息片刻，估計要到明日，小姐才能醒來。」

哪知容文翰卻彷彿沒聽到般，仍是一眨不眨地瞧著床上的小人兒。

李昉嘆了口氣，驀然想起從前小姐在爺的眼前時，便是不小心摔了那麼一下，爺都是心疼得跟什麼似的。小姐不見了這許久，爺無一日安眠，日裡夜裡備受煎熬，常喃喃自語，說「也不知我那雲兒可有吃得飽，可還穿得暖？可有人疼愛？」現在好不容易日思夜想的寶貝女兒終於失而復得，卻是這般又病又弱，傷痕累累……爺心中必是痛如刀割一般吧？

怕是小姐一日不醒來，爺就絕不會離開小姐半步！

第三十三章

不知過了多久，容文翰終於緩緩起身，笨拙地端了盆溫水來到霽雲床前，小心地浸透了錦帕，絞了絞，一點點幫霽雲擦拭小臉、小手、脖子……

從沒服侍過人，容文翰的動作有些笨拙，甚至寬大袍子的下襬也很快被水給打濕，可容文翰卻是渾然未覺……

霽雲睜開眼時，正對上早夢到無數遍的溫潤眸子。

眨了眨眼，霽雲慢慢伸出手，想要撫上那雙始終怔怔瞧著自己的眼睛，卻又很快頓住。

「又作夢了嗎？」

又在夢中見到爹爹了。可爹爹的樣子，怎麼這般憔悴？

「傻孩子，」容文翰暖暖的大手輕輕包住她冰涼的小手。「不是作夢，是爹爹。」

他閉了下眼睛，再睜開眼時，臉上全是暖暖的、甚至帶了些討好的笑容。

霽雲心裡忽然一痛，下意識地把手縮了回來。

容文翰心裡不由一緊，試探著再次朝霽雲伸出手。「雲兒，是我，妳不認識我了嗎？我是爹爹啊！」

霽雲黑漆漆的眸子卻蒙上一層淚霧。

上一世，爹爹也曾那樣努力地想要保護自己，可當爹爹張開手臂，自己又做了什麼？

自己用盡全身的力氣，狠狠把爹爹推倒在地，然後無情地告訴他，自己這一生寧願做豬做狗，也不願做他容文翰的女兒！

還記得，上一世自己說過這樣的話後，爹爹是如何傷心而絕望，竟是瞬間老了十歲……面對那樣被深深傷害的爹爹，自己當時竟然只覺得無比痛快，甚至當楚昭破門而入告訴自己，爹爹因為自己傷心得兩日兩夜未進粒米，甚至一度昏厥，自己卻不過冷笑一聲，待爹爹又來見自己時，罵他是惺惺作態的偽君子……

「雲兒，是爹爹不好，讓雲兒受了這麼多苦，雲兒原諒爹爹，好不好？」容文翰仍然保持著張開手臂的動作，神情卻是傷痛而自責。

都是自己的錯！若是能早一些找回雲兒，雲兒何至於受這許多苦難？

「爹……」霽雲忽然爬起來，一下撲到容文翰的懷裡，哽咽著道：「爹，爹……你真是我爹對不對？雲兒沒有作夢，雲兒真的找到爹了對不對？」

爹，在你心裡，雲兒不過幾年未見，可在雲兒心裡，已經是和爹爹隔了兩世！

「乖雲兒，別動。」容文翰嚇得臉色都變了，急急扶住霽雲的頭，回頭衝著帳外大聲道：「李昉，快進來，快來瞧瞧雲兒的傷口是不是又裂開了！」

「小主子醒了？」容寬明顯已經聽到了裡面的動靜，高興地蹦了起來。「李昉，快來！小主子醒了！」

李昉正端了碗熬好的藥湯進來，不由得喜上眉梢，忙把藥放下，上前幫著扶霽雲躺下。

「小主子快別動，小心傷口又裂了。」

哪知霽雲死死抱著容文翰的脖子不撒手，唯恐放開手，爹爹就會再不見了一般。

隨後跟進來的容寬，看到霽雲這般模樣，忽然蹲下身，嗚嗚咽咽地抽泣起來。

昨日李昉跑來告訴自己說小主子找到了，自己還不信，現在親眼看到，終於是信了。闔府上下哪個不知，小主子最黏的就是主子了。別家孩子最先學會叫娘，偏是自家小主子，最早喊的卻是爹爹，而且每次見到爺，都要這般手腳並用地往爺身上爬，非得牢牢抱住爺的脖子才甘休。

容文翰愣了下，終於撐不住，眼淚慢慢淌下。

自己最心愛的女兒終於回來了！

他悄悄抹了把淚，柔聲哄道：「雲兒乖啊，咱們先把藥吃了好不好？」說著，小心抱著霽雲在自己腿上坐好。

霽雲這才回過神來，臉騰地一下就紅了。

兩世加起來，自己怕是都和爹爹年齡一般大了。

雖是這般想，竟也不願離開自己渴望了兩世的溫暖懷抱。

容文翰也意識到女兒的神情變化，心裡不由一痛。果然是分開太久了，女兒竟已長到了這般會臉紅的年紀了嗎？忙藉著低頭嚐藥的動作把眼裡的淚水給逼了回去，心裡更是暗暗發誓，從今以後定要加倍疼愛女兒，絕不讓雲兒再受半分委屈！

「對了，爹。」霽雲忽然想到一件事，忙抬起頭。「不能撤兵。」

「什麼？」容文翰一愣。

霽雲瞧著容文翰，重重點了點頭。「我就是為這件事來的！祈梁求和是假，目的是為了騙您退兵，他們很快就會攻打居元關。」

容文翰的手頓了一下，良久才長吸一口氣。

「好，我知道了。」

看容文翰並沒有什麼進一步的表示，霽雲心裡不由一緊。莫不是爹爹以為自己是小孩子胡言亂語？忙晃了晃容文翰的胳膊。

「爹，雲兒說的是真的，您別不信雲兒。」

容文翰卻仍是平靜地把藥送到霽雲口邊，啞聲道：「爹沒有不信。雲兒先喝藥……」

雲兒，爹本來只是想讓妳做一個世上最快樂、最幸福，無憂無慮的千金小姐啊，可現在，妳卻為了爹這般辛苦……爹沒有不信，爹只是太心痛，也太愧疚。

至於祈梁和那些勾結了祈梁的奸人，敢偷襲我的女兒，容文翰定教你們悔不當初！

上京。

大楚皇帝楚琮拿起放在最上面的八百里加急奏摺，不由一愣，尋思著。莫不是邊關有什麼變故？忙急急打開，看了一眼，神情一滯。

奏摺果然是容文翰的親筆沒錯，可主要意思竟不過是討要一朵冰晶雪蓮。

可真是奇怪了！楚琮合上奏摺，前幾日，先是安卿匆匆從外地折返，進宮向自己討要了兩朵雪蓮，自己正奇怪安府到底發生了什麼事，沒想到這邊容卿也上書討要雪蓮。

按時日計算，大軍應該在年關時就能趕回來了，怎麼容卿突然有此請求？

沈吟了半晌，還是批上了「准奏」二字，忽然想到最愛的兒子楚昭。

這些時日因上奏反對撤兵也吃了不少苦頭，不然就放他去送這朵雪蓮，昭兒的日子應該也能好過些。

「給太傅送一朵雪蓮？」楚昭接到聖旨不由一愣。這雪蓮是解毒聖物，難道是太傅……

這樣想著，不由臉色一變，回府稍微收拾了下，就快馬往邊關而去。

已經兩天了，大帥再沒出過營帳，也沒讓人進過大帳。

林克浩在外面轉悠了一會兒，想要進去，可每一次還沒等靠近，便被容寬如臨大敵般的警惕眼神盯得直發毛。

容寬今天這是怎麼了？

明明平常看到自己總是笑呵呵的，難道是自己身上還有前天晚上那臭襪子的味道？

林克浩抬手湊到鼻子下聞了聞。明明沒有了啊，自己那日可是已經足足洗了半個時辰啊！

實在是受不住容寬那警惕到詭異的眼神，林克浩還是敗退下來，垂頭喪氣地往高岳的大帳而去。

在外面告了罪，林克浩來到大帳。

「那個……侯爺，大帥今天怎麼也沒升帳啊？」林克浩抓了把頭髮道。

「不升帳就歇著唄。」高岳瞥了眼明顯有話要說的林克浩，偏不如林克浩的意。

「那侯爺，您今天有沒有見到大帥啊？」林克浩硬著頭皮繼續問，又趕緊解釋了一句。「末將沒有其他的意思，只是想知道，那個……今天大軍還走不走了？」

「不走了。」高岳咳了一聲。「克浩啊，你要沒事就回去歇著吧，你家侯爺我可是要用午飯了，不然你給侯爺來個舞劍助興？」

「哎呀，侯爺！」林克浩終於發了急，一把拽住高岳的衣襟。「您就不要消遣末將了，末將都要急死了！」

從大前天晚上，大帥把那小少爺抱走，到現在都過去這麼久了，竟然再沒有一點消息。小虎子嚇得不停在自己營帳抹眼淚，要不是自己攔著，說不定會跑去找大帥拚命也不一定。自己嘴皮都磨薄了，才算把人給勸住，可自己心裡也很奇怪，大帥為何把人家少爺抱走這麼久也不還回來呢？

「急什麼？」高岳老神在在地道：「大帥這會兒正忙著呢，可是顧不上你，你還是老實回你營帳待著吧！」

「可是……」

林克浩還要再說，高岳卻已站起來，徑直往大帳外而去。

「哎呀，侯爺！」林克浩忙又跟了出來。

「上次大帥賞你的那罈美酒……」高岳忽然站住。

林克浩肉疼得不得了，終於點頭，卻還是委委屈屈道：「昭王爺送來的六罈美酒，侯爺可是得了兩罈呢……」

高岳得意地哼了聲，拖長了聲調道：「克浩不願意給，那就算了。」

「好侯爺，末將願意、末將願意！」

林克浩幾乎快哭了，終究捧了那罈美酒出來。

高岳倒也爽利，抬手扔了枝足有千年粗大的人參過去。

「拿著，給大帥送去。」

「這麼大個的人參？」林克浩眼睛都有些發直。

自己那罈酒真是值了！他抓住人參就往容文翰的營帳跑。

到了帳外，正好容寬不在，其他守衛的士兵見是林克浩，也就沒有阻攔。

林克浩笑嘻嘻地掀開帳子就走了進去。

「大帥……」

卻一下張大了嘴巴愣在那裡，手裡的人參也咚的一聲掉到地上。

大帥抱著坐在腿上的那個人是誰啊？自己眼睛一定是出毛病了吧？

不對，這不就是那個小少爺嗎？

而平時自己眼中如天神一般的大帥，正拿了條錦帕，小心地拭去男孩嘴角的一點藥汁，又捏了顆蜜餞放進男孩的嘴裡，柔聲道：「雲兒乖，吃顆蜜餞就不苦了。」

那般全神貫注，竟是連回頭看自己一眼都沒有。

霽雲也看到了林克浩，只是她一向不耐苦，平時有阿遜，商號裡各種藥材又足得很，便是再苦的藥，也能讓他熬出別樣風味來。這軍營中，藥材卻是奇缺，甚至好幾味藥都是李昉連夜去山上挖來的，自是苦不堪言，小臉早皺成了苦瓜，也不過瞥了林克浩一眼，便忙含住蜜餞。

容文翰瞧著女兒皺皺的小臉，心疼得不得了，又唯恐自己抱得不舒服，這會兒天大地大，唯有女兒吃藥最大，別說林克浩進來，就是天王老子進來，容文翰也不會搭理。

好不容易餵完霽雲吃藥，容文翰瞥了一眼仍是呆呆的林克浩，沈聲道：「出去。」

「末將告退。」林克浩僵硬地後退了一步，哪知正撞在書案上，頓時狼狽地仰倒在地，疼得咧嘴。「末將惶恐……」

話音未落，被人拽著腳就拖了出去。

林克浩狼狽地從地上爬起來，卻是容寬正怒目圓睜地瞪著自己。

「好你個林克浩，看著你平時還算勇武，怎麼竟是個登徒子?!」

「登徒子？」林克浩剛爬起來，嚇得差點又摔倒在地，下意識地就辯解道：「容大哥誤會了，我並沒有喜歡裡面那個小少爺！啊，我的意思是……」

天地良心，自己並不好男風啊！而且一個是待自己恩重如山的大帥，另一個則是救了佢裡的少年英雄，自己卻親眼見到兩個都是恩人的人這般如此，真是愁都把人愁死了。

哪知容寬一聽更加惱火。什麼叫裡面的小少爺你並不喜歡！那是我家小主子，你竟然敢不喜歡？我就不信了，這天下還有比我家小主子更可愛的女孩子？

伸手抓住林克浩的衣領就把人提了起來。

「你說什麼不喜歡？」

「咳咳咳！容大哥，快放開……我喜歡……行不？」林克浩只覺呼吸困難，忙告饒。

「喜歡？」哪知容寬更加惱火，狠狠把林克浩推了出去。「你敢！」

說著，抽出寶劍對著林克浩的脖子就比劃了一下。

林克浩嚇得扭頭就跑。容大哥這是吃錯藥了吧。不喜歡要掐脖子，喜歡就要抄傢伙！

「林克浩，再別讓我瞧見你來我家主子帳外偷窺，否則……」容寬憤憤跺了下腳。那般嬌嫩的小主子，可不能讓這幫粗魯的傢伙衝撞了。

自己這是被嫌棄了？還偷窺？林克浩垂頭喪氣地站了半晌，終於意識到了這一點。可明明從前自己也是這樣的啊……

啊，自己上當了！老奸巨猾的侯爺肯定早知道會這樣，才故意讓自己當這出頭鳥，我的美酒啊！

林克浩不停地來回踱步。這可怎麼辦才好？自己可是給小虎子保證了的，絕對會把他的少爺帶回去，可現在倒好，竟親眼見到那小少爺坐在大帥的懷裡……

「克浩大哥。」旁邊忽然有人叫自己。

林克浩下意識就想跑，卻被一瘸一拐跑過來的李虎一把拽住。

「克浩大哥，可見到我家少爺了？」

「啊，阿虎。」林克浩僵硬地回轉過身來。「那個……我正要和你說呢，小少爺他沒事……已經醒過來了，好著呢。」

「真的？」李虎兩眼頓時有了神采。「我家少爺在哪裡？你快帶我去見少爺！」

「李虎是吧？」容寬匆匆走來，林克浩嚇得忙往後縮，哪知容寬根本就沒理他，只衝著李虎道：「大帥有請。」

「大帥？」李虎愣了下，下意識去瞧林克浩。

林克浩都快哭了。「容大哥，就別叫李虎了吧。」

這麼急著叫李虎去，不會是要攤牌吧？哪有搶人家少爺還這麼光明正大的？

「容大哥？」李虎眼睛卻是一亮，一把拉住容寬的衣袖。「大叔你姓容嗎？我家少爺的爹也姓容的，不知道大叔認不認識？」

「好孩子。」容寬忙小心扶住李虎。「你家少爺的爹大叔認識，跟大叔走吧。」

「真的？」李虎高興得差點蹦起來，卻被容寬按住。「小心腿。」

小主子果然有識人之明，真是個忠心的孩子。

小少爺的爹姓容，容寬認識小少爺的爹，被大帥抱在懷裡的小少爺……

再聯想到方才容寬太過反常的舉動，林克浩身子一晃，差點摔倒。難不成，那小少爺其實是大帥的兒子?!

第三十四章

看到大帳外負手而立的容文翰，李虎嚇了一跳，忙要去拜，卻被容文翰給止住。

「好孩子，你就是李虎？」

「是。」李虎頭都不敢抬。「李虎見過大帥，謝大帥幫我家少爺找到了爹爹。」

「好孩子，別怕。」容文翰溫言道。「我只是想問一下，你們府裡都有什麼人？平時都是怎麼生活的？有沒有受什麼苦？雲兒她平時都喜歡做什麼，喜歡吃什麼、玩什麼？」

李虎愣了一下，只覺大帥的問題好像有些奇怪，卻還是老老實實答道：「府裡有兩位少爺、阿牛、十一、十二和我。大少爺習武，小少爺倒是不愛玩，卻是最喜歡練字，每天對著一疊舊紙練啊練的，我問大少爺，大少爺說那是小少爺爹的字，小少爺寫字就是想爹了……」

「雲兒，她……經常寫嗎？」容文翰顫聲道。

「嗯。」李虎重重點頭。「小少爺經常白天寫完，晚上還寫，好幾次，我還見小少爺偷偷流眼淚了呢！聽大少爺說，他剛認識小少爺時，小少爺躺在床上動都不會動，還抱著老爺的字不放呢。」

「你說雲兒……她曾經無法行走？」容文翰站住腳，十指早已攥得發白，旁邊的容寬卻是已經紅了眼睛。

小主子到底遭了多少罪啊！

「嗯。」李虎憤憤地一揮拳頭。「聽大少爺說，是大冬天時讓人扔到外面給凍壞的緣故——」

他突然住了嘴，瞧著臉色發青的容文翰，不由嚇了一跳，忙道：「大帥您別氣，大少爺說，他早晚會滅了那家人，總不會教小少爺白白受了委屈！」

「容寬，」容文翰站住腳，卻已是無法再聽下去，回頭吩咐道：「你帶阿虎下去，等他腿好了，就仍然讓他來伺候雲兒。」

「是。」容寬哽咽著應了聲，俯身揹起李虎。「孩子，讓大叔揹著你。」

「大叔，別。」李虎忙推辭，容寬卻已經上前，硬把李虎給揹了起來。「孩子，這些年多虧你們，別說揹你，就是要了容叔的命也當得起。」

「容叔您別這麼說！」李虎更加惶急。「還有啊，容叔，方才阿虎是不是說錯話了？怎麼大帥臉色那麼難看？大帥是不是怪阿虎……」

說難看還輕點，自己方才明明看見大帥眼裡還有淚。

容寬搖搖頭。「主子他怎麼會怪你呢？」

只是小主子怎麼受了那麼多苦，自己聽了都這麼心疼，主子怕是又會自責。

「阿虎別擔心，主子沒有怪你，主子很喜歡你的。你沒聽見嗎？主子讓你腿好後再回小主子身邊呢。」能被主子允許回到小主子身邊做事，那說明他已經得到了主子的認可。

「小主子？」李虎仍是有些懵懂。

「對啊，你口中的小少爺的爹，就是我家主子，你剛才見過的大帥啊！」

「啊？」李虎嚇得差點從容寬背上掉下來。自己是不是幻聽了？這位大叔說，小少爺的爹就是三軍統帥，容家家主容文翰？

容文翰卻是一點也沒注意到兩人的反應，只快步向營帳而去，到最後，甚至和跑的一般。

來至榻前，看到熟睡的霽雲，忙又放輕了腳步。

「爹。」霽雲卻已經睜開眼來，瞧見容文翰，臉上頓時露出一個大大的笑容。「你回來了。」

「雲兒醒了？」容文翰定了定神，愛憐地瞧著霽雲蒼白的小臉。「怎麼不多睡會兒，是不是傷口又痛了？」

霽雲把頭擠進容文翰的懷裡。「沒有，只是有點冷。」

「冷嗎？」容文翰大慟，心知定然是冥花毒使然，明明這大帳裡，自己已讓人備足了火爐……忙敞開懷抱，把霽雲抱在懷裡，觸手果然冰冷至極，又拿了被子一層層捂好，父女兩個就像是被重重疊疊包起來的蠶蛹。

「爹，」霽雲任容文翰緊緊抱著，半晌反應過來，不由呆了一下，忽然噗哧一下笑出聲來。「爹這個樣子，怕是會嚇著那些將軍的。」

方才那個林小將軍可不就是被爹這個樣子給嚇傻了？

一陣倦意又襲上來，霽雲只覺意識越來越昏沈。

「爹的懷抱果然好暖和，雲兒想睡會兒……爹不要擔心，就一會兒。對了，爹，今天是什麼日子……」

話未說完，眼睛便再次閉上。

「李昉！」容文翰又驚又痛。看雲兒行事，便是成年人也多有不如，現在卻是這般撒嬌，實是為了怕自己擔心吧？只是雲兒越懂事，自己便越難過……

李昉閃身進了營帳，探了探霽雲的脈搏，神情也有些焦灼。

「這冥花之毒果然霸道，只盼王爺能儘快送來冰晶雪蓮。」

「備車，我帶霽雲走。」容文翰沈聲道。昭兒這時候應該已經在路上，自己不能再等了。

「爹，不行。」霽雲恍惚中似有所覺。「不能離開，虎牢關……奉元……地震……」說著，就徹底失去了知覺。

同一時刻，腳下的大地突然劇烈晃動了一下——

上京，皇宮內苑。

「安卿的意思是認同昭兒之言，認為那祈梁國狼子野心，想要犯我大楚之心不死？」楚琮合上奏摺，微微皺緊眉頭。

「老臣明白皇上仁慈，想要與民休養生息，可是……」安雲烈微微搖頭。「祈梁自來多小人而少君子，歷來君主，鮮少有信守盟約之人。老臣得到確切消息，祈梁揚言退兵，卻隱隱有往東北集結之勢，怕是別有圖謀，我大楚不可不防。」

這些話，楚昭之前也曾跪在殿前陳詞，可楚琮聽著，只當是小孩子信口一說罷了，現在聽安雲烈這樣鄭重分析出來，心裡也不由大驚。

若昭兒和安卿所言成真……

「父皇要讓人傳旨，讓容文翰原地待命？」打發走來送信的太監，楚晗臉色一下鐵青。果然楚昭在父皇心目中地位更重嗎？不然，為何明明已經決議要和祈梁握手言和，卻又命大軍原地待命？或者又是萱草商號從中搗鬼？可是應該也不會，明明謝明揚說，那萱草商號的幾個當家已然全滅！

「著人，請謝公過府一敘。」

果然，第二天朝堂之上，楚琮明確表示要暫緩撤兵，滿朝大臣譁然。

「皇上，萬萬不可啊！」太師淩奐第一個出列上奏。「古語有云：人無信不立；祈梁求和在前，我大楚應下在後，大軍回撤已經明示天下，各地百姓無不歡呼吾皇聖明，若是朝令夕改，如何取信於天下？」

「是啊，」近年來蜚聲朝堂，甫從外地考察民情歸來的謝府嫡長公子謝莞也跨前一步道：「太后聖壽在即，舉國歡慶，臣一路行來，所到之處百姓無不額手稱慶，言說定是太后皇上洪福齊天，才會有祈梁求和這等大喜之事，實是天佑我大楚！皇上切不可聽信別有用心之語，受好大喜功者蠱惑，妄動刀兵，使我百姓再受流離失所之苦，方才之議……啊！」

卻是大殿猛地晃蕩了一下，謝莞一個站立不穩，趴在地上。

「發生了何事？」楚琮只覺龍座猛地晃了一下，險些將自己掀倒地上，沈著臉，快步走到殿外，那些大臣也慌慌張張跟了出來。

大殿外，卻是唯有北風帶著尖利的哨音肆虐而過。

數日後，驛站特使送來了一封八百里加急奏摺。

大楚昭元十九年臘月，奉元地動，天塌地陷，城池盡毀，死傷無數；又過兩日，再有邊關急報，祈梁撕毀合約，以為國君報仇為名全軍縞墨，悍然發兵攻打居元……

當時太子正好在旁侍奉，楚琮愣怔半晌，抓了几案上玉鎮紙就砸了過去，連罵：「豎子誤我大楚！」

第二日，太子稱病未朝。

皇上卻是絲毫都未理會，只連夜派出特使前往丹東，命令五皇子楚昭負責一應賑災事宜……

丹東府衙。

大太監汪直面東而立，宣讀完聖旨後，忙笑咪咪上前攙起率丹東郡守林文進，以及和總兵淩子同跪在地上的楚昭。

「昭王爺快快請起，汪直給您老請安了。」

太監可是宮中直覺最為靈敏的生物，如果說從前楚昭要和太子殿下對上，無疑是以卵擊石，根本毫無勝算。可後來隨著容文翰的節節勝利，楚昭的影響力也跟著與日俱增，而現在，更是在眾人皆被迷惑的狀況下，對時局做出了如此驚人準確的判斷，說現在楚昭的勢力和在朝堂上經營了多年的楚晗平分秋色，也是毫不為過。

眼前這個眉眼間還有些微稚氣、未及弱冠之齡的皇子，極有可能會是大楚下一位皇帝。

汪直扶起楚昭，便緊著要給楚昭見禮，卻被楚昭挽住手。

「汪公公莫要與小王客氣，此番鞍馬勞頓，就先到後堂歇息。」又一指剛從地上爬起來的身後兩人。「孤給公公介紹一下，這位是丹東父母官、郡守林文進大人，至於這一位，則是丹東總兵淩子同淩大人，公公一定認識。」

「哈哈，淩公子，咱家自然認得，這位林大人也是久仰大名。」汪直打著哈哈，對淩子同的態度卻又明顯更尊敬些。

「後堂已備好午膳，公公請。」楚昭微微一笑，又衝林文進和淩子同道：「文進和子同也一起吧。」

「啊呀，那咱家就叨擾王爺一回。」汪直笑咪咪道。

「既然王爺說要請客，那文進也去沾沾光。」林文進雖是文官，性格倒爽朗，和楚昭說話時，語氣中明顯透著股親近。

「子同謝過王爺。」淩子同卻是有板有眼地施了一禮，才慢騰騰地跟了上去。

對兩人明顯不同的反應，汪直只作不知，心裡卻是和明鏡似的。

旁人不知，自己卻清楚，那林文進家也是依附容家的小世家，自然自動自發地把自己歸為楚昭的人；而凌子同，卻是太子楚晗的表兄，雖是表面上不說，內心對楚昭必然十分不服氣。

這樣看來，楚昭要想完成萬歲所託，八成不會太過順暢。

到了後堂，所謂的午膳卻是極為簡單，不過是幾大碗米飯和三、四個菜式罷了，好在烹飪得還算精緻，特別是中間那一大盆燉得酥爛的雞仔湯，勾得汪直頓時饞得不得了。

倒不是汪直沒見過什麼世面，實在是這丹東已經是距奉元最近的一座城池，也算是災區了，汪直一路行來，只見飢民遍野，饒他是特使也只能填飽肚子罷了，現在見到這些菜和雞肉，頓覺食慾大開。

「對了，公公。」楚昭忽然停住腳。「公公來時，父皇可有說賑糧何時送達？」

現在年關將至，又是冬日酷寒，好歹也要讓百姓能過個安穩年不是？若是賑糧遲遲不至，一旦民心思亂，這裡又靠近邊關……

「王爺放心。」汪直忙點頭道。「皇上已下旨戶部速速籌措賑糧一事，想著不幾日，應該就會運來。」

楚昭笑了笑，也不再多言，便讓幾人入席。

只是林文進不過略用了幾口，便被人喊了出去，卻是奉元附近城池大多損毀，各地官員忙於救災，家眷卻是已無棲身之地；倒是丹東因城池夠大夠堅固，還算完好，楚昭便命人傳令，言說府衙倒塌的官眷，自可把家人送到丹東安置，也好一併照顧。

幸好這丹東府衙旁邊有一個尚算完好的王爺宅邸，本是大楚開國皇帝賜給前朝降了大楚的一個王爺的居處，只是可惜，那異姓王卻是在楚昭爺爺在位時，全家死於瘟疫。因這地方過於僻遠，皇家一直沒有收回，這會兒正好讓那些來投奔的官眷居住，便是楚昭，也是住在王府一座獨立的院子中。

吃過午膳，知道楚昭還有很多事要忙，再加上這災區景象實在太過悲慘，汪直便以要趕著回京覆命為由，匆匆離開了丹東。

傍晚時分，又有一家家眷來投，卻是奉元知州蘇仲霖家的家眷來到。

「蘇仲霖？」楚昭正在處理事務，聽了林文進的稟報，放下筆，揉了揉眉心，對林文進道：「你安排好蘇家後，讓蘇仲霖來見我。」

佢裡一事後，楚昭便直接將蘇仲霖調到了奉元，主要目的便是要保證大軍糧道的暢通，現在蘇仲霖既然到了，自然要問一下傷亡情況和糧道情形。

林文進卻搖了搖頭。

「蘇大人並沒有來，只有他妻子和一兒兩女到了，倒是給王爺送來了一封信。」

林文進拱手送上信函。

這幾日，凡是來投的災區官員家眷，一般均是官員親自護送前來，唯恐混亂之中，家人出事……蘇仲霖這般依然堅守的，則是第一個。

楚昭怔了一下，心裡不由暗暗讚嘆，怪不得太傅對此人頗為青睞，這蘇家子確也委實忠心。

楚昭忙接過信函打開，眉心頓時蹙起，半晌才抬頭對林文進道：「你安排一下，明天一早，孤就要動身去奉元。」

蘇仲霖信上所說果然如楚昭推測，奉元城池幾乎完全倒塌。更要命的是，唯一一條通往邊關的運糧要道也徹底損毀。

不能運糧的話，那太傅的大軍……

更何況，現在那冰晶雪蓮還沒有送到太傅手中，也不知道太傅現在怎麼樣了？自己必須要趕緊把雪蓮送過去。

一直忙到將近三更，楚昭才處理完手頭的事務。

除了鞋襪要上床安歇，卻隱隱聽見外面有些擾攘之聲，剛要發問，近侍已經跑進來小心稟告，言說是朔州郡守謝簡的家眷到了。

很快，林文進的聲音也傳來，楚昭放下心來，想要上床安歇，庭院裡卻忽然響起一陣輕輕的馬蹄聲，一個熟悉的聲音隨之傳來。

「昭兒。」

這聲音委實太過熟悉，楚昭先是一愣，繼而大喜。不是為了自己浴血沙場的太傅容文翰又是哪個？

那近侍也聽到動靜，頓時嚇了一跳，剛要呵斥，卻見楚昭一下從床上蹦起來，鞋都沒顧得及穿就衝了出去，上前一把拉開房門。

天上不見有月，幾顆星子讓這夜色更增加了些寒意，本是草木疏疏落落的庭院裡正停著幾匹駿馬，被簇擁在最中間的是一個頭戴軟帽、外罩斗篷的男子。

雖然夜色朦朧不明，楚昭還是一眼認出，男子正是自己心目中父親一般的太傅。

楚昭欣喜若狂，幾步跑下臺階。

「太傅可是傷到了哪裡？昭兒扶你下來，冰晶雪蓮就在房間裡，太傅快隨昭兒來！」

「好，辛苦王爺了。」容文翰的聲音明顯有著無法掩飾的疲憊。「王爺讓開些，臣要下來了。」

旁邊的年輕將軍已跳下馬來，衝著容文翰伸出雙手。「大帥把人交給末將吧。」

「我自己來。」哪知卻被容文翰拒絕。「李昉留下，其他人先下去歇息。」

藉著門縫內洩漏的一絲光線，楚昭終於注意到，太傅懷裡好像還抱著一個人。

正自驚疑不定，容文翰已經從馬上下來，只是落地的那一刻，身子卻是猛地一晃。

楚昭忙上前一步扶住容文翰，李昉則是已經蹲在地上，幫容文翰推拿活血。

「我沒事。」容文翰忍著周身針扎般的疼痛咬牙道：「我們快去……王爺的房間。」

李昉只得住了手，卻是心疼不已。

這般惡劣天氣，兩日兩夜一路狂奔，便是鐵打的筋骨也熬不住呀，更何況爺還抱著小姐！

可是爺的性子委實太過執拗，不論自己如何勸說，都絕不願把小姐交給他人。

知道太傅懷裡的這個人必然至關重要，楚昭一時愣在了那裡。

「昭王爺。」李昉忙叫了一聲，楚昭這才反應過來，先對慌張地抬了自己腳要給自己穿鞋的近侍吩咐道：「你領他們下去歇息。」

又對已經躬身侍立的侍衛道：「嚴守整座院子，沒有孤的允許，絕不許放任何人進來。」

這才緊走幾步，輕輕扶住容文翰，心裡忽然一酸。

果然邊關戰事磨人，太傅竟然消瘦如斯。

待進得房間，容文翰抬手想要解開斗篷，哪知手指早已僵硬，楚昭忙上前幫忙。解開容文翰脖頸中的絲條，隨著斗篷滑落，一個頭枕在太傅肩頭，甚至整個人都蜷曲在太傅懷裡的瘦弱孩子顯露出來。

楚昭一愣。

「這是……」

容文翰已蹣跚著來到床前，伸手揭了上面的被褥，把霽雲一層層裹了起來，嘆了口氣道：「王爺，你瞞得臣好苦。」

瞞得太傅好苦？楚昭愣了一下，自己沒瞞過太傅什麼啊？剛想辯駁，忽然想到一件事，心情頓時起伏不定，忙上前一步，俯身看去，一下張大了嘴巴。

可不正是雲兒？

他臉色頓時大變，緊握著床單咬牙道：「中毒的是雲兒？什麼毒？誰下的這般毒手？」

容文翰怔怔瞧著臉色蒼白、依然昏睡的霽雲。「是祈梁的冥花毒。雲兒是在趕往邊關，阻止臣回撤大軍的路上被人狙擊。你快把冰晶雪蓮交給李昉，好煎了給雲兒服下。」

楚昭也是聰明人，馬上明白霽雲的傷祈梁脫不了首尾。除此之外，怕是還有自己的敵人……

雲兒，我楚昭自問上不愧於天，下不怍於地，卻唯獨虧欠妳太多……

這樣想著，頓時又是愧疚又是心痛，忙轉身進裡屋捧了個玉盒出來交給李昉。

「阿昉快設法餵了雲兒服下，一朵不夠的話，昭馬上命人回上京去向父皇討要。」

李昉應了聲，接過玉盒。

楚昭親手斟了杯熱茶給容文翰端過去，哪知對面卻半天沒有動靜，楚昭抬頭，卻見容文翰正全神貫注瞧著床上昏睡的霽雲，神情悵然而痛楚。

楚昭愣了下，輕輕把茶杯塞到容文翰手裡。

「太傅一路辛勞，先喝了這杯熱茶，我這就讓人準備飯菜。」

「不用。」卻被容文翰攔住。「和祈梁大戰在即，臣必須馬上趕回去。目前雲兒不宜長途跋涉，就讓雲兒暫且安歇在這裡，臣會讓克浩率人留下，對外只說是克浩和他弟弟罷了。」

「好。」楚昭點頭。目前局勢未明，實在是敵人在暗，自己卻是在明處，自然必須小心些為好。「太傅放心，有昭在，定會保雲兒無恙。」

李昉已經煎好藥，容文翰親自餵了霽雲服下。

那雪蓮果然不愧是解毒聖藥，服下片刻，霽雲向來冰涼的手足便漸漸暖了起來。容文翰眼睛一熱，緊繃的神經終於鬆弛了些，身子一軟，若不是楚昭架住，差點就坐倒在地。

小心地把霽雲的手塞進被裡，容文翰終於收回一直怔怔瞧著愛女的眼神，轉身來到院外，翻身上了戰馬。

「太傅。」看著寒風中顯得瘦削的太傅，楚昭眼睛一熱，險些便哭出聲來。

「昭兒，」容文翰卻是突然喊回楚昭幼時的稱呼。「前方有我，昭兒不必擔憂。除我這個爹爹外，雲兒也就昭兒你這個親人了，無論發生什麼事情，你們兩個都要彼此照顧，確保萬無一失。」

「太傅！」楚昭終於忍不住，撲過去抱住容文翰的馬頭。「太傅也一定要珍重，昭兒和雲兒靜候太傅凱旋。」

容文翰最後一次回頭看了眼楚昭的房間，沈聲道：「走！」

幾匹馬很快消失在夜色中。

楚昭怔怔瞧著馬匹消失的方向，拭了下淚，轉過頭來，正好瞧見林文進和淩子同迎面走來。

「王爺這麼晚了還未歇息？」林文進和淩子同也瞄見了容文翰等人離去的背影，不由齊齊一愣。

怎麼中間那人背影如此熟悉？

第三十五章

「十一，你過來。」

老總管忍了半天還是沒忍住。

王爺一向潔身自好，除了十三歲時，把太后賞的一個教他人事的宮女給收了房外，就再沒沾惹過其他的女子。現在倒好，怎麼弄了個半大小子在自己屋裡不說，還衣不解帶地伺候了一晚上。

一大早，自己就看伺候王爺的小令子神情不對頭，叫過來問了，那小子就招了，說是昨兒個半夜裡突然來了幾個投靠王爺的人，留下一對兄弟就匆匆走了。

自己初時也沒在意，小令子卻是說漏了嘴，王爺當時激動地鞋子都沒穿就跑了出來。現在瞧著大半晌了，主子連門都沒出，那林文進已經跑來請示公務好幾趟，卻都被打發走了，這不就跟戲裡唱的「從此君王不早朝」的昏君差不多了？

啊呀，不對，難不成是個狐狸精？還是個男的？所以王爺才會被惑了心智，做出這般荒唐之舉？

正急得團團轉，抬頭即瞧見滿臉喜色的十一跑出來，忙攔住了十一的去路。

看到橫眉怒目擋著自己的老總管，十一明顯嚇了一跳。「老總管，一大早的，誰惹您生氣了？」

「你還說。」老總管氣得兩邊的鬍子直往上翹，怒氣沖沖道：「我還沒有老糊塗，讓我眼睜睜瞧著你們領些狐狸精去禍害王爺，門兒都沒有！你倒是說說看，王爺那屋裡的人是哪個？」

十一這才明白老總管為什麼發那麼大脾氣，眼珠轉了轉，終於貼近老總管耳邊道：「總管大人，十一這樣跟您說吧，上次王爺讓人收拾朝華院，您老還記得不？」

「怎麼了？」聽十一又提起那檔子事，老總管神情充滿戒懼。上次防了十一好久，幸虧王爺自己倒好像忘了，再沒有提過，現在十一又突然提起，不會是……

「您老猜對了！」十一促狹地眨了眨眼睛。「當初那朝華院啊，就是給王爺屋裡的那人準備的。正好王爺叫您呢，老總管您快去吧。」

說著，就疾步跑了出去。

「這？」老總管險些哭出來，跺了跺腳，只得往楚昭房間而去。

還沒進房，便聽見楚昭的聲音傳來。

「這是我特意著人熬的燕窩粥，雲兒好歹用些。想吃什麼，待會兒告訴我，我馬上讓人準備……」

老總管跟著楚昭這麼多年了，還從沒見過主子這般細聲細氣的模樣，甚至隱隱約約間還能瞧見主子正舉了杓，小心地送到人家嘴邊。

「王爺放著吧，我自己來。」

霽雲忙掙扎著要起身，卻被楚昭輕輕按住。「身子都這個樣子了，還要逞強！快，張嘴。」

看著楚昭的黑色眼圈，霽雲愣了一下。昨夜，半夢半醒間覺得一直有人在餵自己喝水，或是給自己擦汗，難道竟然是楚昭？

她下意識問道：「你一夜沒睡？」

「我沒事。」楚昭溫和地笑了笑，又把杓子舉高些。「先喝了這粥。」

楚昭這種親密舉動，霽雲實在不適應，可讓他就這樣舉著，也不是個事啊，只得張口。

楚昭臉上露出一個大大的笑容。

「乖，雲兒再吃些。」

「王爺……」老總管幾乎要哭出來。還以為小令子說得太誇張了，沒想到親眼見到才發現，小令子不誇張，王爺才誇張啊！

楚昭只是嗯了一聲，便又舀了一勺送到霽雲嘴邊。「我待會兒就要趕去奉元，妳且在這裡好好養傷。」

「去奉元？」霽雲愣了一下。

「對。蘇仲霖來信說，通往邊關的運糧道路已經完全損毀，我必須趕去一趟。妳就待在這裡，安心等我回來便是。」

「我沒事。」霽雲搖頭。「修糧道是大事，你只管去便好，不是有李昉他們在嗎？對了，爹有沒有說，阿虎還要幾天才能趕回來？」

這麼多天了，一直都沒見到阿遜他們的影子，自己明明中了毒掉下懸崖，卻又能回到崖上，定然是阿遜救了自己吧？可後來又發生了什麼事，阿遜又去了哪裡呢？

「阿虎傷了腿，現在虎牢關養傷呢，等腿好後，就會趕過來。」楚昭又餵了霽雲一口粥。畢竟從沒做過這般服侍人的活計，楚昭每一勺都是舀得滿滿的，又送得太快，霽雲一下嗆了，劇烈咳了一聲，雖是忙捂住嘴，卻還是濺出了一些到楚昭身上。

想起上一世楚昭的鐵血無情，霽雲神情瞬間一滯，下意識就想幫楚昭擦拭。

楚昭臉色果然一變，卻是放下碗，緊扶住霽雲的肩。

「別動，小心碰著傷口。」又懊惱地道：「是大哥笨手笨腳，雲兒妳可別惱了大哥。」

老總管身子一歪，一把抱住門柱子，再看向霽雲時，神情悲痛欲絕，真是殺人的心都有了。

這狐媚子道行可真是不一般啊，竟把王爺迷得神志盡失！

「鄭涼，你過來。」楚昭終於轉過臉來，招呼老總管道。

老總管無聲抹了把辛酸淚，步履蹣跚地挪過去。「王爺。」那聲音真是比哭還要難聽。

楚昭瞟了眼老總管。

「孤待會兒就要離開這裡去奉元，就把雲兒交給你了。」

交給我？老總管搓了搓手，心裡暗暗發狠，等王爺離開，自己一定要好好整治這瞎了眼的奴才，敢蠱惑王爺做出這般離經叛道之事，自己就是拚了老命——

卻聽楚昭接著續道：「太傅可就雲兒這麼一個女兒，孤心裡，雲兒就和孤的親妹妹一般。孤不在的這段時間，雲兒就是你的主子，鄭涼你務必保證雲兒不會受一點委屈。」

欸？什麼叫太傅就這麼一個女兒？太傅？太傅！

老總管這次是真的傻了，抖著手指著霽雲道：「她是容大人丟了的……丟了的那個女兒，霽雲小姐？」

記得王爺小時候，經常纏著自己帶他到容府玩，那時霽雲小姐還是個小不點……

「王爺、小主子，藥來了。」李昉端著碗藥從外面進來。

「李昉？」老總管一瞧，這人自己倒認得，不是容府的專屬大夫又是哪個？

「哎呀呀，竟然果真是霽雲小姐嗎？」老總管都要歡喜傻了，又想到十一說當初那朝華院就是要收拾好了給霽雲住的，越發心花怒放。那豈不是說，這霽雲小姐就是昭王府未來的女主人？

又打量了番霽雲，嘴裡不住念叨著。「哎呀呀，這可怎麼著才好，怎麼小姐這麼瘦？不行，我得去灶上瞧著，一定得給小姐好好補補。」

說著也不理眾人，竟是扭頭就往外跑，嚇得李昉忙往旁邊一讓，兩人才沒有撞在一起。

「鄭涼是母妃手裡用過的老人，向來最是護主。」楚昭搖頭失笑。「有他看顧著妳，我也放心些。」

「王爺，已經安排好了。」侍衛在門外道。

「我要走了。」楚昭站起身，囑咐霽雲道：「這段時間好好養身子，大哥回來時，希望看到一個健健康康的雲兒。」

「好。」霽雲點了點頭，看楚昭充滿期待地瞧著自己，特別是那青色的眼圈，頓了頓，終於又加了一句。「大哥，你也多保重。」

最後一句，聲音低得和蚊子哼哼一般，楚昭卻開心至極，響亮地應了一聲，這才心滿意足地轉身離開。

又在床上躺了三天，李昉終於允許霽雲下地走動了。

倒是老總管還是有些不大放心的樣子，唯恐霽雲會磕著碰著，竟是走一步就跟一步，那滿臉惶急的模樣，就跟個護雛的老母雞一般。

「涼叔，我沒事。」霽雲站住，推著鄭涼向後轉。「您回去歇會兒啊，」又一指林克浩和十一。「這不是有我哥和十一在嗎？」

「哎喲，我的小——」老總管差點喊出「小姐」兩個字，忙又住嘴，改口道：「小少爺，您小心點。」

「那涼叔就回屋歇會兒。」霽雲卻是不甘休。「您這麼大年紀，這麼跟著伺候我，不是要折煞我嗎？雲兒可是會心疼的。」

「好好好，」聽霽雲這麼說，鄭涼很是感動。幾天的相處，如果說原來是因為霽雲的身分讓他敬畏，現在可就是真正喜歡霽雲了。不但極知禮，心腸還好，對自己這個奴才也是真心憐惜，而且長得也和太傅相似，真是漂亮極了，讓人怎麼瞧著怎麼舒服……

「總管大人。」小令子噔噔噔跑過來。「謝府的小姐又來送菜了，您看。」

「謝簡的女兒？」霽雲隨即了然。

鄭涼嚇了一跳，忙小心地去看霽雲的臉色，心裡更是暗暗著惱。這些官家小姐，怎麼一個個臉皮就那麼厚！知道是王爺住在這裡，便一個個想著法子要接近王爺。

今兒個她丟張帕子在王爺經常小坐的涼亭上，明兒個她折朵梅花迎風流淚，要哭哪個地方不能去，幹麼偏要跑到王爺面前？要不是王爺躲得快，險些就要撞到王爺懷裡去了不是？

現在霽雲小姐突然這樣問，是不是生王爺的氣了？

哪知霽雲卻是輕輕一笑。

「她做的菜，味道倒還不錯。」

鄭涼提著的心終於放下了些，忙道：「那我去瞧瞧，少爺喜歡她做的菜，我就讓她再做來。」

「總管大人喜歡奴家做的菜？」自從三日前，意外遇到高大俊朗的楚昭，謝雅一顆芳心就失落在了那個本來很是瞧不起的王爺身上。

想想自己好歹也是謝府的小姐，論身分，也算配得上楚昭。

瞧著其他府邸的小姐日日挖空心思想要「偶遇」楚昭，謝雅卻是另闢蹊徑。

自己早在上京時就聽人說，楚昭為人最是念舊，雖是外表冷酷，對跟在身邊的老人卻是很好，特別是現在這位叫鄭涼的總管，聽說是當年雲妃娘娘用過的人，若是這老東西願意給自己美言幾句，效果怕是會出乎意料的好。

現在聽老總管說喜歡昨日送的菜，謝雅一下心花怒放，忙告辭離開，說是馬上就做好了菜送來。

謝雅匆匆回到自己居處，急急叫來貼身丫鬟墨雨。

「妳去後面蘇家，告訴蘇仲霖的夫人，再照昨天的菜式做好了送來。」

「娘，他們府裡自有廚娘，憑什麼要您做菜？」

說話的是個十多歲的男孩，滿臉怒氣，嘴裡說著，把手裡的書重重扣在案桌上，那案桌一晃，猛地一歪。

旁邊穿著淡藍裙子的秀麗女孩忙扶住，嗔怪地瞪了男孩子一眼。「弟弟你小心些，這房間裡也就這書案還完好些。」

語畢，轉身面對慈眉善目，眉宇間卻有些愁苦的中年女子。

「娘，弟弟說得也不無道理，憑他謝家再如何顯貴，也不能這般拿咱們當下人使喚！把咱們好好的院子占了去，逼著咱們搬到這樣一個破落的住處也就罷了，竟是連咱們的這點吃食也要搜刮了去，實在是欺人太甚！娘且安坐，女兒這就去回絕了她。」

這一家正是奉元知府蘇仲霖的妻子張氏，以及長女蘇沅、長子蘇霈、次女蘇湘。

這王府的院子雖然大，但講究的房舍也不過那麼十多處。

謝簡家是晚上來的，當時正好還剩下一處精緻的院落。可謝家人拖家帶口的足足幾十人，住在那樣一個院落裡，顯得有些擁擠。

林文進便示意謝家人，其他空房子還有，稍微收拾一下也能暫住，不妨待天明後，派出些下人去打掃一下其他房間，這處院落便只讓主子們住罷了。

下。

謝夫人排場慣了，聽聞此言便有些不大高興，可這是人家地頭上，有什麼委屈也只得嚥下。

可巧第二天，一出院子就碰見了張氏。兩人倒是熟人，這張氏的丈夫蘇仲霖可不就是自己夫君治下官員？

再一瞧張氏和三個兒女住的院子，雖是不大，倒也精巧雅致，當下就吩咐張氏再去找其他屋子居住，這院子正好讓女兒謝雅住。

張氏無法，只得領著三個兒女又找了一處院落。

只是蘇仲霖本就是家中庶子，不但沾不得家中財產分毫，還不時被嫡系欺負，在外做官時又自來廉潔，一直沒積攢下什麼錢財。比方說謝家來投，箱籠物什財物的足足拉了十多車，而蘇家就幾個裝衣物的破箱子和蘇霈的書篋罷了。

而且本來他們被安排住的院子，家具一應俱全，而現在這個院落則是破舊不堪，除了幾張破床，幾乎就沒有其他東西。

這也就罷了，反正幾人都是苦日子過慣了的，倒也沒有什麼不適，而且張氏母女也都是做家務的好手，除了那些爬高下低的修葺活計沒法子，倒是很快收拾好了院子，也算是能住了。

誰想到那謝家小姐竟然得寸進尺，接連幾天吩咐母親做了菜餚送過去！

第三十六章

睜著兩隻圓溜溜的眼睛瞧著兩人爭執的蘇湘，似是明白了今天好不容易得的那點肉食，怕是沒自己什麼事了，嗚哇一聲就開始大哭起來。

張氏忙抱住小心呵哄。

哪知外面卻響起墨雨的聲音。「蘇夫人，我家小姐要的菜可是好了？」

「啊？」張氏愣了下，忙把蘇湘塞給蘇沅，抹了把淚道：「小姐稍等，很快就好。」

「這樣啊……」墨雨皺了皺眉頭，只覺這院子實在太過破落，竟是一刻也不想多待。「蘇夫人快著些，我家小姐等著呢，誤了我家小姐的事，我們可都擔待不起。」

說完，就扭著腰肢離開了院子。

「妳！」蘇沅頓時氣急。什麼叫「誤了小姐的事可都擔待不起」，竟是真的把娘當作他們家的下人了嗎？

嚇得張氏忙一把抱住她，連連搖頭，聽墨雨腳步去得遠了，才鬆開蘇沅，自己則趕緊抱著菜去了廚房。

蘇家在奉元倒也是有一個廚娘的，可那廚娘的家人也在地震中受了傷，張氏便開恩，讓廚娘留下照顧家人。也因此，現在家裡幾個的飯食都是張氏和蘇沅操持。

蘇沅默默把不再哭鬧的蘇湘交到蘇霈手裡。

「阿弟領著湘兒去玩，我去幫娘做菜。」

蘇霈點了頭，牽著蘇湘的手往左邊而去。

對謝家傳出的歡笑聲實在太過厭煩，蘇霈便帶著蘇湘一直往西北方向而去。

漸漸行得遠了，終於看不到謝家人的影子。

「哥哥，腳疼。」蘇湘忽然站住腳，可憐巴巴地抬頭瞧著蘇霈。

蘇霈這才發現，竟已是走了很遠，正猶豫著要不要再繼續往前，忽然注意到前面不遠處有個虛掩的角門，透過一角縫隙，可以看到幾株紅梅開得正豔，再往旁邊不遠還有個漂亮的涼亭，他俯身吃力地抱起妹妹。

「湘兒乖啊，哥哥抱著妳去看梅花好不好？」

看蘇湘還是無精打采的樣子，忙又加了一句。「說不定還有梅子呢，湘兒要不要和哥哥一起去？」

「梅子？」蘇湘踮起腳勾住了蘇霈的脖子，柔軟的小腦袋趴在蘇霈的肩上，很是興奮道：「好，湘兒要去！有梅子就有梅子扣肉對不對？湘兒好餓，好想吃肉肉。」

蘇霈一悶，邊抱著湘兒吃力地往前挪動邊道：「湘兒乖啊，肉肉不好吃。」

雖是這樣說，卻不自禁想起過節時，娘做的梅子扣肉的味道，還是大大嚥了口口水。許是聲音太響了，蘇霈就覺得有些不好意思。

同一時間，涼亭裡傳出了一聲輕笑。

蘇霈這才發現，涼亭裡已是有了人，卻是一個和自己差不多大小，卻看來瘦弱不堪的漂亮男孩，小小的身子一絲不露地裹在一件白色的貂裘斗篷裡，越發顯得一張臉小巧而蒼白。

「你笑什麼？」蘇霈頓時脹紅了臉，心裡更是充滿了懊惱。這樣丟人的糗事，竟是被別人知道了！

涼亭裡的正是霽雲。

這裡已經是楚昭的住處範圍，也是蘇霈越走覺著人越少的原因，其他人可不敢這麼貿然就跑到楚昭的勢力範圍內。

其實這兄妹倆剛一靠近，就被暗衛發現了，還是霽雲說，兩個小孩子無妨，自己也真的悶得久了，其他人又實在要麼對自己太恭敬，要麼就是照顧得太周到，突然出現兩個小孩子，倒讓霽雲生出些興奮來。

老總管笑咪咪瞧著，只以為是霽雲小孩子心性，這會兒看小姐心情好，便也很是欣慰，忙不迭地差林克浩回去，趕緊拿些點心來招待小姐的新朋友。

蘇霈卻認定了這個一看就是富貴人家的小孩，肯定是在看自己笑話，抱著湘兒轉身就要走。

霽雲一愣，馬上意識到定是自己方才的笑聲惹了這小男孩不高興，忙起身，笑嘻嘻地衝蘇霈拱了拱手。

「這位小兄弟莫怪，方才是克雲唐突了。你們留下來和我說會兒話好不好？我一個人待在這裡，都快要悶死了。」

因對外宣稱自己和林克浩是親兄弟，霽雲現在的名字就改成「林克雲」。

小兄弟？蘇霈斜了霽雲一眼，明明是和自己差不多大，卻要叫自己小兄弟！

「哎喲。」鄭涼也笑呵呵上前道：「我瞧瞧，這是誰家的小娃娃呀，長得可真水靈。來，丫頭，爺爺抱抱。」

也許是蘇霈抱得自己太不舒服，蘇湘手腳並用地從蘇霈身上爬下來，咯咯笑著就撲到了鄭涼的懷裡。

「哎喲，好丫頭，真乖呀。」鄭涼抱著粉粉嫩嫩的小丫頭就往涼亭走，心裡盤算著，再過幾年，王爺和霽雲小姐也一定會養出這麼大的小肉團子吧？越想越是開心。

霽雲也笑嘻嘻起身，正好林克浩端了幾碟子點心過來，霽雲忙叫道：「哥哥，快端過來。」

林克浩腳下頓時踉蹌。雖是榮膺「哥哥」一職已經好幾天了，可為什麼每次聽到小姐脆脆地喊哥哥，自己還是會有一種被雷擊的感覺？那可是大帥最寶貝的女兒，容家唯一的小主子……實在是太不能適應了。

霽雲已經湊過來，先捏了塊杏仁佛手遞給鄭涼。

「涼叔，你最愛吃這個。」

又捏了塊如意糕，俯下身送到蘇湘的口邊。

「來，嚐嚐哥哥家的點心，好吃不？」

「我妹妹不餓。」蘇霈忙要阻攔，哪知話音未落，蘇湘已經一口銜住了，嘴裡還含混不清地道：「好、好香，湘兒，還、還要。」

蘇霈鬱悶地住了嘴，可聞著那點心味兒實在太香了，蘇霈也不由嚥了口口水。

霽雲已經又拿了塊遞到蘇湘手裡，哪知這次小丫頭卻是沒往嘴裡送，反而轉身跑向蘇霈，到了跟前，努力踮起小短腿把手裡的點心舉得高高的。

「哥哥吃。」

「哥哥不餓。」蘇霈搖了搖頭，蹲下身子抱住蘇湘小小的身子。「湘兒吃就好。」

「湘兒吃過了。」蘇湘學著平時姊姊的樣子，拍著自己的小肚子。「瞧，湘兒的肚子鼓鼓的，這塊哥哥吃。」

哎喲喲，真是一對好友愛的兄妹啊！鄭涼忙跑過去，一手拉著蘇霈，一手牽著蘇湘。「我們雲哥兒說了，想請你們和他一塊兒用點心呢！你不知道，雲哥兒一直都是一個人，總要喊悶，你們來了，雲哥兒高興著呢。你們現在已經是雲哥兒的朋友了，所以就陪雲哥兒一塊兒吃好不好？」

看老總管說得誠懇，便是那小少爺兄弟兩個也都是笑咪咪的，沒有瞧不起自己兄妹的模樣，蘇霈猶豫了片刻，實在抵禦不了那香噴噴點心的誘惑，終於和他們一起坐了下來。

男孩子可能都對戰場非常嚮往，聽說林克浩打過仗，蘇霈頓時就崇拜不已。

很快，老總管又送了豐盛的午膳過來，看到梅子扣肉，蘇湘高興得幾乎蹦了起來。

一直到用完午飯，兩個小傢伙才發現竟然已經出來了那麼久，再不敢多留，急火火就往自家住的小院趕回。

林克浩本想讓暗衛跟過去瞧瞧到底是哪家的孩子，卻被霽雲攔住。

一看就是兩個心思再單純不過的孩子，家裡也必然都是良善之人。

「在別人家吃過了？」在家等得焦急不已的張氏聽兩個孩子如此說，心一下提了起來。這王府裡住的都是貴人，一直擔心孩子會衝撞了什麼人。

「是啊，是啊！」蘇湘不住點頭，很是興奮地對母親道：「那家的哥哥真的很好啊，餵湘兒吃點心，還給湘兒梅子扣肉。」

張氏聽得越發驚疑不定，思量了片刻，和蘇沅商量道：「這大災時節，日子都不容易，咱不能白吃人家的，不然娘再做兩個菜和幾樣點心，待會兒讓霈兒給人送去。」

「讓女兒和阿弟去吧。」蘇沅想了想道。弟弟畢竟年幼，自己好歹要瞧瞧那家人是什麼人家。

蘇沅一向極有主見，蘇仲霖不在家時，張氏就拿蘇沅當主心骨，聽蘇沅如此說，也就答應了下來。

待張氏做好，蘇沅便一一裝到食盒裡，交由蘇霈提著，兄妹倆便往那個小角門而去。兩人越往前走，蘇沅越驚異。這雕梁畫棟的，自己還是第一次見到這麼精緻的地方。這般講究的院子，到底是誰家會住在這裡呢？

「姊姊，到了。」蘇霈一指前面的角門。

蘇沅還在遲疑，角門已經拉開，一個丫鬟正笑咪咪瞧著兩人。

「快進來，總管大人已經在裡面候著了。」

總管大人？蘇沅還沒想明白怎麼回事，就被蘇霈和丫鬟簇擁著走了進去。

「那不是蘇家的那個丫頭嗎？」

一條小徑旁，謝雅帶著丫鬟墨雨恰好經過，正瞧見蘇家兄妹進入角門的情景。

謝雅臉色頓時難看至極。自己記得沒錯的話，那個宅子不正是楚昭內宅所在？虧自己打點了這麼久，也不過能在僕人們經常來往的外宅略坐坐，這蘇沅倒好，竟直接到楚昭住的小院來了！

這蘇家大小姐看起來溫婉，卻竟然是個狐媚子嗎？墨雨心裡大為不忿。「怎麼敢直接跑到王爺的內宅去了？」

謝雅更是氣得把手裡的帕子絞得不成樣子。竟然敢跟自己搶楚昭，自己一定要她好看！

「這是昭王爺的宅子？」蘇沅嚇得一哆嗦。

「妳是蘇仲霖家的小姐？」霽雲卻是又驚又喜。

聽這小公子的意思，竟是認識自己爹爹嗎？蘇沅愣了一下。「公子認得家父嗎？」

「嗯。」霽雲看著蘇沅，頓時覺得親切。自己籌備的糧草可多虧了蘇仲霖，不然可不會那麼快就送到爹爹手裡。

這話此時卻是說不得的，便拉了林克浩做掩護。

「這是我哥，以前就在太傅軍前效力。聽哥哥說，太傅對令尊讚譽有加呢。」

林克浩也忙向蘇沅姊弟一拱手，很是誠懇道：「原來是蘇太尊的千金和公子嗎？克浩有禮了，若非有蘇太尊保證了糧道暢通，我們大軍怎麼可能逼得祈梁節節敗退？將來太傅凱旋，蘇太尊必然會在太傅的功勞簿上留下重重一筆。」

聽林克浩話語，太傅竟是對爹爹如此厚愛嗎？蘇沅心裡一熱，只覺往日受的那些委屈，這會兒都值了！忙衝林克浩福了一福，含淚道：「不說太傅待家父恩重如山，但只為官一任，造福一方，爹爹所做不過分內之事罷了，倒是將軍能追隨太傅鞍前馬下，為國為民浴血沙場，實在讓人佩服。將軍莫要太客氣了……」

留下菜餚糕點，蘇沅便帶著蘇霈告辭。

林克浩一直送到角門外，直到蘇沅秀麗的影子都看不到了，才戀戀不捨地收回來。自己長這麼大，還是第一次見到這麼秀外慧中的官家女子。

一回頭，正對上霽雲促狹的眼睛，林克浩臊得一張臉都紅了。

霽雲卻已經收回眼神，對林克浩的害羞神情只作未見，笑著招呼林克浩。

「哥哥，快來嚐嚐蘇小姐的手藝。跑得慢了可就沒有……咦？」她突然露出驚異的神情。怎麼蘇沅帶來的這兩道菜，和中午謝雅送過來的，味道一模一樣？

又挾了一口細細品嚐，果然是一模一樣。

「阿姊，為什麼不把謝家欺負咱們的事說給他們聽？」蘇霈忽然停住腳，不解地望著蘇沅。

看老總管的模樣，明明是待林少爺他們極好的，若是能讓林少爺出面，說給老總管聽，說不定老總管願意出面給自己家主持公道呢！

「阿弟莫糊塗。」蘇沅卻是腳都沒停。「那林少爺也是遠道而來，託庇於王爺手下罷了，再怎麼著，畢竟是客居，人家看在爹爹面子上待咱們好已是難得，怎麼好再去為難他們？讓林少爺出面的事，阿弟再也休提。」

蘇霈悶悶應了聲，心裡卻在煩惱，難道就這樣任謝家人欺侮下去嗎？

「沅妹妹，什麼事不能提啊？」一個笑吟吟的聲音忽然在旁邊的小徑上響起。

兩姊弟一愣，忙抬頭看去，卻是謝雅和一個年輕的男子正站在那裡。

那男子長相倒還清秀，卻是腳步虛浮、神情輕佻，看到蓮步姍姍、緩緩而來的蘇沅，眼睛明顯一亮，自以為風流倜儻地一抖手中摺扇。

「妳就是蘇大人的女兒？早聽說蘇大人的女兒國色天香，我見猶憐，今日一見果然名不虛傳。」

這話裡明顯含有調戲的意味，蘇氏姊弟頓時臉色大變。

「你是誰？想幹什麼？」蘇霈拳頭攥得緊緊的，上前一步擋在蘇沅面前。

一直在後侍立的墨雨上前一步，陰陽怪氣地對著蘇沅道：「蘇小姐，早聽說蘇家也算是書香門第，怎麼教出的孩子這般不知禮？這是我家少爺，昨日剛到，還不快給我家少爺見禮？」

謝簡家的少爺？那不就是謝芸嗎？

蘇沅頓時花容失色。這朔州境內，哪個不知因謝簡只得了這麼一個兒子，最是寵得無法無天，乃是朔州有名的夜夜新郎，他上一個夫人，聽說娶進家門不過半年便被他氣得自縊而亡。

「沅妹妹。」謝雅抿嘴一笑，上前抓住蘇沅的手腕。「正好我哥哥帶了很多上好的脂粉來，聽說沅妹妹也在這裡，便央著我陪他過來，說是寶劍贈英雄，脂粉送美人兒，那些個好東西，妹妹這樣的美人兒不用，豈不是暴殄天物？沅妹妹且跟著我去瞧一下，看看可有合心意的？」

謝雅這番話就更是無禮，哪有陌生男女私相授受，還是送香脂水粉這般曖昧的東西？這對兄妹竟是明擺著要壞自己名聲。

蘇沅大怒，用力抽回自己的手，冷聲道：「謝小姐還請自重，那些水粉還請小姐自用吧！告辭。」

說著，扯了蘇霈轉身就走。

「好妹妹。」謝芸卻涎著笑臉擋住了蘇沅的去路。「莫惱，那些可都是上好的胭脂水粉，哥哥保證都是妹妹沒見過的，妹妹看了一定會——」

手也隨即伸出，想要去抓蘇沅的手。

哪知斜裡突然伸出一枝綴著紅纓的槍柄，不偏不倚狠狠砸在謝芸的手背上。

謝芸自來嬌生慣養，便是家主謝明揚也經常憐他家只得這一個孩兒，多有維護，更兼謝芸本身也是有些腦子的，特別是慣好做些陰險詭詐、斷子絕孫的陰狠事，又有謝簡夫妻寵著，也因此養成了他無法無天、皮嬌肉貴的毛病，別說這樣被人狠狠敲一下，就是最荒唐時，有他娘護著，謝簡都沒動過他一根手指頭。

這會兒被人狠狠打了一下，只覺得手都好像要斷了，登時痛得捂著手，眼淚都要流下來了。

「你、你是哪裡來的野小子，竟敢對本公子動手！你可知道本公子是誰？」

謝雅也驚了一跳，抬頭看去，卻是一個十來歲、衣著華貴卻瘦弱蒼白的男孩子，正不緊不慢地收回長槍，扔給旁邊一個英氣勃勃的年輕男子，慢條斯理道：「不好意思，手滑了。」

嘴裡雖是說著不好意思，臉上卻一點「不好意思」的神情都沒有。

男孩一行自然就是霽雲等人。本就覺得這菜怕是有些文章，沒想到暗衛又來稟報說，蘇氏姊弟正被一個輕佻的男子糾纏，霽雲就忙帶著十一和林克浩趕了來，正巧看見謝芸想要輕薄蘇沅。

「姊姊，幸好妳還未走遠。雲兒正好有事找妳呢，我們邊走邊說。」

霽雲說著，竟是正眼也不瞧謝芸，就要偕蘇沅姊弟離開。

「你們是哪家的？」謝芸反應過來，不由大怒。「竟敢在我面前如此猖狂？」

「哥，」霽雲卻是不理他，只看向林克浩，皺眉道：「這樹枝可真是討厭，老是擋著雲兒的視線。」

卻是謝芸旁邊正好有一棵龍爪槐，斜伸而出，虬枝縱橫。

「站穩了。」林克浩輕輕一笑，倒提起長槍，寒光閃閃的槍頭對著那樹枝就是一陣急刺。

謝芸只覺一陣凜冽的殺氣霎時把自己罩得死死的，嚇得腿都軟了，卻是一動不敢動，一直到林克浩停下手，他才一屁股坐到地上。

同一時間，那些樹枝噼哩啪啦落了下來，正正砸了謝芸一身。

「哥哥。」謝雅頓時慌了手腳，忙撲過去扶謝芸。「你怎麼樣，沒事吧？」

好不容易把謝芸身上的樹枝給扒拉乾淨，回頭瞧去，那男孩早和蘇沅去得遠了，遠遠還能聽見蘇霈興奮的叫聲。

「林大哥，你太厲害了，也教幾招給霈兒好不好？趕明兒誰再敢欺負姊姊，霈兒就把他削成人棍！」

謝芸已經快站起來了，聞言身子一軟，又半跪在了地上。

「哥哥，你沒事吧？」謝雅憂心如焚。自己大哥這些年，早被酒色掏空了身子，要是真有個什麼，爹娘一定不會饒了自己！

「我沒事……」謝芸扶著謝雅的手站了起來，咬牙道：「妳和我去見娘，讓娘這就去蘇沅家作媒！」

這女人雖潑辣，長得卻委實漂亮，謝芸已是心猿意馬。

「不會吧？哥。」謝雅愣了一下，一下瞪大雙眼。「你真想娶蘇沅那個死丫頭？」

「傻丫頭，」謝芸卻是滿不在乎道：「哥哥娶了她，看她還怎麼和妳爭楚昭？而且真到了咱們家裡，還不是妳想怎麼揉捏就揉捏，也可出了一口惡氣！」

說到最後，幾乎是咬牙切齒。

以自己久經情場，早就看出方才那持槍男子明顯對蘇沅有意，本不過是逢場作戲，想要調戲蘇沅一番罷了，現在受了這般委屈，怎麼樣也得想法子出了胸中這口惡氣！

到時候，自己定要那對兄弟跪在自己面前求自己！

第三十七章

謝雅先是怔了一下，然後便明白了謝芸的意思，思量了片刻道：「哥哥你是正經的世家子弟，想要娶那蘇沅自是容易，不過方才那兩人也不知什麼來頭，妹妹先去打聽下，然後再定奪。」

那年長男子還罷了，那小男孩不只服飾極為講究，身上還有著一股說不出來的氣勢，實在是不像一般人家的小孩。

兩人商量已畢，謝芸就急火火地去找娘親李氏。謝雅也很快打聽出來，方才那對兄弟卻是客居在王府之中，好像是王府總管鄭涼故交家的孩子。

那也就是說，定是賤民出身了？

「想要娶蘇家的丫頭？」李氏皺緊了眉頭，很是不悅。「蘇家的家世怎麼配得上你？蘇家門庭低微不說，那蘇仲霖還是家中庶子，便是他們家嫡系的女兒，娘都不見得能看在眼裡，何況是旁支？」

「娘，可孩兒就喜歡那蘇沅。若娘一定不允，那孩兒就打一輩子光棍算了！」謝芸卻是撒嬌賣癡，抱著謝夫人的胳膊不停晃著。

「是呀，娘。」謝雅也笑吟吟地幫腔道：「您不是早就急著抱孫子了嗎？難得有個合哥哥心意的，娘您就答應了吧。蘇家家世是太寒微了些，可難得哥哥喜歡不是？那蘇家小姐，這幾日女兒是見過的，也是溫婉秀麗的大家閨秀，便是娶過門來，也不會失了咱家的臉面，更沒有膽子惹娘生氣，娘不如就成全他吧。」

「果真如你所說？」李氏果然動了心。「那，等娘給你爹去封信問一下？」李氏猶豫著道，實在是怎麼想都覺得給兒子找這麼一個媳婦，自己和老爺都有些沒面子。

「不必。」卻被謝芸攔住，撇了撇嘴道：「不過是娶個姨娘，何必再煩勞爹爹？」

「姨娘？」李氏愣了一下。「你口口聲聲要娶她，不是當妻子的？」

「那是自然。」謝芸大言不慚道：「兒子娶妻那是大事，要爹娘說了才算的，兒子可不敢自專。」

一句話說得李氏頓時喜笑顏開。

「好，芸兒果然懂事了，娘這就讓人選個黃道吉日去蘇家提親。」

出了門，謝雅終於忍不住叫住謝芸。「哥，蘇沅那個性子，讓她當姨娘，她會願意？」

「不同意？」謝芸卻是絲毫不以為意。「我帶回來的東西妳不是見了？讓管家娘子明兒給她送去些，我就不信她會不動心！」

「你說那些胭脂水粉和首飾衣物？」謝雅一下嘟起了嘴巴。「不行，那都是我喜歡的東西，才不要送給蘇沅那個賤人。」

「什麼稀罕東西？」謝芸已是有些不耐。「過幾天還會有更好的送來，到時候，全都是妳的。」

「還有更好的？」謝雅眼睛睜得圓溜。「怎麼可能？」自己身為謝家的小姐，那般好的東西都沒幾樣是自己見過的，哥哥竟說還有更好的？

「那是自然。」謝芸很是得意。「整個萱草商號——」

又突然想到什麼，忙閉了嘴，左右看了看，見沒什麼人，才又放下心來，暗暗感慨，那謝彌遜果非常人，早年在上京，自己也是見過幾面的，竟是比自己還要驕橫！沒想到幾年不見，竟然闖下這麼大一份家業。

不過可惜，最後還是為人作嫁罷了，這偌大一份家業，都將盡歸家族所有！

「管家娘子，這是做什麼？」看著流水一樣送進來的各色禮物，張氏很是驚疑不定，心知那謝郡守家一貫心高氣傲，從沒有把出身寒微又是家中庶子的老爺放在眼裡，便是這些時日從他們待自己家人的態度，可見一斑，又怎麼會無緣無故的送這麼多好東西來？

那管家娘子眼睛骨碌碌地四處打量蘇家房內的擺設，越看神情越是鄙夷。

還是第一次見到這般寒酸的人家，竟是連件像樣的家具都沒有。

這會兒聽張氏發問，便笑嘻嘻地接話。「哎呀呀，蘇夫人，大喜呀！」

「大喜？」張氏不由更加惶惑。「小婦愚魯，不知管家娘子這話從何而來？」

管家娘子拿手帕掩了嘴巴。「哎喲，蘇夫人，您這是和我裝糊塗嗎？小姐昨兒個回來，就沒有和您說起？」

竟然是關係自己女兒的嗎？張氏皺了皺眉頭，勉強笑道：「女兒昨日並不曾說什麼啊，有什麼話妳就直說吧。」

「敢情是小姐害羞了？」那女人卻是一逕捂著嘴笑，看張氏臉色有些難看，才止住笑，道：「昨兒個呀，我家少爺正好過來，也就是巧，竟然在後面小路上偶遇貴府大小姐。也合該是小姐有福，我們少爺竟然一眼就相中了貴府千金。」

張氏驚得臉都白了。謝家門第再高，可誰不知道，那謝芸根本就非良配，那般性情，憑他如何富貴，自己也不願把女兒往火坑裡推！

看張氏目瞪口呆的樣子，那女人暗暗撇嘴，就知道這般人家，哪有不從的道理？這會兒啊，怕是高興傻了，便吊胃口似的抿了口茶，才接著道：「您不知道啊，我家少爺回去就苦苦哀求，好不容易我家夫人才鬆了口，應下娶大小姐當姨娘這件事……」

姨娘？哪有這般作踐人的，自己那麼好的女兒，謝家竟然想要娶了去做姨娘？

躲在布幔後面的蘇沅氣得渾身發抖。

蘇霈更是直接衝了出來，狠狠推了那女人一把。

「滾，我姊才不會做人家的姨娘！」

口裡說著，抱起送進屋子的箱籠就使勁往外扔去。

那女人被推得猛一趔趄，肥胖的身子一下撞在門框上，看看散落一地的東西，又是心疼、又是氣怒，再瞧瞧一旁的張氏，竟是根本不願搭理自己的模樣，心裡憤恨蘇家不識抬舉，冷笑一聲，不陰不陽道：「喲，這是你們家的小公子？說什麼蘇家書香門第，卻是這般沒家教嗎？一口一個姨娘，妳那正經婆婆可不就是個姨娘出身，還以為做姨娘委屈了妳那女兒嗎？不是妳那女兒先勾搭我家少爺，我家少爺怎麼會——」

正說得興起，沒提防後面卻飛來狠狠的一腳，那管家娘子終於一個站不住腳，撲通一聲趴在地上。

身後隨即傳來一聲怒喝。「香巧、香雲，堵住這惡奴的嘴，給我狠狠地打！」

卻是霽雲，正好走到院裡。

那管家娘子仗著是謝府管事婆子，從來便是見了官眷也都是傲得不得了，這會兒見對方不過是個小孩子，竟敢這般囂張，頓時氣不打一處來，從地上爬起來朝霽雲就撞了過去。

「小兔崽子竟敢踹我，不想活了是不？」

但還沒靠近人，卻被十一二個抬腿，就咕咚一聲再次趴倒在地，香巧、香雲兩個丫鬟正好上前摁住了她，掄圓了胳膊，左右開弓地打了起來。

旁邊的謝府家奴見勢不妙，也不敢撿拾地上物件，扭頭趕緊往外跑。

霽雲兀自氣得發抖。沒想到竟有這般無恥人家，逼人做妾還說得這般齷齪，這不明擺著是要壞了蘇沅的名聲嗎？

剛要進屋去瞧瞧蘇沅現在怎麼樣了，腳下卻突然一頓。

這匣子，怎麼有些熟悉？

霽雲彎腰拾起匣子，打開來，暗面果然有著小小的「萱草」兩字。

再去看其他匣子，竟是無不如此。

這樣的匣子，明明是商號裝好了要送上船運到海外，怎麼會在謝簡家裡？若說一、兩個匣子許是偶然，眼下卻有這麼多！

還沒有緩過神來，院外面忽然傳來一陣吵嚷聲。

「我倒要看看，是哪家的小子敢這麼無禮！真當我們謝家是好欺負的嗎？」

卻是謝芸的母親李氏，聽下人回去報信說，蘇家不知求了哪家的貴人，不但把自家送的東西全砸了，還把管事的陶氏給捆起來暴打，當即就氣沖沖帶了家奴趕過來。

謝芸和謝雅也聽說了這件事，跟著趕了過來。

一行人進了院子，果然見滿地扔的都是剛才送來的東西，那些上好的布料脂粉，還有幾根釵子，亂七八糟地扔了一地。

謝雅瞧著這些精美的東西，頓時心疼得不得了。

李氏愣了一下，狠狠剜了謝芸一眼。

虧兒子還哄自己說，都是些再尋常不過的東西罷了！回去再找這個冤家算帳！眼下，還是要先收拾那群不識抬舉的東西。

早就被揍成了豬頭似的陶氏嗚哇一聲就哭叫著撲了過來。

「夫人啊，您終於來了！這蘇家……就是個土匪窩子啊！」

「土匪窩子？」李氏當下咬著牙，一指蘇家小院道：「給我全都砸了！」

又對那些粗壯的僕人道：「把這些賤人都給我捆起來，先照著陶氏的模樣去打，然後再一道捆了給林文進送去。我倒要瞧瞧，可還有哪個不長眼的，再敢和我們謝家作對！」

「娘。」謝芸笑笑地出來，搖著摺扇道：「您先別氣，許是蘇夫人一時糊塗，這會兒又想清楚了也未可知。」

「什麼想清楚了？這般毫不知禮的女子，不要也罷。」

李氏猶自怒髮衝冠。

「謝夫人，妳怎麼這般不講道理？」張氏氣得不住流淚。「我家女兒也是官家女子，哪有好好的女兒要給人做妾的道理？便是你們是謝家人，也沒有這般作踐人的！」

作踐人？聽張氏這樣說，李氏頓時大怒。什麼叫作踐人？就憑蘇家的家世能嫁到謝府為妾，也是他們修來的福分！當下怒道：「還愣著幹什麼，給我砸！」

「慢著。」這次開口的卻是霽雲。

李氏早注意到了衣著華貴的霽雲，方才陶氏也悄悄稟報說，就是這個孩子讓人打了自己，再看霽雲身後的僕人也罷、丫鬟也好，明顯都是頗有氣度的模樣，心裡便有些犯嘀咕，這會兒看霽雲站出來，皺了皺眉，道：「你又是誰家的？這是我們謝蘇兩家的事，外人還是少摻和。」

「娘理他們做甚？」謝雅卻是冷笑一聲。「不過是投靠昭王爺府裡老總管的賤民罷了，還真以為自己是什麼金枝玉葉了？這般打著王爺的旗號為非作歹，將來王爺曉得了，怕不只是逐出去那麼簡單。」

一番話，帶有明顯的威脅意味。

「母親和妹妹莫要著忙。」謝芸卻是不想兩家人鬧僵，真鬧僵的話，怕蘇沅那個小美人兒可就要飛了。「不然，聽聽他說什麼？」

「我想問一下，這可是萱草商號的東西？」霽雲舉著手裡的匣子瞧向謝芸，眼波流轉間，竟是漂亮得驚人。

謝芸眼睛瞇了瞇。那日匆忙間，沒發現這小子竟是如此好看！看男孩拿著這匣子如此慎重，莫不是喜歡上了匣子裡的東西？

當下笑吟吟上前一步。「小公子好眼力，正是萱草商號的，小公子喜歡的話，我那裡還有很多，小公子不妨和我去挑一些，這些卻是要送給蘇小姐的。」

還有很多？霽雲心裡咯噔一下。難道商號真出事了？還是阿遜……

不然怎麼可能有那麼多萱草的貨物流入謝府？自己可不信，這些東西會是謝芸買的！

正自惶惑，門外忽然響起一聲驚喜的呼喊。

「小少爺！」

怎麼是李虎的聲音？霽雲大驚，抬頭看去，正是李虎。

「阿虎。」

旁邊滿臉笑容的謝芸卻是一僵，臉色頓時變得難看至極。

這小子不是死了嗎？怎麼還活著？明明調查的結果，這李虎是謝彌遜的貼身隨從，怎麼這會兒竟叫這孩子少爺？

啊呀，怎麼忘了！當初追殺的人之中，好像除了這李虎外，還有一個小孩子，據說謝彌遜護得他極緊，難道就是這個男孩子？

還真是巧啊！既然被自己看到了，就別想再活著離開！

他看了看地上散落的東西，頓時計上心來。

楚昭既然不在這兒，王府中的好手肯定也都帶走了，若是自己上門提親，這幫人卻來攪局，那一番衝突之下，有人意外傷亡也是在情理之中。自己可不信，楚昭會因為府中下人的親戚而選擇得罪謝家。最不濟，也不過是推出僕人來頂罪罷了。

而這兩個孩子，既然和萱草商號有關，卻是一定要馬上除去。所謂斬草要除根，不然只怕會夜長夢多！真讓楚昭知道了這件事，以他和萱草商號關係之密切，怕是……

他不動聲色地後退一步，叫來一個僕人低聲吩咐了幾句。

那僕人果然匆匆而去。

謝芸又上前幾步，對李氏耳語了幾句。

「給我出氣？」李氏有些不解，方才兒子還一副不娶蘇家小姐誓不甘休的模樣，怎麼這會兒又變了個樣子。

「那蘇家竟如此不識抬舉，兒子不要也罷。」謝芸聲音仍是壓得很低。「只是這些人，竟敢如此駁我們謝家的面子，可不能這樣輕易就饒了他們！娘先走，待會兒定讓他們去給娘磕頭討饒。」

李氏聽了頓時很是開心，便招呼了女兒謝雅一起離開。

兩人和幾個奴僕離開不久，幾個一身勁裝的侍衛便帶了群人往院子直撲而來。

「謝芸，你究竟要如何？」看到來者不善的一群人，蘇沅終於忍不住從屋裡走出來，指著他道：「別說是姨娘，就是你的正房妻室，我也不願意！不嫁你的人是我，你別為難林公子他們。」

「想不想嫁給我，可不是妳說了算！」謝芸冷冷一笑。「先教訓了這群敢和我作對的人再說！」

說完，朝著霽雲的方向一使眼色。那些侍衛互相看一眼，拔出刀劍就朝霽雲撲了過去。

十一和林克浩對視一眼，各自拔出武器也迎了上去。

可不過是一交手，兩人就覺得不對，對方每一招竟都是殺氣四溢，這模樣哪像是教訓人？分明是想要人命！而且看對方招式之狠戾，更不可能是普通家僕，分明是訓練有素的武者。

十一一劍砍掉一個侍衛的手，撮嘴吹了聲尖利的口哨。

竟然還要叫人？謝芸心裡大為惱火。沒想到這小男孩身邊的人如此棘手！這也越發讓謝芸堅信，這孩子必然是萱草商號的重要人物無疑了，不然一個賤民身邊怎麼會有這般厲害的侍衛？

他蹙緊眉頭咬牙道：「竟敢對我謝府的人動手，果然活膩了！既然如此，本公子就成全你們！」

「什麼？」老總管本來正在忙裡忙外地收拾房間。

小姐昨兒個和自己商量說，想讓蘇家母子四人搬過來住，老總管聽了也很高興，那蘇家小姐自己也見了，是個溫婉可人的，正好和小姐作個伴。反正院子裡空房間多的是，別說住四個，就是再住四十個也不打緊。

這邊正尋思著這個時候了，小姐也該領著人回來了吧？哪知暗衛忽然來報，說是謝家那個兔崽子竟要對小姐下殺手！

小姐是誰呀？那可是王爺和太傅都看得如寶貝一般，再過幾年，說不好就是自己的小王妃。

老總管氣得鬍子翹得老高。

我們小姐是個和氣的，我老鄭可不是吃素的！想欺負小姐，也得看我答不答應！

隨手摸了把砍刀轉身就往外跑，邊跑嘴裡還罵著：「謝家的小王八羔子，竟敢對咱們小少爺動手？咱們快去，把那小子給我往死裡揍！」

第三十八章

原以為片刻就能解決掉霽雲幾個，哪知道這麼會兒了，那兩個下人竟是舞得密不透風般，把那小子遮得嚴嚴實實。

這裡畢竟是好多官眷聚居的地方，真是動靜鬧得太大了，怕會壞事的……

眼睛一轉，突然看到自己左前方不遠處，蘇沅正臉色蒼白地站在那裡。

謝芸看眾人視線都不在自己這裡，便慢慢往蘇沅身邊移動，等靠近了，突然一伸手就卡住了蘇沅的脖子。

「啊！」蘇沅猝不及防，頓時發出一聲慘叫。

霽雲倏地回過頭來，正看到謝芸一把寶劍架在蘇沅的脖子上，不由大驚。

「謝芸，快放開蘇姊姊！」

蘇霈和張氏也瞧見了這一幕，頓時都嚇傻了，張氏哭叫著就要撲過去。

「謝公子，你做什麼？求求你，不要傷害我女兒！」

謝芸一臉悲痛，手微一用力，殷紅的血順著蘇沅的脖子就流了下來。

「姓林的小子是吧？若不是你一定要插手，我就和沅兒雙宿雙飛了！既然你要壞了我的姻緣，那我就先殺了沅兒，然後自殺好了！」

「不要啊！」張氏徹底嚇懵了，轉頭對著霽雲哀求道：「林公子，這個人瘋了吧？求求你先穩住他，別讓他傷了我女兒啊！」

不過就是見了蘇沅一面，這會兒卻做出這般情根深種的模樣……霽雲心裡暗暗起疑，微一思索便明白過來。

他這是醉翁之意不在酒吧？

從那些人撲過來時，霽雲就已經明白，謝芸真正要對付的人怕是自己。

到底是從什麼時候，謝芸開始不對勁的？

她腦海中靈光一閃。自己記得沒錯的話，之前說到萱草商號時，這人還一副得意洋洋的顯擺樣子，可是從李虎進來後，謝芸的神情就完全變了，完全是一副如臨大敵的焦躁和狠戾。

可李虎不過是剛到這裡，根本就沒有機會和這謝大少爺有任何交集，除非，他早就認識李虎。

而李虎最可能讓人忌憚的身分，便是萱草商號大掌櫃的隨從。

這幾年來，阿遜護著自己，如無必要，從不捨得讓自己受鞍馬勞頓之苦，商號裡的買賣都是帶著李虎去處理，甚至很多時候，李虎可以代表阿遜作很多決定……

難道這謝芸，其實和自己趕往邊關時的那場狙殺有關？不然謝府何以會有這麼多商號的東西？

一陣殺意在霽雲的眼中一閃而過。

到現在，自己還沒有阿遜和十二的一點消息，若真是和謝芸有關，別說一個小小的謝簡，就是整個謝家，自己也敢顛覆了它！

上一世是自己愚蠢懦弱，才會害得最親的人有那般悲慘結局，這一世，自己絕不會再讓悲劇重演。而心裡重要的人，除了爹爹之外，還有一直相依為命、寵愛自己的阿遜，若是有人膽敢動他們，那就要做好被自己滅掉的準備……

想誘使自己靠近，然後動手嗎？

霽雲心裡暗暗冷笑。想法倒是挺好的，可最後動手的是誰卻不一定……

當下裝出一副驚慌的樣子對張氏道：「蘇夫人，您放心，我會向這位謝公子好好解釋，沅姊姊一定不會有事的。」

說著就慌裡慌張地往謝芸身邊跑。

人群中的十一和林克浩聞聲嚇了一跳，忙要趕過去護住，卻被那些侍衛給擋住，兩人驚得臉都變色了，一迭連聲道：「少爺，快回來！」

那謝芸明顯不懷好意，少爺怎麼還自己送上門了？若是少爺真有個什麼好歹，別說王爺和太傅會如何傷心欲絕，兩個人也都不要活了！

霽雲聞聲愣了一下，腳下猛地一頓，似是有些不知道該怎麼做才好，卻已是距謝芸不過三、四步罷了。

李虎也反應過來，忙快步跑過來，護著霽雲就要跑。

謝芸卻是喜出望外。果然小孩子好騙，這麼容易就跑到自己面前來了，還一來就是兩個！他狠狠一把推開蘇沅，舉起寶劍就朝霽雲劈了下去。

哪知霽雲嘴角卻忽然露出一個諷刺的笑容。

「蠢貨，還想暗算我？」

她從懷裡掏出一個針筒，對著近在咫尺的謝芸一按開關，一簇細如牛毛的繡花針對準謝芸的面門就射了過去。

謝芸慘叫一聲，捂著臉就摔倒在地上。

「我的眼睛、我的眼睛！我一定要殺了你！」

冷不防身後忽然響起一個暴怒的聲音。

「竟敢動小少爺？信不信我現在就讓你死無葬身之地！」

謝芸頭上隨即多了一雙腳，狠狠來回碾壓著。他臉上本就布滿了繡花針，上面人這一踩，那些針完全沒入了肉裡。

來人正是鄭涼和王府、容府留下來護衛霽雲的好手。

方才謝芸拿劍去劈霽雲時，鄭涼正好進院子，嚇得魂都差點飛了，只恨不得一腳踹死謝芸，不對，應該是拿把刀把腳下這人剮了才解恨！

他心裡更是又驚又怒。看這謝芸的樣子，明顯就是針對著小姐而來，怪不得王爺臨走時告訴自己，可能會有人想要害小姐，自己還只當王爺許是怕自己侍奉小姐不經心，原來竟是真的嗎？

「放開、我……」謝芸艱難地想要抬起頭，掙扎著道：「我爹、可是、謝簡……敢動我們謝府，你就不怕……誅九族嗎？」

雖然氣息微弱，威脅的意味竟是再濃不過。

「謝簡？」鄭涼氣得又是一腳狠狠跺了下去。「是個什麼東西！就憑謝簡也敢在我家少爺面前充大尾巴狼？別說是謝簡那個混帳東西，就是謝明揚那老小子來了，敢動我家少爺，我老鄭也敢抽他！」

若說鄭涼的眼裡從前只有楚昭這個王爺，那現在又多了個霽雲，敢動這兩人的，鄭涼都會和他們拚命！

他家少爺？謝芸恍恍惚惚之中覺得有些不對，不是說是鄭涼故交之子嗎？怎麼這鄭涼說話這麼客氣？

還沒等想明白，就聽霽雲冷聲道：「涼叔，這院裡的人，一個也不許放跑了，全都給我拿下！」

那聲音裡的殺伐決斷怎麼聽都不像一個十歲出頭的小孩子。

那些侍衛方才不過略占上風，還以為時間長了，定然能把十一和林克浩給殺了，哪知道對方竟忽然冒出這麼多援兵，更可怖的是，這些人身形快如鬼魅，武功比起剛才交手的兩人都是只高不低。

其中一個下手最是狠辣的侍衛，神情頓時有些著慌，不動聲色就往牆角退去，看到躺在地上、生死不知的謝芸，眼睛一閃，一抬手，一把飛刀無聲擲了出去，然後身子一縱就想跑。

霽雲正好抬頭，看到疾飛而至的飛刀嚇了一跳，剛要開口示警，那飛刀已經噗的一聲插入謝芸的心窩處。

那人冷笑一聲，扭頭就要跑。

霽雲怒聲道：「竟然想要滅口嗎？抓住他！要活的！」

忙低下頭去察看謝芸，卻已是沒了半點生息，眼睛慢慢落在那幾乎完全沒入的飛刀上，霽雲幾乎咬碎牙齒。

這把飛刀，和李昉從自己身上取出的那把飛刀，竟然一模一樣！

「主子，」追出去的暗衛很快回轉，低聲道：「屬下辦事不力，本已活捉了那逃跑之人，哪想到他竟然咬舌自盡，請主子責罰。」

霽雲一愣。自殺了？那又怎樣！跑了謝芸，還有他老子謝簡呢！

她緩緩轉頭瞧向鄭涼。「涼叔，加派人手，不許任何人靠近這宅子。另外悄悄派人看住謝家人居住的院子，沒我的吩咐，一概只許進不許出。」

還要繼續說，卻忽然聽門口發出一聲撕心裂肺的哭叫。

「我的兒啊！你這是怎麼了？」

卻是那李氏帶著謝雅突然回轉，看見倒在地上的謝芸，頓時嚇得魂都沒了。方才兒子不是還告訴自己要給她出氣嗎？不過這一晃眼的工夫，怎麼就被人給打趴下了？

待把人給翻過來，一眼看到謝芸的臉，再一摸鼻子，竟是根本就沒了呼吸。李氏一句話沒說就昏了過去。

謝雅更是萬萬沒有料到，這世上竟真有人敢不把謝府放在眼裡，生生打死了自己的哥哥，瘋了一樣地對著身後同樣嚇呆的僕人道：「派人去叫林文進來，看住大門，一個也不要放跑了，我要讓你們全都給我哥陪葬！」

那些僕人頓時苦了臉。大門哪用自己看啊，小姐沒發現嗎？從他們一進來，大門口就被兩個滿臉殺氣的人給堵上了，那架勢分明是人家怕他們跑了啊！

謝雅卻哪裡還顧得上這些？抱著李氏，又是掐人中，又是哭著喊娘，好半天終於把人給弄醒了。

李氏抱著謝芸的屍體就開始嚎了起來，抬起頭，仇恨地瞧著在場的每一個人。

「敢殺我兒子，我要讓你們全都不得好死！」

「這是怎麼回事？」門外響起一個威嚴的聲音，眾人回頭，卻是林文進。

林文進本來正在府衙處理政務，卻突然聽女兒派人來說，後面王府中好像有幾家官眷發生了衝突。

林文進嚇了一跳，忙匆匆趕了過來，哪知還沒靠近小院就被人給攔住，那些人問清自己姓名後，臉色明顯緩和了些，便是說話也客氣了許多，可林文進仍是覺得有些惴惴不安。

這般架勢，也就王爺在時才會如此，難不成是王爺突然趕回來了？

哪知急匆匆趕到，卻看到了這樣的場面。

李氏還在痛苦，謝雅卻已經看到了林文進，紅著眼睛哭道：「林伯伯，快讓人抓了這些惡徒，他們竟然殺了我的哥哥！」

把謝芸給殺了？林文進腳下一個踉蹌，差點摔倒。雖然私下裡議論時，大家對謝簡的這個兒子都是有些不齒，可奈何人家是大楚三大世家的子弟，便是皇上怕也不會輕易處置。

而現在，這謝芸竟然就在自己眼皮底下被人給殺了，怪不得方才外面戒備森嚴，難道都是謝家的人嗎？可也不對啊，這般大的排場，要是謝明揚那還說得過去，要是謝芸的話，實在不大可能。

「林大人，」李氏抹了把淚，神情狠毒地掃過在場每一個人。「你還愣著幹什麼？還不把這些人全抓起來，讓他們給我兒子償命！」

林文進頓時有些不悅。早知道謝家人跋扈，沒想到卻是跋扈成了這般，那語氣，分明就是把自己看成他們家下人一般。別說自己的恩主是太傅，就算自己是從他們家出來的，這種語氣也讓人厭煩！

只是謝芸被殺一事，自己還是要處置的。堂堂謝府子弟在自己治下被殺，若不能嚴懲凶手，定然會惹來無窮後患。

剛要開口詢問，忽然看到一邊的總管鄭涼，不由愣了一下，老總管怎麼也在這裡？忙開口寒暄。「原來老總管也在啊。這裡太亂，老總管還是先回去歇息吧。」

聽林文進此言，謝雅就先脹紅了臉，提高聲音道：「老總管可以回去，其他人卻必須留下，特別是他！」抬手指向霽雲。「是你讓人殺了我哥，對不對？」

是這個小孩子？林文進一愣，剛要發問，哪知老總管卻是勃然大怒，厲聲道：「臭丫頭，敢謀害我家少爺，妳那哥哥死有餘辜！」

謝雅被罵得一愣，旋即又惱羞成怒。這老東西是不是腦子被屎糊了，那再是他故交之子，自己可也是身世高貴的謝府小姐！

她旋即冷笑一聲。「不過一個王府的下人罷了，身分如此低賤，竟敢和我謝府叫板！林大人，您可是親耳聽到這老傢伙承認我哥是他的人殺的！」

又回頭衝著下人道：「你們還愣著幹什麼？還不亂棍打死！」

「口口聲聲你們謝府如何，你們謝府就很高貴嗎？」哪知一個古怪的笑聲忽然在耳邊響起，卻是霽雲正緩步而出，小小的身子散發出不可逼視的威嚴。

更奇怪的是，老總管亦步亦趨跟在後面，那恭敬的神情看得林文進和謝雅俱皆一愣。這般模樣，好像也只有對著昭王爺時才會有吧？

兩人心頭旋即疑雲大起。難道說，這男孩並不像是他們對外宣揚的什麼故交之子，而是有了不得的身分？

敢和謝府叫板，甚至殺了謝芸還這般氣定神閒，到底是什麼來頭才讓他有這般底氣？

「老總管，莫不是貴府和謝家有什麼誤會？」林文進想了下，小心道。

「林大人，冤枉啊！請林大人給小女做主！」老總管尚未答話，蘇沅已經淚漣漣地跪了下來。

張氏也和蘇霈一塊兒跪下。

林文進心裡越發驚奇。怎麼，事情還和蘇家有關嗎？尚未開口，李氏已經發瘋一般要衝過來，口裡還一邊罵著：「小娼婦，若不是妳勾引我家芸兒，怎麼會有這般天大的禍事！我兒子死了，妳也別想獨活，老爺回來了，我定要他把你們蘇家全都殺了，才能解我心頭之恨！」

「謝夫人，妳怎麼這般不講理！」俗話說為母則強，張氏看李氏這般辱罵自己女兒，還揚言說要自己一家償命，頓時氣苦至極。「明明是妳兒子要來強逼我女兒為妾，又想殺害小公子不成，才會變成現在這個樣子！若不是謝家仗勢欺人，事情怎麼會這樣無法收拾？」

又轉頭對著林文進磕頭道：「這事與小公子無礙，實在是謝公子欺人太甚，小公子看不過才出手相助。哪知這謝公子竟然懷恨在心，要對小公子下毒手！後來還劫持了我的女兒，大人請看。」

說著讓蘇沅仰起脖子，露出脖頸處的血痕，流淚道：「當時謝公子說要殺了我女兒，小公子出手相救，才會傷了謝公子。」

「妳胡說八道！」李氏瘋了一樣地嚷嚷道：「定是妳女兒自己淫賤，跑來勾引我兒子不成，才殺了我兒子！林文進，你還愣著做什麼？我讓你把他們抓起來。」

「好了，謝夫人。」林文進強忍了怒氣道：「事情到底怎麼樣，本官會調查清楚，也一定會還妳一個公道。」

事情竟然牽扯到王府和蘇家兩方人，林文進頓時感到頭疼。一方面，他已經相信了張氏的話，因為謝芸的風流，林文進也有所耳聞；至於蘇仲霖，雖是家中庶子，兩人都是容家門下出來的，雖不常見面，彼此間私交尚可，知道蘇家門風嚴謹，不說勾引人，勾引的還是謝芸那樣風流成性的浪蕩公子，根本就是不可能的。

只是，這謝芸卻是確確實實死了，還是謝家人，想要糊弄過去，根本不可能。為今之計，只有先問清楚老總管到底怎麼回事。而且那位林公子的身分……

李氏沒料到林文進竟會如此說，指著林文進破口大罵。「姓林的，你也以為我們謝家好欺負嗎？你不過就是容家的一條狗，竟然也敢在我面前擺譜！」

回頭衝著身後僕人道：「你們去，把淩大人給我叫來！」

話音未落，遠處便傳來一陣鼓譟之聲，很快就有暗衛匆匆過來，貼在霽雲耳邊悄聲道：「剛才王府外突然來了幾輛蓋得嚴嚴實實的大車，不知為何，又很快離開，往總兵府而去。現在總兵淩子同正帶了些人往此處而來。」

「是嗎？」霽雲眉梢一挑，微微點了點頭。「不用攔他，讓人悄悄去探看一下，那車子裡到底是什麼。」

狙殺自己和阿遜，又不知用了什麼方法，這麼快就對萱草商號下手，這些人圖謀的怕不只是財物那麼簡單……

淩子同也不知聽到了什麼消息，竟是一身甲冑而來，身後還跟了十多個全副武裝的士兵，看到院裡的情形，不由一愣。

「林大人，這是怎麼了？」

又瞧見謝簡的夫人李氏。

「嫂夫人也在這裡？到底發生了什麼事？」

「淩大人。」李氏看到淩子同，就知道靠山到了，不說淩子同和謝家本就是盟友關係，且謝簡和淩子同兩人一向私交甚篤，絕不會看著自己兒子白白死在這裡。

「淩大人，你可要為芸兒做主啊！」

「芸兒？」淩子同一愣，這才注意到地上躺著的謝芸，忽然覺得不妙，上前俯身查看，也一下傻了眼。

入手冰冷，人分明早就死了！

淩子同之所以匆匆趕到王府，正是來找謝芸的。

卻是從朔州運過來的第二批萱草商號的貨物到了，押運貨物的人卻來報說，覺得謝府有些不大對勁。

自己就想著趕過來一看，哪裡想到謝芸竟然被人殺了！

第三十九章

「誰下的手？」淩子同神情森然，掃視著在場每一個人，最後收回眼光落在林文進身上。「林大人，到底怎麼回事？堂堂謝家公子竟然青天白日被人給殺了？把這些人全都帶回去審訊，一定要嚴懲凶手！」

「是他們自己人殺自己人，和我們又有什麼相關？」蘇霈畢竟年紀小，看淩子同的模樣，竟是要將在場所有人治罪的樣子，抬手一指牆角處。「是那個壞蛋扔過來一把飛刀，扎到了他自己主子身上，跟我們有什麼關係？」

「那個人？」眾人抬頭望去，這才發現院牆下還趴著一個侍衛模樣的人。

淩子同只看了一眼，神情就變得更加難看。

正是和謝芸一塊兒從朔州回來的那名侍衛。

到底是怎麼回事，怎麼不過片刻工夫這兩個人全都死了？難道是楚昭發現了什麼？

他僵著臉，朝林文進微一拱手，冷聲道：「這麼多人犯，怕是府衙中不好看守，不如子同就替大人分憂，把他們都帶到我的總兵府吧。」

那些親信轟然應諾，竟是上前就要抓人。

「我看哪個兔崽子敢抓人！」老總管上前一步，正對上淩子同，鬚髮皆張。

霽雲剛要開口，眼角處卻掃到方才那暗衛已經去而復返，忙不動聲色地後退了一步。

「啟稟主子，屬下已經查探清楚，方才送來的那一大車全都是曬乾的草藥。而且看上面的標記，全都是出自萱草商號。」

全都是草藥？霽雲猛抬頭，看向淩子同的神情淩厲無比。

看來自己判斷得沒錯，對自己等人的狙擊，果然和這些太子黨有關！

這大批的草藥還是自己趕往邊關時，想到震災後可能會有疫情，特意傳令商號中人運往奉元的，怎麼現在會突然出現在這裡？

這些藥物，現在可都是災區百姓救命的東西啊！這幫人到底是何居心？

她忽然想到楚昭已經趕去奉元主持賑災事宜，臉色頓時大變。不會是自己想的那樣吧？

淩子同沒想到鄭涼竟然真敢和自己對上。

一進院子，他就看到了鄭涼，只是他是太子的表兄，一向對楚昭很是反感，對昭王府的下人自然也就沒什麼好臉色，是以故意裝作沒看見。

現在看到鄭涼竟然不自量力冒出來要和自己打擂臺，極為蔑視地冷哼道：「你算什麼東西？一個下賤的奴才罷了，此種場合哪有你插嘴的餘地？」

「淩子同！」鄭涼大怒，只是霽雲一直沒下命令，鄭涼也不好發作，僅怒聲道：「有我在，你休想從這院中帶走一個人！」

「淩伯伯。」謝雅卻哭叫道：「剛才那賤人說得明白，殺人的就是這老東西的故交子姪，可方才林大人卻是一力袒護，根本沒有懲治凶手的意思，淩伯伯，您一定要給我們做主，替我哥報仇雪恨啊！」

鄭涼的故交子姪？淩子同眼裡寒意更濃。謝芸的死竟果然和昭王府有關嗎？現下奉元那裡，楚昭已經陷入孤立無援的境地，一旦那些百姓發現沒有賑糧再加上瘟疫，必會群起而反，到時候稍加引導，便可讓楚昭「死在亂民手中」——

眼看大事將成，自己絕不允許出現一點紕漏！

他拔出劍直指向鄭涼。

「把這老東西和這院子裡的所有人全給我拿下，若有反抗，殺無赦！」

話音未落，一個冰冷的聲音同時響起。

「來人，把淩子同和這院裡的人全都給我拿下！」

林文進一愣，抬頭看去，正是方才那被稱為林公子的男孩子，愣了一下，剛要開口勸男孩不要莽撞，卻被鄭涼一把拽住手臂。

「林大人這邊來。」

林文進被拖拽著走到霽雲身前，剛要發問，卻見霽雲驀地攤開手掌，掌心處正躺著一塊沈甸甸的權杖。

林文進的眼睛倏地睜大，身子一晃，不敢置信地瞧著霽雲。

「公子、公子……」

這分明是容府的家主令，怎麼會在一個孩子手裡？

「我，姓容。」霽雲已經收回權杖，輕聲道。

「容？」林文進一副被雷劈到的模樣，這會兒才發現，這孩子的容貌竟是像極了太傅，驚得一下張大了嘴巴。「你是、你是太傅……」

知道林文進和蘇仲霖一樣都是爹爹的人，霽雲並沒打算瞞他。

「太傅是我爹。我本想等病體完全康復再去拜見林大人，卻不想……」

林文進腦海中靈光一閃，突然想到昭王爺離開的前一夜，自己接待謝家人時，偶遇楚昭，看到那幾個人的背影。

難道自己覺得熟悉的那人真是太傅大人？神情頓時激動無比。

「是太傅大人親自送公子到這裡來的，對不對？」

怪不得鄭涼會有那樣恭敬的表情，原來竟然是容府小主子在這裡。

霽雲微微頷首，很是歉然道：「本不想給大人添麻煩的，只是我懷疑這淩子同還有謝府，想要對昭王爺和我爹不利。」

「公子請放心。」林文進神情有些惴惴，卻還是應道：「有文進在，定不會讓他們得逞。」

心裡卻尋思著，公子這麼小的年紀，對國家大事又能懂得多少？這般逞凶鬥氣，和太傅一貫行事大大不同啊！

只是這種場合之下，自己絕不能拆他的臺，還是想辦法慢慢幫公子善後吧。

還沒想出個所以然來，淩子同氣急敗壞的聲音跟著傳來。

「林大人，快讓他們放了我！」

林文進回頭，不由大吃一驚，不過這麼一會兒工夫，淩子同和他的人竟然全部被制伏，忙往那群已經退回霽雲身後的侍衛衣袖看去，果然，上面有容家特有的飛鷹圖案。

太傅竟把他手下最精銳的飛鷹暗衛全給了小公子嗎？

沒想到林文進瞧著自己，竟是沒有一點反應，眼看著身邊的人一個個被帶走，淩子同有些著慌。難道其實這一切，是林文進主使的？

「林文進，你竟敢這樣對我？快放了我，事情或可挽回，不然……」

「不然你能怎樣？」霽雲上前一步，和林文進並排而立。「淩子同，你瞧這幾個人是誰？」

沒想到一個小毛孩子也敢對自己指手畫腳，淩子同簡直要氣壞了，剛要斥罵，身邊卻撲通一聲，淩子同瞧去，不由面色大變。

是方才謝簡派來、被自己暫時安排在總兵府的人。

淩子同卻不相信對方會知道什麼，強撐著道：「好啊，林文進，竟然連我府中的客人也敢抓，你還真是吃了熊心豹膽！」

「淩子同，你才是吃了熊心豹膽吧？」霽雲冷笑一聲，接過暗衛遞來的藥物砸向淩子同。「震災之後，瘟疫橫行，這本是萱草商號籌集來給昭王爺賑災之用，現在怎麼跑到了你的府第？竟敢狙殺萱草商號眾人在先，又破壞王爺賑災、圖謀不利王爺在後，人證、物證俱全，淩子同，我倒要瞧瞧，便是有太子府做倚仗，皇上可饒得了你？」

沒想到這小小少年竟然對自己做過的事這麼清楚，淩子同頓時面如土色。發生了什麼事，明明並沒有任何人知道，怎麼這孩子卻是一清二楚？

「你到底是誰？」

旁邊的李虎卻已忍不住衝了過來，朝淩子同的面門就是一拳，紅著眼睛道：「混蛋，當初要殺我們的就是你嗎？你還我十二哥的胳膊來！還有大少爺！」

「阿遜怎麼了？」霽雲一愣，一把抓住李虎。

李虎抹了把眼淚。

「我也不知道，不過大少爺的傷可是比十二哥還重，他中了和少爺一樣的毒。」

「中毒？」霽雲臉色大變。「什麼時候？我怎麼不知道？阿遜現在又在哪裡？」

醒來後，她也曾多次詢問李虎，李虎卻一直告訴自己是和阿遜失散了的，難道說全是騙自己的嗎？

李虎含著淚道：「就在峽谷裡。我親眼看見帶毒的飛刀完全沒入大少爺的後背……至於大少爺去了哪裡，從醒來後，我就沒再見過他們……」

霽雲臉色頓時慘白，若不是鄭涼扶著，差點就摔倒。

怪不得自己當時覺得阿遜不對勁，其實那個時候，就已經身中毒刀了嗎？卻還護著自己和那些人打鬥了那麼久！

難道阿遜現在已經……

不，不會的，自己絕不相信，阿遜會這麼狠心地把自己扔下！

「你到底是誰？」淩子同越聽兩人的對話越覺得不對勁，絕望地瞧著霽雲。「難道你們是萱草商號的餘孽？就憑你們這些賤民，還想對我不利嗎？我爺爺可是當朝太師！」

「餘孽？」霽雲忽然仰天大笑，半晌止住，瞧著驚疑不定的淩子同道：「既然你很想知道，那我就告訴你。我，才是萱草商號真正的大當家。同時，我還有一個身分，容文翰是我爹！淩子同，現在你還覺得我拿你沒辦法嗎？敢動阿遜，敢對我爹不利，你們全都要死！我現在暫時不會動你，你最好祈禱阿遜沒事，不然，我定要將你碎屍萬段！」

說完，她轉身就走。自己要馬上收拾東西，趕往奉元。

霽雲此言一出，所有人都大吃一驚。

林文進這才知道，自己竟是小看了容公子！他最清楚，這幾年若沒有萱草商號的一力支撐，邊關戰事會有怎樣的變故，卻沒想到據傳聞幾乎富可敵國的萱草商號，竟出自眼前這個半大少年的手筆。

這到底是怎樣的驚才絕豔，太傅有子如此，容家必然更加興旺！

蘇家人則是感激涕零，怪不得這位小公子對他們如此維護，原來竟是太傅家的公子嗎？

淩子同神情卻是由黯然而絕望，到最後變得瘋狂。

「你便是容家人又如何？現在趕過去，也不過是給楚昭收屍罷了！你最好放清醒些，把我給放了，說不定我還可以替你求太子，收留你們容家——」

話音未落，便被氣得渾身發抖的鄭涼一棍砸暈了過去。

第二天一大早，霽雲便坐了馬車，急急往奉元而去。

一路上，瞧著外面的斷壁殘垣，以及啼飢號寒、流離失所的人群，只覺得心彷彿被什麼東西給緊緊攫住，有一種喘不過氣來的感覺。

這樣的大災，根本就不是人力所能對抗的吧？自己當時僥倖逃脫，那身受重傷的阿遜他們呢？

霽雲驚慌地放下簾子，不敢再想下去。

「今兒個是什麼時日了？」霽雲強自壓下心頭的惶恐，探頭問跟在車旁的十一。

十一低頭算了下，不由一愣，今天竟已是除夕了呢！

除夕？又是一年了嗎？霽雲一時有些惘然。

重活一世，對過節什麼的，霽雲心裡早已不甚在乎。倒是阿遜，每年這個時候，無論身在哪裡，必定都會克服千難萬險，趕回來和自己吃一頓團圓飯。

兩人性子裡其實都有著冷情的一面。

阿遜似是從來不知道該怎樣才能熱鬧起來，她則自覺是大人了，對那些小孩子的事便少了幾分興趣，再加上懸念老父，便也從不曾提醒過什麼。

很多時候，都是李虎和夏老伯忙來忙去，做了好大一桌子菜端上來，然後他們幾個熱熱鬧鬧地笑鬧著，她和阿遜一旁靜靜看著，但是不論怎樣，兩人在守歲上都很有默契，阿遜一定會在新年到來的那一刻，輕輕抱一下她，那模樣，實在是虔誠得很。而她，那一刻也必定乖乖任阿遜抱著……

一陣噠噠的馬蹄聲傳來，經過霽雲一行人身邊時，那馬蹄聲忽然止住，一個中氣十足的男子聲音響起。

「各位兄臺，借問一下，到朔州要怎麼走？」

「朔州？」林克浩一愣，有些警惕地看向來人，卻是一群打扮利索的慓悍男子，簇擁著一名一身貂裘、眉眼冷厲的美少年。說話的是個中年男子，外表雖是吊兒郎當的，內裡卻偏是邪氣得很。

十一心中一凜。這些人外表雖看不出來，卻總給人一種說不出來的威脅感。

看清車子旁邊的眾人，對方也似是有些詫異，方才那問話的中年男子上前一步，從容笑道：「我等並非有意叨擾，實在是到此迷了路，各位兄臺儀表非凡，一看就是古道熱腸之人，還望不吝賜教。」

那般正經的態度，卻說出這樣不正經的話語，委實讓人哭笑不得。

那男子看著神情越發嚴肅的眾人，神情似乎有些懊惱。這大楚人不是最愛聽奉承話的嗎？怎麼這些人卻好像聽不懂人話啊？

「從這條路一直往西，很快就能上官道，順著官道再走一日，就能到達朔州。」李昉已經很是客氣地開口。

那些人互相看了眼，忙向霽雲眾人道了謝，又圍著少年商量了片刻，便打馬而去。

又走了會兒，眼看天色逐漸暗下來，李昉微一思量，隔著簾子對霽雲道：「小主子，眼看著天色也晚了，我記得沒錯的話，前方百里內都沒有可供投宿的地方，今天又是除夕，還這般天寒地凍的，前面就有個村落，咱們不妨去借宿一晚吧，明日一早再趕路也不遲。」

第四十章

霽雲明白，李昉定是擔心自己大病初癒，唯恐引發舊疾，而且如他所言，即便心情如何沈重，今天畢竟是除夕，便點頭認可了李昉的建議。

聽李昉這樣說，李虎有些興奮，轉而又想到阿遜幾個仍下落不明，神情又轉為黯然。

一行人很快來到村裡。

村子並不大，本就沒有多少人家，房屋也大都是東倒西歪，倒是最中間有一處院落，裡面的房屋看起來還算完整的樣子。

眾人便朝著那房屋的方向而去。林克浩剛要上前敲門，門卻自己從裡面打開，一個面黃肌瘦、神情憔悴的婦人抱著孩子從裡面跌跌撞撞跑了出來，門後面，還站著一群同樣虛弱不堪的老幼婦孺。

那女人沒想到外面竟來了這麼多人，本就餓得頭暈眼花，又有些被嚇到，竟是一下踩空臺階，抱著孩子就從上面滾下來。

眼看著就要撞上霽雲，林克浩和十一忙齊齊往前一錯身，便擋在霽雲面前，警覺無比地瞧著眼前的人。

那女人卻已在哭叫道：「奴家不是有意衝撞各位老爺的，各位老爺饒了奴家吧！奴家的孩兒病重，求你們讓奴家帶孩子看大夫吧！」

霽雲已經發現了孩子的臉色很不正常，蠟黃裡又透著慘白，呼吸間還間雜著陣陣惡臭，神情一緊，忙矮下身子，溫和地對女子道：「這位大嫂莫慌張，我家李大哥恰巧就是大夫，大嫂若放心的話，不妨讓李大哥瞧瞧。」

聽說這些人裡竟然有大夫，那婦人頓時喜極而泣。

李昉探了下孩子的脈搏，又捏開嘴巴，看了一下舌頭，果然如自己所料，當下衝霽雲點了點頭。

「是毒疫痢。」

什麼？女子頓時面如死灰。之前就聽說有地方得了這種時疫，一個村裡的人都死絕的，那現在豈不是說，自己的孩子也是活不成了？

後面人群裡也有人和孩子一樣，但症狀並不太明顯的，聞言呆了一下，便坐在地上嚎啕起來。

居然是瘟疫？林克浩也嚇了一跳，下意識就想抱起霽雲放在車上，卻被李昉攔住。

「無妨，這孩子只是剛染上，並不怎麼嚴重，只要有藥便可醫。你忘了，咱們車上就有藥物。」

對呀，林克浩這才想起，除了派專人悄悄護送藥物趕往奉元外，他們車上還帶了好多。

那院裡眾人也看到了希望，一個個頓時喜極而泣，忙把霽雲等迎進院子，但凡有些力氣的，便忙裡忙外地給大家收拾房間。

李昉先讓大家支起一口大鍋，從車中取出藥草熬了一大鍋藥湯，讓所有人都先喝了一碗，同時又開出幾味藥，讓婦人小火煎了給孩子吃。不過一頓飯時間，那本已昏迷的孩子竟然就醒了過來。

那婦人抱著孩子不住磕頭，跑回屋拿出僅有的幾塊硬硬的饅頭，非要塞給霽雲，便是其他人家，也都把自己小心裹了一層又一層的吃食拿出來，一一擺放在眾人眼前。

這些吃食之中，除女子的饅頭外，最好的也不過是粗麵餅罷了。

霽雲看得心酸，忙讓這些人把吃的東西都收起來，又叫來林克浩吩咐了幾句。

林克浩領命，來到外間告訴眾人，公子發話了，要和大家一起共度除夕。

說完一揮手，馬上有人從車上搬下米麵，甚至最後還有一大塊豬肉和半個豬頭。那些人呆愣了片刻，明白過來，頓時一片沸騰，更有人喜得跪在地上不住地說：「感謝恩公，好人長命百歲！」

正自喧擾不堪，又一陣急促的馬蹄聲傳來。

霽雲皺眉。這麼晚了，又是除夕，竟還有人連夜趕路嗎？

哪知那馬蹄聲竟然在門外停住，等林克浩打開門來，雙方都是一滯。

怎麼會那麼巧，竟是方才那群問路的人。

「小兄弟，我們又見面了。」開口的仍是那個問路的中年男子。男子對林克浩的冷臉視若無睹，只一逕把頭探進去，拚命吸著鼻子，似是對院中的香氣饞得不得了，好半晌才回頭對身後諸人道：「啊呀，咱們不是還有好些牛肉和美酒嗎？趕緊拿出來招待貴客。」

說著，就攀著林克浩臂膀往裡擠，那架勢好像他是主人一般。

他身後的人倒聽話得很，果然拿了好些牛肉下來，又解下酒囊，交給不明就裡的那些鄉親。

霽雲正站在臺階前，聞言瞄了瞄男子，男子忙笑呵呵一拱手。

「公子好，姬二有禮了。」

忽然又回頭瞟一眼仍是結結實實裹在貂裘裡的少年。

「好羽兒，往日二舅只說我家羽兒是最漂亮的，今兒個可見著一個你也比不下去的了。」

那少年冷冷一眼掃來，姬二忽然想起，啊呀，怎麼忘了，自己這個親外甥可是最討厭人家說他漂亮的，可沒辦法，自己不逗逗的話，羽兒就每天都是一張死人臉，實在是沒有一點趣味。

剛要再逗，少年卻已收回眼光，漠然地掃了霽雲一眼，視線忽然停駐在霽雲裝著金針的錦袋上，神情微微一滯。

便是那中年人，也詫異地愣了一下。

霽雲面上不顯，心裡卻已是一片驚濤駭浪。看對方的樣子，分明是見過這樣的一袋金針，可這金針卻是阿遜的招牌東西，難道他們見過阿遜？

少年已經收回眼光，逕自抬腿就要下馬，哪知腳剛踩到地上，身子便是一歪，差點跌倒。

旁邊的人忙伸手攙住。

「主子，您的腿……」

那中年人也收起了調笑的神情，快步跑過來，一臉緊張地瞧著少年。

「怎麼了？可是腿疾又犯了？就讓你不要趕得這麼急，你偏不聽。」

這樣想著，越發對那個醜女心懷不滿。

幾年了，還以為羽兒一直心心念念的女子該是何等的傾國傾城，卻沒料到竟是這般醜若無鹽，自己看了之後，簡直要作惡夢！這還不算，羽兒剛在國內站穩腳跟，就迫不及待想要來接走那醜女，哪知道那丫頭竟然已經嫁人了！

不過，知道這個消息後，羽兒一夜未眠，自己卻是謝天謝地。真要是沒成親就把她接走了，那自己就不是一夜未眠，而要變成終身不眠了！

有個這樣的外甥媳婦，自己那早死的姊姊會從地下爬出來追殺自己一輩子的好不好！

可也真是奇了怪了，明明羽兒對誰都是愛理不理的，就是自己這個舅舅也無法左右，偏在那個丫頭面前，竟是百依百順的。雖然知道對方已經成親的消息，卻還是對她提出的所有要求無有不從。

醜女要羽兒來保護她那個叫方修林的狗屁夫君，這樣天寒地凍的，羽兒果真快馬加鞭地趕來，還弄得腿疾發作。

想當初，靈老可是費了九牛二虎之力，才算治好羽兒被凍壞的腿，還千叮嚀萬囑咐絕不可再被凍到。

「那個醜女……」姬二磨著牙，還要再說，卻被少年涼涼瞟了一眼，姬二只得閉了嘴，邊扶著少年走邊嘮叨。「好了、好了，我不說了行吧？可明明就是醜女嘛！我看呢，還心腸壞……」

怨唸得太專心了，本是攙的竟然變成了拖，真是健步如飛啊！

霽雲看少年的姿勢，腿應該早年曾經凍壞過，這雪天裡，又晝夜兼程地趕路，以致誘發舊疾。那姬二應該也是知道這個情況，不過這拖著一個傷了腿的人飛一樣地跑又是為哪樣？自己可是深有同感，腿疼時那萬箭鑽心般的滋味，只是這幾年有阿遜萬分小心地幫自己調理，又把那套當初幫自己治腿的針法傳給了自己，還這也不許那也不許的，倒是很久沒痛過了……

少年本來還隱忍著，卻突然瞥到霽雲眼裡似有若無的同情，心裡忽然升起一種說不出來的情緒，倏地推開姬二，腳下也猛一踉蹌。

「啊？」姬二愣了下，這才意識到外甥八成又惱自己說那醜女壞話了，邊不住跺了腳嘆息，邊小聲道：「哎呀，你還發脾氣，便是相貌有我新得的歌女的十分之一，不，百分之一，也不錯啊……」

說著轉向臺階上的霽雲可憐巴巴道：「小公子，你說我咋就那麼命苦呢，好不容易把外甥拉拔大了，這還沒娶媳婦兒呢，就忘了娘舅了。」

霽雲微微一笑。

「許是你多心了，這位公子只是因為腿疾所擾，心情不好也是有的。我早年也曾經體會過那滋味，委實是痛苦難當。」

「那樣嗎？」姬二撓撓頭，再去瞧少年，果然見少年走得極慢，甚至兩條腿都是僵直的，頓時滿臉懊悔，突然想到霽雲方才的話，眼睛一亮。「公子方才說早年受過這般苦，那豈不是說現在不苦了？」

霽雲矜持地點頭，轉身就想往裡走，哪知眼前人影一閃，竟是那中年男人鬼魅一般出現在自己眼前。

「好公子，那您幫我家羽兒治一下好不好？」

左右看了看，又壓低聲音道：「公子您缺什麼不？只要您肯幫忙，無論您想要我做什麼，我都會答應。」

這男子看著吊兒郎當，對那少年倒好得很。

霽雲搖了搖頭。

「我並不缺什麼，而且我的針法也過於粗陋，不見得對貴公子有什麼益處。」

「不然我把我那貌美如花的歌女送給公子？」姬二卻是不甘休，說了後又覺得不捨。「啊呀，那也不好，公子年齡還小，那啥多了會傷身的。不然，我還有塊上好的玉。」

霽雲的臉頓時暴紅。

這什麼舅舅是不是太能扯了？自己又沒說要他的歌女，竟然就開始胡說什麼傷身不傷身了。便不再理姬二，只管往前走。

姬二卻是跟屁蟲般追著霽雲哀求不已。

那少年先是隱忍著不說話，最後冷冷瞟了霽雲一眼，忽然開口。

「二舅，不要強人所難，你不是說阿呆——」話說了半截，卻又止住。

阿呆？霽雲微微一震，強忍著才沒把內心的恐慌顯露出來。是巧合，還是他口裡的阿呆就是阿遜？

正自惶惑，那姬二卻跑開去又迅速折返，拿了只玉盒就要塞給霽雲，卻被旁邊的李昉接過來，順手打開，不由大吃一驚。

「冰晶雪蓮？」還是兩朵！

「這位兄弟果然識貨。」姬二插著腰笑得得意，又生怕霽雲反悔似的忙後退一步。「診金已經付了，公子可不許再推拖。」

竟然是能解冥花之毒的冰晶雪蓮嗎？阿虎說，阿遜中毒只有比自己更深……這花目前正是阿遜所急需。這般想著，越發覺得眼前之人實在可疑。

霽雲思索片刻，點了點頭。

「好，我答應就是。」

那姬二頓時喜出望外，忙禮讓著霽雲去瞧少年。

十一和另一個暗衛對視一眼，也一前一後跟了過去。

姬二面上不顯，心裡也是暗暗吃驚。看這小公子的排場，也不知是什麼來頭，這身邊保護的人身手之高，怕是和羽兒身邊的人相比也不差分毫。

霽雲進了房間，已經有侍衛鋪了上好的毛皮在榻上，又小心扶著那少年慢慢躺好。

霽雲緩步向前，在榻前坐了。

姬二忙要幫著去捲起少年的褲子，後面的十一身形一閃，下意識就擋在霽雲面前。

「你幹什麼？」突然意識到有人這麼靠近，姬二猛地抬起頭來，聲音冷厲。

「無妨。」開口的是霽雲。「這般寒冷天氣，卸下衣衫，怕公子傷情會加重，我這金針便是隔著衣物也可用。」

這話倒不假，不過隔著衣物自然不如沒有遮擋的效果更好。

阿遜原本幫霽雲施針，都是會掀開褲腿，只是近幾年，隨著兩人日漸成長，霽雲便不許阿遜再直接腿上施針，總是隔著衣物。到後來，霽雲學會這套針法後，便不需阿遜幫忙了。

姬二一聽，果然不疑有他，忙道謝。「還是公子想得周到。」當下解開那少年的棉袍，只留一條白色的襯褲。

十一的神情這才緩和了下來。

那姬二卻暗暗奇怪，這侍衛的表現也太過了吧？不就是施個針，怎麼一副別人要壞他主子貞潔的模樣？

啊呀，不好，不會是這侍衛其實是斷袖，卻偏又不小心喜歡上了主子吧……

姬二上一眼瞧霽雲，下一眼瞧十一，這樣上上下下、左左右右打量個不停，眼中更是燃起了熊熊的八卦之火。

到最後，便是那少年也看不下去，默了一下道：「二舅，你下去歇息吧。」

啊？姬二這才回過神來，外甥這是在趕自己走啊！剛想反抗，霽雲也同時淡淡的一眼瞟過來。明明瞧著比羽兒還小的年紀，偏是那骨子裡自然散發出的高貴，讓姬二頓時心虛起來，暗暗後悔自己方才所想是不是太唐突貴人了？便扯了一把十一。

「咱們在外面候著吧，別打擾了公子施針。」

自己要走，這疑似斷袖的傢伙當然也要走，也算是替那小公子解決了一大困擾。

霽雲伸手摁了摁少年的膝蓋，少年眉頭微微蹙了一下，剛想閉目養神，卻聽霽雲道：

「這套針法並不甚難，公子可用心記下。」

那兩朵雪蓮太過貴重，雖是對方自願，可以她的性格也不願虧欠於人。

話未說完，就被少年不耐煩地冷冷打斷。

「怎麼那麼多廢話，你自施針就是。」

霽雲皺了皺眉。也不知哪家的孩子，這脾氣還真不是一般的壞。便也不理他，回頭揚聲叫了姬二進來，邊講解邊施針，姬二很快明白了霽雲的意思，忙小心記下。

那少年沒料到霽雲小小年紀，竟是比自己還處事穩重，兩相對比，倒顯得自己跟個無事生非的娃娃相仿，便重重哼了聲，閉上眼不再說話。

姬二還是第一次見到有人不把外甥的話放在眼裡，還能好端端和羽兒同處一室的，看向霽雲的眼神瞬間崇拜無比。

霽雲深知少年這是痼疾，又是第一次施針，必然劇痛無比，下針便儘量輕柔些。

那少年倒也是個強的，雖然疼得身體一次次痙攣，卻硬是一聲都沒哼。

好不容易施完針，霽雲已出了一身的汗。

看姬二的模樣，應該也已把這針法記下來，霽雲便起身告辭。

打開房門才發現，天空中不知什麼時候竟已下起雪來，和著孩子們的歡笑聲，甚至遠處還有稀稀落落的鞭炮聲，一年的除夕終於到了嗎？

看霽雲出來，十一忙跑過來，先把手裡的貂裘襖子給霽雲披上，又用雨披遮住上面，這才護了霽雲往住處而去。

姬二收拾好霽雲留下的金針，半晌終於道：「雖是有些模糊了，可這套針法，阿呆當初委實也用過的。你說當初明明把阿呆留給那個醜丫頭了呀……」

哪知自己嘮嘮叨叨說了半晌，床上的人卻毫無反應，姬二愣了一下，忙就近查看，才發現自家外甥早已睡熟了，驚了一下，旋即大喜。

別人不知，自己可是曉得，羽兒平日裡老睡不著覺，經常睜著眼睛到天亮，何曾有過這般酣眠的時候？

原來這針法竟然如此玄妙，不但可治療羽兒的腿疾，還有安神補腦的作用。

除夕夜的飯食雖不是如何豐盛，但因為是大災之後，能吃飽還能吃上肉，已經讓大家驚喜不已。

霽雲卻怎麼也無法融入這祥和的氣氛之中，草草用了幾口，便回了自己房間，隔著窗戶瞧那蒼茫的雪景，不由黯然神傷。

這般天氣，也不知爹爹在軍中可還安好？還有阿遜，到底又在何方呢？

輾轉反側，竟是怎麼也無法安睡，聽著外面已經安靜下來，所有人應該都已經睡下，霽雲索性披了斗篷，穿好鞋襪，悄悄打開房門，卻是一眼瞧見院中央長身而立的靜默少年。那孤絕的身姿，和阿遜竟如此的相像。

霽雲眼睛一熱，下意識就捂住嘴，尚未繫好的斗篷一下滑落地面。

少年聽到動靜，迅疾回過頭來。亮亮的雪色映襯下，恰好瞧見霽雲來不及抹去淚痕的斑駁小臉，愣了一下，眼中閃現一抹譏誚的神情，邊走過來撿起地上的斗篷給霽雲披上，邊哼了一聲。

「斗篷掉了，撿起來便是，竟能哭成這個樣子，這般沒出息的男孩子，我還是第一次見。」

說完，也不理霽雲，轉身便回了自己房間。

霽雲愣了一下，也默默回了房。

直到雞叫五更時，霽雲才緩緩閉上眼睛，輕輕說了句：「阿遜，新年快樂。」

終於進入了夢鄉。

同一時刻，上京安府中，已經在床上昏迷了半月之久的阿遜，身子忽然動了下，嘴裡輕輕吐出一個名字。

「雲兒……」

第四十一章

一場大雪過後，本就布滿了石塊的官道更是幾乎凍得難行。

幾個面黃肌瘦的差人和一群身體孱弱的囚犯，仍是頂著風雪一鍬一鍬地在清理著官道。

可已經過了數日之久，進展卻仍緩慢得很，到現在也不過清除完幾里的路徑罷了，而且進展還愈來愈慢……

因為地震而突兀隆起的河道上，一個身著已經看不出顏色棉袍的中年男子，迎著淒厲的寒風，佝僂著腰一步步往官道而來。

和他並排而行的是一個年輕的公子，身材高大，眉黑如墨，襯著高高的鼻梁、微抿的唇角，生生多了一分威嚴肅殺的氣勢。

兩人身後還跟了一個提著籃子的老僕，一個擔著熱水的隨從，同樣步履蹣跚、舉步維艱。

「蘇大人來送飯了。」有眼尖的看到了來人，忙扔下手裡的工具就想迎上來，可即便是歡呼聲，竟也是如此有氣無力，很快便消散在寒風中。

那老僕忙把竹籃子遞過去，跑上來接的差人打開後看了一眼，呆在了那兒。

今天的飯食也太簡陋了吧？除了一、二十個窩窩頭，竟是連塊鹹菜都沒有！而且只有二十多個窩窩頭，也就是說大家也就一人一個？

對面就是自家大人，這差人雖是苦著臉，可也不好說什麼，那群囚犯卻是當即就鼓譟起來。

「蘇大人，這麼寒冷的天氣，就吃這麼一個窩頭，我們哪來的力氣幹活？」

「是啊，昨天好歹每人還能吃上兩個窩窩頭，還有熱湯喝，今天不但沒湯了，連窩頭都只剩一個了？」

「這麼大冷的天，吃個窩頭能頂啥啊？人都快被凍成冰渣子了，還哪來的力氣幹活？」

「就是，蘇大人您也別說什麼給我們請功減刑了，索性還是把我們關起來算了……」

「各位……」蘇仲霖氣喘吁吁地上前，便要安撫，哪知就這麼一提氣，竟是一陣暈眩，咚的一聲就直挺挺摔倒在地。

「老爺！」旁邊的老僕忙蹲下身，邊掐蘇仲霖的人中邊流淚道：「你們每頓還有這麼一個窩頭，可知我家老爺每頓連這樣一個窩頭都吃不上！」

其他人頓時面面相覷。不是吧？他們的父母官竟然把自己餓暈了過去？

「仲霖！」年輕人聞言大驚，忙解下自己的斗篷鋪在蘇仲霖身下，又托起蘇仲霖的頭吩咐道：「拿一碗熱水和一個窩頭來。」

旁邊的隨從忙盛了碗水，又撕碎一個窩頭泡了進去，年輕人親自端著，一下下餵進蘇仲霖口中。

片刻後，蘇仲霖終於轉醒，看到自己身下的斗篷頓時一驚，忙掙扎著滿臉愧疚道：「下官無禮，還請王爺責罰。」

王爺？其他人都很是驚異地注視那個年輕人。這人看著年紀輕輕，卻原來竟是如此了不得的貴人嗎？

「說什麼無禮。」楚昭只覺得鼻子發酸，擺手讓蘇仲霖躺好。「是孤沒有想周全，以後這清路的事就交由孤籌劃，仲霖負責其他賑災事宜。」回頭對隨從吩咐道：「現在，去把奉元那些大戶人家全給我請到官道來。」

很快，這個消息風一般地在奉元一帶傳開。

不拘士紳或者商賈人家，但凡參與清除官道，便可以依照清理的道路長度換取家族後輩功名。

「這個楚昭當真狡猾！」看完手裡的信，謝簡氣得當場摔了茶杯。

信是楚昭讓人送來的，說是明日一早就會到來，商定如何清理糧道事宜，著令謝簡將郡中所有豪紳大戶集中至郡守府。

恨恨把手中信箋撕了個粉碎，謝簡半晌才喘著粗氣看向下首的男子。「修林，有沒有問出萱草的總號及糧食的所在？」

只要能問出萱草商號總號，還有它們囤積的糧食在哪裡，即便楚昭清出了官道，可只要沒有糧食，照樣可以置楚昭和容文翰於死地。

「這……」方修林頓時面有難色，很明顯謝簡關心的問題並沒有多少進展。

謝簡臉色越發難看，也不再問他，沈吟片刻，吩咐親信道：「去把那兩個人犯帶過來，本官就不信撬不開他們的嘴巴！」

很快，一陣沈重的鐵鐐聲傳來，兩個渾身血跡斑斑的男子被人拖了過來。

兩人被重重地推倒在地上，卻竟然沒一點動靜。

謝簡皺了皺眉頭。

「把他們潑醒。」

馬上有人端了兩大盆冰水過來，朝著兩人兜頭澆下。兩個血人兒身子同時一哆嗦，終於勉強抬起頭來。

竟赫然正是斷了一隻胳膊的十二和二牛。

看兩人醒來，謝簡皮笑肉不笑地開口道：「本官再給你們一次機會，說還是不說？」

哪知等了半晌，兩人卻是沒一點反應。

謝簡冷笑一聲，一揮手，便有親信上前，拔出刀朝著兩人的傷處用力剁去，房間裡頓時傳出刀鋒和骨頭相碰的刺耳磨擦聲。

方修林嚇得臉都白了，拿著茶杯的手不住瑟瑟發抖。到最後，竟是無比倉皇地低下頭來，一眼也不敢再看。

看兩人痛苦得神情扭曲，謝簡這才起身，走上前，蹲下身。

「現在想好了嗎？招還是不招？」

不料十二忽然抬頭，一口帶血的唾沫用力吐在謝簡的鞋子上。

謝簡氣得直喘粗氣。沒想到謝彌遜那個雜種，倒調教出一班忠心的屬下！

只得仍舊讓人把兩人帶下去。

兩人被拖出去時，恰好和另外一行人碰上。

十二眼睛猛地睜大，二牛更是不敢相信。

「大少爺……阿虎？」

來人笑笑地站住腳，看向兩人的眼神不屑而諷刺。

十二頓時一個激靈。這人不是謝彌遜！

裡面的謝簡卻已經換上了一副笑臉。

「阿蘅，可有收穫？」

方修林也陪著笑迎了上去。「謝公子，修林正說要去接你，你就回來了。」

來人從臉上小心地揭下一張人皮面具，赫然正是謝蘅。

謝蘅坐下，嫌惡地扔下手中的面具。要扮作自己平日裡最是厭煩的人，果然好沒意思。

他聽謝簡詢問，搖了搖頭。

「那些管事的樣子不像撒謊。難道萱草商號除了謝彌遜外，還有一個神秘的當家人物？」

思索半晌，始終不得要領，忽然想起一事。「對了，叔叔，我今天倒是碰見了一個意想不到的人。」

「誰？」謝簡聞言看過來。

「叔叔還記得安東嗎？」謝蘅邊思忖邊道：「就是在那裡，父親知道了謝彌遜萱草商號大掌櫃的這個身分。」

雖說安東之行，自己再次受辱於那個雜種，結果卻是出乎意料地讓人驚喜。

謝彌遜那傢伙不知得罪了什麼人，竟是死於非命。萱草商號既然是謝彌遜的，歸謝家所有自是理所當然，只是不知道爹爹和族叔謝簡為何如此膽小，竟連光明正大地收回萱草商號都不敢，偏要自己扮作謝彌遜那討厭的模樣！

謝簡示意謝蘅繼續說。

「安東時，謝彌遜對傅家橋一起奴才背主奪財案中的兄弟極力維護。我今天竟然在街上碰到了他們。」

「謝彌遜維護的人？」謝簡頓時很是警惕。「謝彌遜那般涼薄的性子，怎麼會無端去維護什麼人？」

「我也很奇怪。」謝蘅頓了頓，皺眉道：「難道是同那個臭小子有關？」

「哪個臭小子？」謝簡直覺有異。說不定自己會從謝蘅這裡得到意想不到的收穫。

「是。」想起當初在大名鎮時，被那男孩罵得狗血淋頭的模樣，謝蘅就有些不自在，半晌才道：「那男孩也就十來歲大小，和謝彌遜以兄弟相稱。」

「謝彌遜還有個小兄弟？」謝簡大驚。當初和家主一起追殺謝彌遜時，就發現謝彌遜一直對那男孩子頗為緊張，難道那個男孩才是萱草的真正當家？

要真是這樣的話，事情可就有些麻煩了。

目前唯一的線索，也就是那對傅家兄弟了！

他揚聲衝外面道：「來人，命令所有衙差，全城搜索一對姓傅的兄弟！」

而此時，朔州城外，兩隊人馬一前一後趕到。

姬二朝霽雲一拱手，笑咪咪道：「小公子，我們要進城了，咱們後會有期。」

一路上的相處，姬二是真心喜歡上了霽雲，難得這孩子小小年紀卻豁達如斯，無論自己胡扯八道些什麼，都是和顏悅色，聽得津津有味。這年頭，要找一個能如此認真聽自己說話的人實在太難了。

就像自己那個外甥，每天板著一張死人臉，自己便是有什麼笑話，一看到那張臉就全都胎死腹中了，真恨不得能和這小公子冉多待片刻才好。

霽雲微微一笑。

「姬先生客氣了，後會有期。」

那少年也驅馬過來，倏地停在霽雲車前。

霽雲有些詫異，不知少年要做什麼，便是旁邊的姬二也是一驚，尋思自己這個向來冷冰冰的外甥鬧的又是哪一齣。

少年仍是冷冰冰的，極快地把一包東西塞到霽雲手裡。

「再有昨夜那般，就吃一顆。」

說完一聲呼喝，頭也不回地打馬而去。

昨夜那般？姬二眼中再次閃現熊熊燃燒的八卦之火。

月黑無人夜，卿卿我我時……那可是外甥最喜歡的蜜餞，雖沒見他吃過，卻總愛揣一包在身上，可從沒見他給過誰。

啊呀，唯一遺憾的就是這小公子怎麼竟會是個男娃，要不然配給自己外甥，可真是天作之合啊！

罷了，要是自己外甥能動心，就是個男人，自己也忍了，總比那樣總是冷冰冰的一副死人樣子要強。

霽雲慢慢打開手裡的包，竟然是一包黃澄澄的蜜餞，不由哭笑不得。少年是真把自己當孩子哄了？

而且那蜜餞一般是女孩子喜歡的吧？自己記得沒錯的話，這人昨日看見自己流淚，神情可是鄙視得很，言下之意自己真給男孩子丟臉，轉過頭來，自己卻揣了包蜜餞，還走哪兒帶哪兒……

「公子，您看。」林克浩忽然勒住馬頭低聲道。

卻是街對面正有一間大商號，上面非常顯眼地寫著「萱草」兩個大字。

雖是地震後有些蕭條，卻仍能看得出昔日的氣派熱鬧。

而此時，商號裡，正有幾個管事模樣的人恭送一個衣著華貴的人離開。

「咦？那不是王管事嗎？」李虎一眼認出走在後面的那個，心裡不由犯嘀咕，怎麼不見劉占那老傢伙？而且前面這一身錦袍的年輕人又是誰？看他倨傲的樣子，好像他才是這萱草商號的主人一般。

霽雲抿了抿嘴角，神情有些發冷。

怎麼竟然是他！

為什麼方修林會出現在偏遠的朔州，還是從萱草商號中走出來？還是說，方修林其實也參與了那次狙殺，此次是要來分一杯羹的？

「少爺認識那人嗎？」看霽雲臉色不對，李虎不由一愣。

「那人叫方修林，是翼城人，也算是老相識了。」

霽雲目送方修林背影遠去，五指漸漸攥成了拳。

「老相識？」李虎卻很是奇怪。看這人的樣子，應該也是商號的人，可明明對萱草商號的管理，一向都是自己和大少爺做的啊，怎麼這人自己不認識，小少爺倒是很熟悉的樣子？

看出李虎的疑惑，霽雲靜了靜道：「他是太子的小舅子，方修林。」

「啊？」李虎一愣，忙探出頭去。「克浩大哥，快停車！」

「怎麼了？」聽李虎聲音不對，林克浩一愣。

李虎顧不得跟林克浩解釋，就急忙對霽雲道：「少爺，您的意思是咱們朔州分號，也被人家給占了？」

「無妨。」霽雲卻是不在意的樣子。「萱草商號雖是出了些變故，那些管事都還在。阿遜和你親自挑的人，他們品行如何，阿虎不是應該最清楚嗎？」

倒不是霽雲托大，卻是這之前已經和李昉、林克浩認真分析過。

一是時間倉促，謝簡絕不可能這麼快就完全掌控商號，而且謝簡再狡猾，也絕不會想到，萱草商號的真正大當家卻是容文翰的女兒！

既然低估了對手，謝簡就注定必得付出無法想像的代價。

二是，既然有太子的首尾，那麼他們的目的也絕不會僅僅占些錢財罷了，而是一定會想盡辦法打擊楚昭和爹爹。目前能夠打擊到楚昭和爹爹，甚至置他們於死地，最關鍵的就是掌握萱草囤積的糧食。

在找到糧食之前，他們不會輕易露出自己的真面目。

「而且，難道阿虎忘了，這朔州城裡除了萱草商號，咱們可還有仁和義莊呢！」

第四十二章

仁和義莊建在朔州東北角，地理位置雖偏僻，占地卻極廣，院子裡的房屋雖看著並不如何華麗，卻是結實得很，這麼一場大地震下來，義莊的房子仍兀立如初。

房子的外觀本就有些老舊，再配上裡面暗沈沈、各種高高低低的灌木叢，夜晚瞧著就有些陰森。

「怎麼瞧著鬼氣森森的啊……」林克浩嘴裡嘟囔著。

「原本這裡就是放棺材的。」霽雲滿意地看著面前黑漆漆的一片院落，領先往義莊內而去。

謝簡怕是想破腦袋也猜不到，當年買下這塊鬼氣森森地方的「大善人」，就是自己；而他掘地三尺也找不到的糧食，就藏在這義莊裡。

後來傅青軒說要幫自己打理生意，霽雲就索性把這裡交給傅青軒。這個時候，三哥人應該已經到了吧？

李虎雖聽霽雲說起過這裡，但沒有來過。萱草商號的生意，霽雲從沒過問過，唯有籌集的糧食是牢牢抓在她手裡，每年都要和阿遜單獨來這裡安排相關事宜。

因此，李虎對仁和義莊也是懵懵懂懂，並不瞭解多少，聽霽雲如此說，不由嚇了一跳，惴惴道：「少爺，這裡……不會有鬼吧？」

霽雲還未開口，林克浩卻已倒吸了口冷氣，半晌才指著前面結結巴巴道——

「好像真的有鬼！就是這鬼……也……太好看了吧？」

只見甬道的盡頭，忽然出現了兩名男子，一著白袍，一著青衣，那白袍男子已是姿容清逸，和他並肩而來的青衣男子，則更是俊顏麗色。

霽雲已經丟下身後眾人，飛一樣地跑了過去。

那兩名男子神情明顯激動無比，一左一右就接住了飛奔而來的霽雲。

「雲兒。」

「三哥、四哥！」

霽雲眼眶一熱，緊緊握住兩人的手。

「雲兒怎麼瘦了這麼多？」說話的是傅青川。看到憔悴成這般模樣的霽雲，傅青川心疼至極，不過數月未見，怎麼雲兒就成了這副模樣？

「雲兒受過傷？」傅青軒身子骨一向不好，對藥味最為熟悉，霽雲一靠近，便馬上嗅到她身上的草藥味，擔心之外更有些怒氣。「是哪個膽敢傷了妳？」

沒想到兩人這麼敏感，霽雲吐了下舌頭，忙搖頭。

「三哥、四哥，你們別擔心，我早沒事了。你們看，我現在不是好好的嗎？」

幾人正自寒暄，十一卻忽然站住腳，瞧著不遠處一座涼亭，一臉的驚喜。「那是……王爺！」

霽雲一愣，順著十一指的方向看去，不由一愣。涼亭裡的人可不正是五皇子楚昭？

楚昭也看到了霽雲一行，驚了一下，立即大喜。「雲兒，妳怎麼也來了？」

眼下依舊需要大量的人手清理官道，只是以謝家和太子的關係，謝簡必會極力阻撓，這邊拖一日，太傅就危險一分，自己不來的話，怕是沒有人壓制得了謝簡。

至於傅家兄弟，則是前些時日趕赴奉元，路上偶然遇到的，一路上倒也相談甚歡，特別是那傅青川，言談間大有見識，瞧著倒是個得用的。又聽說他們是善名遠播的仁和義莊當家，就更起了結納之心，再沒想到還會在這裡碰見霽雲。

「雲兒認識楚公子？」傅青軒和傅青川相顧愕然。

「是啊。」霽雲點頭。果然是緣分嗎？上一世，四哥就和楚昭投契得緊，沒想到這一世還是如此。

她瞧著楚昭一笑。

「大哥最近是不是因為糧食發愁呢？喏，我三哥、四哥手裡可多得很呢！」

楚昭本就是個聰明人，聽了霽雲的話稍一尋思，下一刻便狂喜至極。

「雲兒的意思是，這仁和義莊也是妳的產業？而收購的糧食就在此處？」

有了糧食，不但可以解了震災後的燃眉之急，更可以解邊關之危。

大哥？傅青川和傅青軒也傻眼。雲兒什麼時候又有了個大哥？而且別人不知道，兩人可是清楚，這義莊裡積存的糧食簡直多到一個恐怖的地步，現在瞧著，竟是為這個「大哥」準備的嗎？

這大哥到底是什麼人，竟會需要這麼多糧食？

尚未回神，楚昭已用力握了下霽雲的手，然後才喜不自禁地衝兩人一揖。

「孤替奉元民眾並邊關三軍謝過二位。」

孤？傅青軒和傅青川徹底傻眼了。這人竟是自稱「孤」，那豈不是說這楚昭應該是個王爺？對了，楚可不就是國姓？

饒是兩人心智過人，這會兒也明顯有些反應不過來，齊齊轉頭瞧向霽雲。

霽雲如何不懂兩人的意思，笑著道：「三哥、四哥，我給你們介紹一下，這位是五皇子楚昭殿下。」

又一指傅青軒二人。

「大哥，他們是仁和義莊的當家，你已經知道了，除此之外，他們還是我義結金蘭的三哥、四哥。」

「原來如此。」楚昭這下徹底放了心，也明白霽雲的意思，分明是給自己舉薦兩個人才，當即一手攀住傅青川，一手握住傅青軒。「孤就說和兩位兄弟這般投契，原來竟是一家人嗎？」

傅青川和傅青軒明顯還是有些不在狀況。聽楚昭的語氣，分明和雲兒早就是一家人了，難道說雲兒的身分也不是自己以為的萱草商號當家這麼簡單？

「我沒有騙哥哥們啊！」霽雲忙搖手。「我就是如假包換的容霽雲。」

說著又吐了下舌頭。

「只是，我爹是正和祈梁交戰的大楚元帥容文翰。」

饒是傅青軒和傅青川兩人心智過人，這會兒也傻了眼。好像知道了什麼了不得的事……

還沒有完全消化這個事實，外面卻突然傳來一陣喧譁，然後一個粗嗄的聲音隨之響起。

「裡面的人聽著，本官是朔州總兵李勇，奉命搜捕一對江洋大盜，讓你們當家趕快出來！」

江洋大盜？傅青川和傅青軒頓時一驚。

楚昭臉色卻是一冷。記得沒錯的話，李勇正是謝簡的小舅子，難不成是謝簡嗅到什麼味了？

只是他們怕是沒想到，義莊這會兒已是到了自己手上。

「走吧，孤倒要瞧瞧，這李勇想要做什麼。」

看到一下出來這麼多人，李勇明顯一驚，下一刻卻是冷笑一聲，手中大刀朝地上一戳，傲然道：「你們中誰是義莊當家？站出來回話。」

「是我。」楚昭施施然出列。

「大膽！」李勇怔了一下，旋即大怒。「見了本官還不跪下磕頭。」

「磕頭？」楚昭定定地瞧著李勇。「李勇，你讓我給你磕頭？」

口中說著，人已站到亮光處。

李勇頓時暴怒無比。「竟敢直呼本官的名諱，不想活——」下一刻，脖子卻好像被人掐住一般，人也滑了下來。

老天，自己一定是眼花了吧？姊夫不是說楚昭明日才會到嗎？眼前這人，又是哪個?!

第二日一大早，郡守府。

朔州大小官員已然齊聚，看郡守大人還未駕臨，大家便有些放鬆。

一個中年男子睃了睃仍是毫無動靜的郡守府後堂，壓低聲音道：「聽說昨晚仁和義莊出了件稀罕事，各位大人可知曉？」

一個黑胖男子聞言，不由有些興奮。

「鄭大人也聽說了？聽說是李大人去義莊抓人，卻錯把王爺當成了大盜。」

嘴裡說著，不住悶笑。

不怪他們幸災樂禍，實在是那李勇平日在郡中仗著姊夫謝簡的權勢，鎮日裡不把任何一個人放在眼中，這些官員可沒少吃他的苦頭，但誰讓人家有謝家依靠啊，眾人也只是敢怒不敢言罷了，哪知今天一大早便聽說了這條大新聞！

「我看李大人這次……」

「不見得吧？」也有人持不同意見。雖然這事今天一早便傳得人盡皆知，可也有對謝簡知之甚深的，知道這人最為護短，而且更重要的是，聽說在朝中大小事務，便是太子也需要仰仗三大世家的輔助，昭王爺雖身分貴重，也不敢太過得罪謝家吧？

如今鹿死誰手，尚未可知。

正自交頭接耳，後堂一陣腳步聲傳來，眾人抬頭看去均是一愣，來者不是別人，正是大家方才還在議論的主角，李勇。

「各位大人好情致啊，不知在討論什麼國家大事啊？說來本官聽聽。」李勇眼睛逐一掃過方才對自己似有不滿的幾個官員，嚇得那幾人頓時面如土色，噤若寒蟬。

對自己的出場效果很是滿意，李勇這才哼了一聲，傲然道：「走吧，大家隨我去接一下王爺。」

大門外，朔州大戶已然齊聚，總也有二、三十位之多，看到李勇和一群官老爺出來，忙紛紛上前拜見，話語中盡是阿諛之詞。

唯有兩個卓然不凡的男子，依舊站在原處，顯得格外惹眼。

卻是昨日和楚昭一起出現的傅家兄弟。

到這會兒，哪裡不明白，這兩人分明就是楚昭的人，李勇神情頓時更加陰沈。

接觸到李勇的眼神，傅青軒和傅青川卻是淡然一笑，然後齊齊一拱手。

「仁和義莊傅青軒、傅青川，見過李大人，給各位大人請安。」

李勇冷哼一聲。「仁和義莊是吧？本官記著了。」

聽李勇這樣說，那些官員也好，當地商戶也好，悄悄離傅家兄弟遠了些。大家都知道，以李勇的心狠手辣，真記掛上誰了，那人必然沒有什麼好下場。

現在明顯瞧著仁和義莊得罪了李勇，其他人誰還敢靠近？

傅青軒和傅青川身邊很快形成了一塊空地。

兩人倒也不懼，淡然處之。

氣氛正有些沈悶，又一陣腳步聲傳來，眾人忙回頭看去，卻是一個身材高大、姿容威嚴的年輕人帶了幾名隨從，出現在郡守大門口。

眾官員雖不識，可看此人威勢，馬上想到，八成就是那昭王爺？

李勇已是接了出去，皮笑肉不笑道：「卑職參見王爺。多謝王爺昨日寬宏大量，未曾怪罪卑職魯莽。」

楚昭愣了下，沒想到竟是李勇率眾出來迎接。

昨日晚間，謝簡很快趕到，又跪下替李勇謝罪，說是一定帶回郡衙，重重處置。自己不過隨口說了句不知者不罪，沒想到對方竟順坡下驢，特別是今日，來接自己的竟然不是謝簡，而是李勇。

其他官員也都暗暗咋舌。不得不說，謝家就是牛！竟然連當朝王爺都不放在眼裡，鬧這一齣，不是明擺著要下這位昭王爺的臉面嗎？

只是若這位王爺連李勇都無法懾住……

李勇雖是跪在地上，心裡卻是爽得很。昨日裡吃了那麼大的虧，今天可算是出了口心中惡氣。諒他年紀輕臉皮薄，定然不好意思詢問為何來接的不是姊夫。

這自然還不是主要的，姊夫說得好，就是要讓這楚昭威信掃地，那樣一來，他發布的政令還能有多大公信力？

什麼用清除的道路里數換功名，純粹都是扯淡！

楚昭劍眉一挑。「你是謝簡？」

「啊？」李勇一愣，忙下意識否認。「王爺說笑了，卑職怎麼是謝大人？您昨晚不是剛見過卑職……」

話音未落，楚昭卻冷聲道：「既口稱卑職，你也就是武官了？孤今日奉旨視事，理應由郡守率郡中官員親接，怎麼卻是由你一個武職官員統領郡中大小官員到此？是謝簡目無尊長還是你擅作主張？」

「啊？」李勇沒想到楚昭竟是絲毫不留情面，頓時語塞，支支吾吾道：「那個……謝大人馬上就到——」

「也就是說是你擅作主張了？」楚昭卻直接截斷了李勇的話。「好大的膽子！你一個武職官員焉敢如此踰矩？這般膽大妄為，當真是不成體統！拖下去，杖責三十，以儆效尤！」

李勇登時就傻眼了。這楚昭是不是腦子進水了？他不知道以後諸般事務還得仰仗自己和姊夫嗎？竟然拿這麼芝麻點的小事來打自己的臉？

還沒反應過來，已被那些侍衛上前拉了下去。

「王爺！」謝簡匆匆從衙門中迎了出來。「哪個不長眼的惹了王爺發火？卑職方才突然接到太子特使送來的一封信函，迎接來遲，還望王爺恕罪。」

太子特使？眾人神情又是一變。終於明白了，原來謝大人的身後站的是太子啊！

「姊夫！」李勇被拖著正好經過，看到謝簡忙叫道：「姊夫救命！」

「哎呀！」謝簡神情似是非常驚愕。「這不是李總兵嗎？昨日便不知輕重得罪了王爺，怎麼今日一大早就又惹了王爺生氣？」

言下之意，竟是暗指楚昭挾怨報復。

「謝大人可有異議？」楚昭冷笑一聲。「還是李勇此舉實是謝大人授意？」

「啊，自然不是。」謝簡方才也聽見了楚昭的責難，勉強笑道：「王爺恕罪，方才委實是有太子特使突然來到，下官這才來遲，還請王爺恕罪。至於這李總兵……」

「太子特使？可是事關賑災事宜？」看謝簡一再強調「太子」二字，楚昭站住腳，語帶諷刺。「不過朔州賑災，皇上可是交由本王總理，怎麼卻有太子特使來請示謝大人事宜？」

謝簡一聽不妙，忙搖頭否認。「與賑災無關，不過是些郡中雜務……」語氣裡明顯已經弱了下去。

楚昭也不再說，冷冷哼了一聲，大踏步往府衙中而去。

謝簡不敢再辯，忙快步跟了上去。

同一時間，外面響起了李勇殺豬一般的嚎叫聲。

這般偷雞不著蝕把米，本想給楚昭個下馬威，沒想到卻白送了對方一個立威的由頭，謝簡氣得一口老血差點沒吐出來。

好在，自己手裡還有萱草商號，到底孰勝孰敗，還未可知。

這樣一想，他輕咳一聲對楚昭道：「王爺，下官府中還有一位客人，這幾日正好來此，聽聞王爺駕到，想要拜見，又怕唐突了王爺。」

「客人？」楚昭微微一頓。「什麼客人？」

謝簡自得地一笑，瞟了眼因聽說凡是願意前往清除路障便可以換取功名的鄉紳，刻意提高了聲音。

「那人名叫方修林，並沒有官身，也是聽說今日有各鄉紳到場，才冒昧請求拜見王爺。」

他又掃視了那些鄉紳一眼。「他便是管理朔州郡幾間萱草商號的大管事，方修林方掌櫃。」

那些官員們神情並沒有多少變化，那些大戶表情卻有些驚愕。他們或多或少都和萱草商號有生意上的往來，甚至其中相當多人的家中生意完全要仰仗萱草商號照應，怎麼聽謝簡話裡的意思，這萱草商號和謝簡關係匪淺？

若真是如此，那楚昭方才的提議便要慎重。

他們想要當官不過是想要錦上添花，富上再加個「貴」字罷了，若是連「富」這個根基都沒有了，那「貴」怕也不會長久……

畢竟，萱草商號的威懾力，著實不是一般富紳可抵禦得了！

第四十三章

「有請萱草商號大管事。」

方修林已經在外面候著了，聽到裡面叫請，整整衣衫，施施然入了內院。

一眾鄉紳眼中均閃過難以掩飾的震驚之情。

也有人聽說過朔州郡萱草商號的大管事換人了，卻鮮少人見過這位剛到任的方掌櫃尊容，想著管理這麼大個商號，怎麼著也得是個老成的，再沒想到新上任的掌櫃竟是如此風流倜儻的年輕人。

自然，方修林的容貌比起那讓人驚豔的仁和義莊當家而言，還差得很遠，可仁和義莊的財富又怎麼能和萱草商號相比？有那麼巨大的財富光環籠罩著，眾人看方修林的眼神又不一樣了。

享受著一眾鄉紳又是敬畏又是羨慕的眼神，方修林腰桿挺得筆直，往場中而來。

翼城方家也是經商世家，可即便歷經幾代積聚的財力，比起萱草，也完全不夠看，從那些富紳的反應就可以看出萱草商號的影響力之大！經商經營到萱草這般威風的分兒上，委實讓人無法想像。

現在不過是朔州一郡的掌櫃罷了，若是假以時日做到大當家……

快到堂前時，謝簡快步迎了出來，上前把住方修林的臂膀，轉身笑著對楚昭道：「王爺您瞧，這位就是方修林，雖然比不得王爺您，可也算得上是少年英才吧？修林，快見過王爺。」

儼然一副忘年之交的架勢。

謝簡此舉無疑是向眾人昭示，自己同萱草商號私交甚篤。

從李勇方才的「遭遇」，大家早看出謝大人今日怕是有意要和昭王爺打擂臺，據昨晚之事，昭王爺手裡的牌應該就是仁和義莊，而謝簡掌控的則是萱草商號。

只是楚昭對上謝簡，雖是暫時占了優勢，可仁和義莊對上萱草商號，卻是根本毫無勝算。

楚昭和謝簡等人先進了內堂，安排人招待一眾鄉紳在敞亮的大廳內坐了。

方修林剛一落坐，眾鄉紳便紛紛上前招呼致意，諂媚巴結之情溢於言表，反觀仁和義莊那邊，卻是冷冷清清。

方修林和一眾鄉紳見過禮，似是突然注意到角落裡的傅氏兄弟，見兩人始終冷冷淡淡的，似是有些訝異。

「不知這兩位兄臺是哪位？修林怎麼覺得有些眼熟啊？」

傅青軒眼中閃過濃濃的厭惡。他早已聽說，當初雲家退了青川的婚事後，很快就把女兒嫁給了方修林。就是眼前這個油頭粉面的小子嗎？哪裡比得上自家弟弟？那雲家人真是有眼無珠！

而且看對方的樣子，明顯是認識自己兄弟，特意跑來示威的。

青川卻是淡然一笑，輕輕拽了下即將發作的傅青軒，不在意地道：「仁和義莊，傅青川。」

原以為對方會愧顏無地，沒想到傅青川竟像是沒事人一般，方修林頓時有些惱火，冷哼了一聲，正要再刺激傅青川幾句，門口卻又走進來一個五十許的老者，方修林只看了一眼便愣了。

來者不是別人，正是之前被自己趕走的萱草商號大管事劉占。

劉占的身後還跟了兩個長相清秀的少年。

傅青軒和傅青川對視一眼，神情均是一喜，卻是劉占和霽雲、李虎到了。

為了避免打草驚蛇，霽雲和李虎這會兒各自覆上了一張人皮面具。

劉占已經對著眾人團團一揖。

「各位，多日不見，老朽有禮了。」又似笑非笑地瞧了方修林一眼。「方掌櫃，我們又見面了。」

方修林冷哼一聲，沈著臉道：「劉占，你竟敢跑到郡守府來糾纏，真是好厚的臉皮！當日也是看你年紀老邁，才不追究你污了商號銀子這件事，怎麼今日又敢跑到這裡胡鬧？還不快滾！」

劉占冷冷看了方修林一眼，剛要說話，內堂的大門忽然打開，楚昭及一眾人等從內堂緩步走出，眾人頓時靜了下來。

楚昭站在臺階上，掃視了眼恭敬肅立的眾人。

「各位，剛才小王的提議，不知諸位考慮得如何？」

「王爺。」傅青軒率先越眾而出，一拱手道：「國家興亡匹夫有責，清除官道乃是攸關國家安危的大事，仁和義莊願前往效力。」

謝簡瞥了傅青軒一眼，神情陰冷。

「好！」楚昭神情很是欣慰。「果然不愧仁和二字，傅掌櫃，改日楚昭定設宴拜謝！」

眼光又落在方修林身上。「小王記得沒錯的話，萱草商號一向也是多行義舉，在民間頗有美名，不知此次清除官道……」

「王爺過獎了。」方修林忙一躬身，神情恭敬。「奉元地震，舉國同哀，我萱草商號自當盡力，這幾日間，謝大人亦是諄諄教誨，草民已聽從謝大人的吩咐，這幾日便會先在朔州開設粥棚。至於清除官道一事，修林回去，定會向當家轉達王爺的意思。」

言談之中，明擺著是對謝簡言聽計從，對楚昭則很明顯敷衍了事。

一眾富紳忙去偷覷楚昭的臉色，心裡暗忖：看來這萱草商號果然是鐵了心跟著謝簡了。只是這事本就是要自願，若是萱草商號主意已定，楚昭便是王爺，怕也拿他毫無辦法，強逼的話不但失了皇家體面，還會為旁人所詬病。

眾人正自思量，一個老邁但洪亮的聲音忽然傳出。

「方修林，我萱草商號的事務哪有你置喙的餘地？」又轉向楚昭恭恭敬敬道：「王爺放心，清除官道一事，萱草商號必然盡力。」

眾人一愣，忙轉頭瞧去，說話的卻是據傳已經被攆出去的劉占。

方修林不由咬牙。這老東西是不是得了失心瘋了？只是楚昭面前，卻也不敢太過放肆，忙一拱手。

「讓王爺見笑了，這人本是萱草商號舊人，先時犯了錯，被大當家給趕了出去，卻沒料到會來這裡胡鬧。」

謝簡也皺了眉道：「誰在外面當差？怎麼會放了這般不長眼的東西進來？還不快轟出去！」

「慢著。」一個少年卻自劉占身後閃出，不慌不忙給楚昭和方修林施了個禮道：「草民李虎見過王爺、大人。」

楚昭眼中閃過一絲寵溺。

堂下站的這個李虎，可不正是霽雲假扮？

「什麼李虎？」方修林和謝簡的心猛地一跳，忙回過頭瞧向說話的人，懸著的心一下放了下來。不僅面貌，便是身量也要小一些，轉念一想，真正的李虎早已和謝彌遜一道死得不能再死了，自己又怕些什麼？

哪知劉占撚鬚一笑，跟著介紹道：「啟稟王爺得知，這位李虎還有一個身分，那就是我們萱草商號當家人的得力助手。方才老朽說萱草商號願意一切聽從王爺吩咐，便是李虎轉達當家人的意思。當家人還說，即便獻出全部家財，只要於國於民有益，便在所不惜！」

「真是如此？」楚昭笑道。「貴號當家如此深明大義，著實讓人深感敬佩。本王回朝，一定會稟明聖上下旨褒獎。」

眾人簡直目瞪口呆。這到底是怎麼回事？怎麼又出來個萱草商號的當家人？而且劉占的意思說得再明白不過，這當家人分明是要投靠楚昭！

謝簡和方修林對視一眼，直氣得不住咬牙，同時想到這定然是楚昭的陰謀，其目的便是無論如何也要促成眾人答應快速趕往奉元疏通糧道！

今早，謝簡故意姍姍來遲，也確實是迎來了太子的特使，不過那特使前來自然不是有關郡中雜務，而是告訴他，容文翰已經接連上了數道奏章，言說大軍糧草即將告罄，請求朝廷快些輸送糧草。

看楚昭的樣子，分明是要狗急跳牆，所以才推了個冒牌貨出來。想要攪混水？可沒那麼容易！

方修林上前一步，施禮道：「王爺慎之，莫要被小人所騙！」又轉向劉占，嘆息一聲。「劉占，商號到底哪裡對不起你？你要勾結外人攪得商號不得安寧？看你這麼大年紀，我本不欲為難你，可你不該肆意妄為，隨便找個陌生人來糊弄王爺，意圖使萱草萬劫不復！」

說著陡然提高聲音。

「劉占，我來問你，你在我們商號做事也不是一日、兩日了，可知道咱們商號的大掌櫃是哪個？」

劉占撚鬚一笑，頷首道：「自然曉得。日常來商號的大掌櫃，姓謝，名彌遜。」

「知道就好。」方修林表情欣然，朝著外面一指。「那你瞧，這來的又是哪個？」

眾人回頭，門外正好施施然進來一對主僕，走在前面的是一個錦衣玉袍的少年郎，容色之絕麗，世所罕見，特別是那舉動間迫人的貴氣，更是讓人不敢生出半分褻瀆之意。

霽雲的手猛地攥緊，眼神痛楚之外，更閃過一縷難以遏制的殺氣。

這人到底是誰？怎麼會對阿遜如此熟悉？不然，何以模仿得如此肖似！

「謝彌遜」來到階前站定，衝著楚昭躬身道：「昭王爺，好久未見，卻是風采依舊啊，彌遜有禮了。」

說完，又衝謝簡笑道：「舅父安好。」

眾人好不容易從「謝彌遜」容貌帶來的震驚中清醒過來，再一次陷入呆滯狀態。

他們剛才一定是幻聽了吧？怎麼這萱草商號大掌櫃看起來竟和昭王爺是熟人？更不可思議的是，他方才話裡的意思是謝簡是他的舅舅，那豈不是意味著，這萱草商號的大掌櫃其實是謝家人？

轉而同情地望向劉占。這老東西肯定不知道他們大掌櫃有那麼大來頭，不然也不會豬油蒙了心，想出這麼個笨法子！

「謝彌遜，你真是萱草商號的大掌櫃？」楚昭神情明顯有些不好看。

假謝彌遜很是自得地一笑。

「閒來無事，讓人弄個萱草商號玩玩，好在手下人能幹，商號還算差強人意。」

語氣裡竟是說不出的得意，說完，驀然轉向霽雲，冷聲道：「我方才聽見，你自稱名叫李虎？還是我萱草商號的管事？」

霽雲一愣。這人的聲音聽著怎麼這般耳熟，特別是那傲慢的、說起話來總不覺上挑的尾音……

看霽雲不答，假謝彌遜轉向楚昭，別有所指道：「王爺英明，這小雜種也不知受了何人指使，竟敢來冒充我萱草商號管事，實在是膽大包天，若不是我正巧趕到，我萱草商號蒙受損失事小，傳出去對王爺的令名有礙可就麻煩了，還請王爺秉公而斷。」

「小雜種」一詞傳入霽雲的耳朵裡，令得霽雲整個腦袋都是轟的一聲。怪不得這個聲音如此熟悉，自己終於知道這假扮阿遜的人是誰了。

竟然是謝蘅！

這世上，她最在意的只有兩個人，一個是爹爹，另一個就是阿遜，只要是曾經傷害過他們的人，她便會牢牢記在心裡！

而在一起的這幾年裡，阿遜第一次在霽雲面前露出脆弱的一面，便是謝蘅兄妹的到來。當時，謝蘅便是這般開口閉口小雜種地稱呼阿遜！

「什麼人指使？」方修林冷哼一聲，眼睛在楚昭身上溜了一圈，最終落在劉占的身上。「劉占這老東西定然知曉。王爺、大人，依在下看，應該這就讓人把他們拉下去狠狠地打，任他是鐵嘴鋼牙，也必然會招個一乾二淨！」

但謝簡隱隱覺得有些不對勁。以楚昭的心性，怎麼會找這麼一對活寶，竟然還這麼容易就被拆穿了？只是倉促之間也想不出個所以然來。

「來人，把這兩人拉下去！」

話音一落，便有一隊衙差衝了進來。

楚昭一眼瞧見幾人袖口處露出的飛鷹標識，心放了下來。
這是已經得手了嗎？
霽雲也是心下大定，轉頭看向謝簡，冷冷一笑。
「敢問謝大人，您敢擔保眼前這謝公子是您甥兒謝彌遜無疑？」
謝簡本不屑搭理霽雲，哪知楚昭卻板了臉道：「謝大人，既然是令甥兒，想必謝大人不會認錯吧？」
謝簡雖不高興，也只能勉強答道：「那是自然，遜兒自小是下官看著長大的，下官怎麼會認錯？」
「是嗎？」霽雲平靜地看著謝簡，既然知道人已經救了出來，便再沒有了後顧之憂。「謝大人也好，這位謝公子也罷，果然都是說謊的好手！」
她聲音陡地提高。
「阿遜十歲時便被逼離家出走，早已與你們謝家恩斷義絕。在安東時，阿遜更是讓人奉上十萬兩白銀，以此作為與謝家了斷之資，你們謝家分明已經收了銀兩，今日竟還敢大言不慚說什麼『自小看著阿遜長大』，實在無恥至極！」
「你到底是誰？」謝簡沒想到對方竟對謝彌遜的過往瞭若指掌。「怎麼敢對我謝府家事指手畫腳？這般胡說八道，信不信我現在就讓人拔了你的舌頭！」
哪知霽雲卻是理都未理，反而轉頭對謝蘅冷笑一聲。「至於這位謝公子，確然姓謝無疑，可惜卻不是阿遜。我再說一遍，你明明就是烏鴉，以為換上我家阿遜一樣的容貌，就可以變成鳳凰了嗎？我家阿遜是鳳凰，而你，無論變成何種模樣，都永遠改不了只是一隻徹頭徹尾的烏鴉的事實！」

謝蘅一怔。這烏鴉鳳凰的說法，還口口聲聲「我家阿遜」……怎麼聽著這麼熟悉？

他面色忽然蒼白。當初在大名鎮，可不正是有一個孩子也是這般囂張地指著自己？再不會錯了，竟然是自己當初見過、那個雜種養的兔兒爺！

「你、你——」謝蘅頓時就有些結巴，猛一甩袖子。「哪裡來的無知狂徒，還不快趕出去！」

「無知狂徒？」李虎也從霽雲身後閃身而出，怒聲道：「臭烏鴉，原來是你！看來是忘記我當年的掃帚了！你不是說你是萱草商號大掌櫃嗎？還帶了個小混蛋扮成我，真是氣死我虎爺了！」

說著，在臉上一搓，一下顯出自己的真實面目。

「他們兩人怎麼長得一模一樣？」眾人頓時發出一陣驚呼。

卻是那個孩子，突然就變成和謝公子的小廝一模一樣的容顏？

「自然不是長得一模一樣。」劉占也笑吟吟地道。「不過是賊人冒充了李虎的樣子罷了！」

方修林最先回過神來，忙推了一把兀自驚得目瞪口呆的謝蘅。

「大掌櫃，這些賊人果然可惡，竟還敢倒打一耙！」

「大掌櫃？」李虎忍不住仰天哈哈大笑。「臭烏鴉，你到底知不知道，我們萱草商號的大當家到底是誰？」

聲音忽然拔高。「我們萱草商號的大當家並不是大少爺，而是我們小少爺！」

「什麼小少爺？」其他人覺得有些不對，不自覺看向霽雲。不會是這個孩子吧？

霽雲緩緩從懷裡摸出一枚印信，劉占忙拿了張上好的宣紙過來，隨著印章落下，「萱草」兩個大字赫然呈現在眾人眼前。

劉占隨即拿出懷裡的來往文書，確實和文書中的家主印信一模一樣。

「我說印信怎麼找不到了，原來竟是在你這裡！」謝蘅怎麼甘心？愣了一下，大聲道。

即便已經探得萱草商號還有一個神秘的當家，也已經意識到看來就是眼前這個孩子無疑，可謝蘅卻怎麼也不願相信，整個萱草商號會是這孩子的！

明明自己探查得清楚，長年奔波處理商號事務的確實是謝彌遜那雜種無疑。

自己可不信，這世上會有傻子把自己辛苦得來的錢財全部拱手送給別人，即便這兔兒爺是他極喜歡的又如何，再喜歡也應該養著玩玩罷了呀！

「我早說過，你就是隻烏鴉罷了。」霽雲一眼看透謝蘅的心思。「你這般齷齪，永遠也不會理解天上的鳳凰到底在意些什麼。」

功名也好、利祿也罷，阿遜從來都沒放在眼裡。

從來沒有這一刻，讓霽雲無比清楚地認識，阿遜的心裡最重要的，從來就只有她罷了。

可是阿遜，你現在又在哪裡？

她用力地擦了下眼睛。

阿遜，雖然十二說他親眼看見你跌落懸崖，可我不信你會捨得離開我……無論天涯海角，我一定會把你找回來！

霽雲接過李虎遞來的狼毫，手按宣紙，兩個瀟灑的大字頓時躍然紙上，非但同樣是萱草二字，更是和印章上的字跡一般無二。

也就是說，這大當家的印信竟然是這孩子親筆！所有人都倒抽了口冷氣，傻傻瞧著霽雲。那豈不是說，大家眼中還是孩子的少年，才是真正的萱草商號大當家？

也不知什麼樣的人家會生出這般妖孽的孩子……

「咦？這筆字，怎麼瞧著和容文翰大人的如此相似？」忽然有人道。

容文翰？一旁的謝簡差點沒昏過去。難道他們都想錯了，其實這萱草商號背後的倚仗是容家？可謝彌遜那個野種又怎麼會和容家人混到一處？

「謝簡，」楚昭冰冷的聲音忽然在耳邊響起。「你不是說能擔保這人便是你外甥謝彌遜嗎？還是，其實是你夥同這幾人，狙殺萱草商號眾人在前，又圖謀侵占商號財物在後？」

「王爺。」謝簡白著臉道：「下官不懂王爺何出此言？」

「不懂？」霽雲冷笑一聲，回頭對一旁侍立的衙差吩咐道：「把十二和阿牛抬上來。」

看著恭敬領命的衙差，謝簡終於意識到是哪裡不對勁了。

怎麼自己的手下卻是對這少年俯首聽命？

「他們不是郡衙的差人！你到底是誰？」

卻在一轉眼看到被抬進來的十二和阿牛時，再也說不出一句話。

謝蘅和方修林自小養尊處優，哪見過這陣仗，嚇得腿都要軟了，剛要掉頭跑，卻被蜂擁而至的侍衛一下掀翻在地。

「十二，阿牛。」霽雲俯身瞧向渾身血跡斑斑的兩人，紅著眼睛道：「你們受苦了！放心，我一定會讓那些膽敢傷了你們的人血債血償——」

「少主。」

後背忽然被人拍了一下，霽雲回頭一看，不由一愣，竟然是一個陌生男子。

「大哥！」霽雲警覺地忙要後退，那男子卻已經出手如電，一把扼住霽雲的喉嚨，隨即又躍出幾個人，竟是上前挾了方修林和謝蘅就跑。

「主子！」十二嘶吼，忙要上前救助，卻被男子一腳踢飛了出去，抽出寶劍就搭在霽雲的喉嚨上，厲聲道：「快讓開，我們離開了自然就會放他回來！不然，你們就等著給他收屍！」

「快追！」楚昭神情簡直瘋了般，奪過一匹馬兒，飛身就衝了出去。傅青軒和傅青川也都紅了眼，跌跌撞撞地追了出來。

對方似是沒有想到，楚昭等人竟然會這般窮追不捨，一追一逃間，竟是一下退到了懸崖之上。

「把她還給我。」楚昭指著霽雲，手都是抖的。「其餘兩人，你盡可以帶走。」

哪知對方卻是冷笑一聲，一揮手，攜著霽雲三人便跳下。

「雲兒！」楚昭從馬上一躍而下，飛身就要往崖下撲，卻被身後侍衛一把抱住腰。「王爺！」

至於後面踉踉蹌蹌跟著跑過來的傅青軒，則是一句話都沒說出來，仰面朝天就栽倒在地。

第四十四章

上京，安家。

一個滿頭白髮的老大夫正認真給床上的年輕男子診治。

「是不是有所好轉？」安雲烈緊張又焦灼。

除夕夜時，孫兒忽然開口，雖然仍是沒清醒，卻讓安雲烈覺得有了些希望，忙又讓人去容府中請了雲遊歸來的李奇過府診治。

李奇收回手，陷入了沈思。

安雲烈緊張得大氣也不敢出。

半晌，李奇終於開口。

「小公子昏迷許多日子，再度清醒的希望委實渺茫……」

「啊？」安雲烈身子一晃，頹然坐在椅子上，瞬間好像老了十歲，抖著手抓住李奇的胳膊。「你的意思是，就沒有一點希望了嗎？」

老天為何如此不公？先是獨子隕去，還以為老天垂憐，才讓自己意外尋得這個孫兒回家，哪裡料到竟是為了讓自己再次承受白髮人送黑髮人的痛苦嗎？

「公爺，二爺在外面，說是要來給您請安。」家人的聲音在門外響起。

卻是安錚之隕去後，家族送來的嗣子安鈞之回府了。

「讓他下去歇息吧。」安雲烈頭也沒回道。

家丁應了一聲，快速退了下去。

「倒也不是毫無希望……」李奇沈吟片刻道。

「怎麼說？」安雲烈神情頓時激動起來。

「公爺可知道天靄谷？」李奇正色道。

「天靄谷？」安雲烈愣了一下。「你是說，天靄谷會有辦法？」

天靄谷在高聳入雲的天靄山上，雖名為谷，卻在崖頂之巔，聽說原是過著與世隔絕的生活，數年前才開始行醫濟世，憑其醫術之高絕，很快地名揚大楚。

「老夫自然知道。」安雲烈點頭，神情卻更加黯然。「只是四年前，那天靄谷不知為何卻突然關閉，谷中人也再度不知所蹤。」

四年前，不知谷中出了什麼變故，一夕之間，天靄谷便從人們視線中消失，再沒有顯露蹤跡。

而現在，李奇卻說要求助天靄谷方可，難道是老天要絕了自己僅有的這點血脈嗎？

「公爺莫急，」李奇忙道。「老朽之所以提到那天靄谷，便是聽說天靄谷重現人間了。」

「當真？」安雲烈大喜，紅著眼睛道：「若真是如此，那我這苦命的孫兒，興許就有救了！」

李奇走出院落時，正看見一個頭戴儒巾的年輕公子，看到李奇出來，忙上前攔住。

「大夫，不知屋裡的病人……」

李奇瞄了安鈞之一眼，慢悠悠道：「公子想知道的話，不妨直接去問公爺。」說完，逕自提著藥箱慢騰騰離開了安府。

安鈞之秀雅的容貌頓時變得有些陰沈，愣了半天，狠狠跺了下腳，轉身往自己的院落而去。

「安家來求？」重重帷幔後面，一個冰冷的男子聲音傳來。

「是。少主看……」

男子沈吟了下。「轉告安家人，診金是安雲烈的一個承諾。同意的話，就接過來。」

那人領命，快速離開。

來人剛走，便又有一個跳脫的聲音響起。

「那這幾個人……」

被稱作少主的男子轉過頭來，俊美的容顏上卻全是冰冷的殺氣。他的身邊突兀地出現了一個神情輕佻的中年男子。

兩人的腳下，還躺著三個昏迷不醒的人，兩個仰躺的正是方修林和假謝彌遜，也就是謝蘅，另外一個趴在地上的，正是霽雲。

「長得倒是一模一樣。」中年男子似是若有所思，沈吟片刻，探出手來在謝蘅的臉上摸索了一會兒，手指微一用力，一張薄如蟬翼的面具便應聲而落。

「果然不是他。」男子冷笑一聲，抬手扔掉手中的面具。

自己早就覺得有古怪，當初在谷中時，明明阿呆那小子身手就是最好的，怎麼會這麼容易被人給捉住；而且以那小子冷僻的性子，可不認為他會喜歡湊這種熱鬧。

「不是？」那少主蹙了下眉頭，神情明顯有些疑惑。「不是他？明明當初讓他留下來替我守護……」垂下眼簾，一副若有所思的樣子。

竟然不是同一個人嗎？難道這幾年，發生了什麼自己不知道的事情嗎？

瞥了眼躺在地上的方修林和謝蘅，他疲憊的神情外更有著深深的厭惡。

「帶他們下去。」又特別指了下謝蘅。「問問他，為何要假扮別人。」

「交給我就行。」中年男子明明是笑著，卻讓人覺得毛骨悚然。「這段時間正手癢呢。」又俯身拎起仍是趴在地上的霽雲。「對了，聽他們的意思，這位好像是萱草商號的大當家。」嘴裡喃喃道：「萱草商號那麼多錢，不如讓我也用些——」

「殺了。」哪知話未說完，便被那少主給截住。

自己現在身在大楚，必須要時時小心，這少年的身分明顯不只一個商號大當家那麼簡單，為絕後患，自然是殺了乾淨。

男子似是有些不捨。到手的肥肉，就這麼扔了嗎？卻也知道少主的意思自來從無更改，自己雖是長輩，卻也拿他沒辦法。

他嘆了口氣，俯身提起霽雲就往外面走，剛走了幾步，一包東西忽然從霽雲的身上掉落下來。

中年男子看了一眼，忽然愣住了。

竟然是包蜜餞。

那少主也看到了地上的東西，同樣一驚，彎腰拾起地上的蜜餞。

中年男子甩開方修林，在少年臉上一揪，頓時露出了少年的本來面目。

緊閉的雙眼，微翹的睫毛，挺直的鼻梁，嘟著的嘴巴……

竟然是他?!

霽雲再睜開眼時，正對上姬二興致勃勃的眼睛，不由嚇了一跳。

「姬先生。」

恍惚間記起，好像那匪人劫持著自己上了山，然後在楚大哥他們面前抱著自己跳了下去……

怎麼睜開眼來，卻看到了除夕夜遇上的那位姬先生？

「不行，我得離開。」霽雲顧不得問為什麼姬二會出現在這裡，爬起來就要下床。

親眼看著自己掉下山崖，楚大哥他們怎麼受得了？要是爹爹知道這個消息……

霽雲臉色越來越蒼白，手哆嗦得幾乎連鞋子都無法穿上。

「欸欸欸～～」被推到一邊的姬二愣了一下。「小傢伙，你這麼急著是要去哪裡啊？」

「我要去……找我爹。」霽雲嘴裡喃喃著，索性赤著腳就想往外跑，哪知剛站直身子，便覺頭一陣眩暈。

一旁的姬二忙扶住。

「別動，別動。這冰天雪地的，虧你命大，正好我們經過救了你，這都暈了三、四天了，身上哪裡有力氣？」

「是你們救了我？」霽雲終於明白為什麼自己會出現在這裡。許是以為自己死了，那些匪人就離開了。

「對呀。」姬二點頭。「你當時趴在地上，整個人都凍成了一坨，我們還以為是個凍僵的死人呢，沒想到你這小傢伙還真是命大……」

「姬先生。」霽雲握住姬二的手臂道：「救命之恩，沒齒難忘，雲、雲開求姬先生一件事，送我離開好不好？」

「送你離開？」姬二眼睛一下睜得溜圓。「喂，小傢伙，你是不是說錯話了？」

「啊？」霽雲一愣，不明白姬二什麼意思，誠懇道：「姬先生，雲開知道有些唐突，可真的是有要事在身，希望姬先生您把我送到親人身邊，只要見到爹爹，您要什麼，我爹爹都會答應您——」

卻被姬二打斷，翻了個白眼道：「阿開，我救了你，你不是應該說『救命之恩，無以為報，願以身相許』嗎？」

看霽雲一副被雷劈了的樣子，他頓時想起什麼，撓撓頭道：「啊，對了，你是男人，以身相許的話，我是不會要的，那就換個『如蒙不棄，願為奴為僕，以報大恩』！」

「你……」霽雲真是哭笑不得。

這之後，竟是無論霽雲說什麼，姬二都是一番胡攪蠻纏，霽雲無法，頭又暈得很，便也不再理姬二，任他喋喋不休，只當作沒聽見。

好在霽雲身上倒是沒受什麼傷，又飽飽地吃了頓飯，終於緩過勁來了。

完全清醒過來後，才發現竟然已經離開朔州有幾百里了。她不由奇怪，自己竟然昏了那麼久嗎？

姬二待自己委實不錯，不但沒有一句重話，還侍奉著好吃的好喝的，只是一說起想要離開，就開始胡說八道。霽雲頭疼不已，又忽然想起一件事：自己怎麼忘了，姬二這群人，作主的好像是他那個冷冰冰的外甥吧？

一抬頭，正好瞧見窗外庭院裡，一個肅殺的身影正站在庭院中，那人手裡還拿了管洞簫。

冰冷的月華鋪了那人一身，襯著簷角幾點未化的積雪，顯得孤絕而淒涼。

霽雲摸索著披衣下床。

衣物也是姬二準備的，完全是按照他自己的喜好，裡面是寶藍色的錦袍，外面是一襲雪白的貂裘大衣，霽雲穿了，越發襯得面紅齒白、眉目如畫。

出了房間，霽雲徑直往少年身邊而去，走動時，故意加重腳步。

少年也聽到了身後的動靜，卻是頭都沒回。

霽雲沒辦法，只得繞到少年前面。對上少年沒有絲毫情緒的冰冷眸子時，她呆了一下。

這人看著比自己現在這個年齡也大不了多少，怎麼渾身上下卻是沒有一點少年人的朝氣？

「我叫容雲開，不知公子高姓大名？」

少年卻是連眼珠都沒動一下。

霽雲就有些尷尬。這是什麼事？明明自己也是成年人了，可瞧著這麼個半大孩子，怎麼心裡會有些發毛呢？

好吧，孩子都是要哄的。

眼睛落在少年腰間的洞簫上，故作喜悅道：「這是洞簫嗎？我也會吹呢，而且，吹得還算可以，要不要我吹給你聽？」

少年仍是不作聲。

霽雲頭一下大了。上輩子沒養過孩子，這會兒才知道，孩子怎麼這麼不好哄啊？無論自己說什麼，對方都是一副愛理不理的死人樣！

「嗯，你不說話是不是就是默許了？」霽雲只作不知，只管硬著頭皮取了那管洞簫來，放在唇邊吹了起來。

當初孔玉茹就是憑高妙的洞簫之聲吸引了容文翰的注意。離開容府時，孔玉茹帶走的幾件東西之中，便有一管洞簫。

這洞簫，也是她上輩子最拿手的一件樂器。

如果說一開始還想著要討好少年，漸漸地，霽雲也沈入了簫聲的意境中。

清流畫舫，才子佳人，花好月圓，父女情深，卻奈何好景不長，月缺人離散，從此骨肉不團圓……
本是歡快的簫聲漸漸低沈，如怨如慕，如泣如訴……
「好了。」手裡忽然一輕，洞簫被人拿走，緊接著又被塞了包東西在手裡。
霽雲也一下清醒過來，這才發現自己不知何時竟已淚流滿面，而手裡，卻多了一包蜜餞。
「只有無能懦弱的人才會流淚。」少年冷冷瞧了一眼慌裡慌張抹淚的霽雲，轉身就要走。
「別走。」霽雲忙揪住少年的衣袖。「我還有件事，想請公子幫忙。公子能不能告訴姬先生，讓我離開。」
少年揮手推開霽雲。
「穆羽。離開，死。」
說著，大踏步往自己房間而去。
他叫穆羽，自己想要離開的話，除非死……
好半天，霽雲終於明白了少年的意思，卻氣得咬牙切齒。自己怎麼這麼倒楣，若說姬二是個纏人的瘋子的話，那這個穆羽就是個徹頭徹尾的怪物！
現在這個時候，楚大哥他們定然急瘋了吧？幸好爹爹尚在戰場，不然無法想像得知這個消息，會給爹爹多大的打擊。
自己必須要想法子聯絡到楚昭！

姬二回來時，已是深夜，隱隱約約瞧見院子幽暗處，孤孤單單站著的清冷身影，不由一呆，忙快步跑了過來，伸手挾住霽雲就走。

「這麼冷的天，你這孩子就不能消停！」

霽雲被勒得幾乎喘不過氣來，用盡全身的力氣推開那條胳膊。

「姬先生，放手……」

「啊？」姬二愣了一下，忙提著衣領把人舉高，嘴巴一下張大。「阿開？」轉而瞪眼。「臭小子，什麼不好學，偏要學羽兒那般死人樣子！」

「咳咳！」霽雲抱著門柱，嗆咳不已。合著姬先生這是把自己當成他那冷冰冰的外甥了？只是這做舅舅的，是不是對外甥也太狠了些？一個不注意，說不好就出人命了啊！

看霽雲被自己勒得臉色都發紫了，姬二也有些不好意思。

「我就說嘛，羽兒今次怎麼這般聽話，竟是吭都沒吭就讓我抱著送回房間……」

「您說，這是抱？」姬二這是開玩笑吧？竟然將這種簡直會把人給勒死的方式稱為抱。

「那是自然。」姬二翻了下白眼。「真是大驚小怪，羽兒小的時候，我可是一直都是這樣抱他的，而且每次我這樣抱著，羽兒都乖得不得了，很快就會睡著……」

姬二別提多得意了。

「你們都是這樣抱小孩？」霽雲不敢置信。小孩那麼嬌嫩，也可以這麼養？

「對呀。」姬二很肯定地點頭，想了想又補充道：「當然，我大哥和我抱的方法不一樣，他更喜歡揹孩子。」說著做了個抓住人腳脖子往背上甩的動作。「這招也滿好使的。」

霽雲聽得幾乎淚流滿面。那個穆羽能活這麼大，真是奇跡呀……驀然想起上次在農家小院時，姬二拖著傷了腿的穆羽行步如飛的模樣，還以為姬二是故意折騰他的，原來那都是習慣。

「啊呀，對了！」姬二忽然一拍腦袋，有些懊惱道：「我怎麼忘了，這幾天天氣冷，羽兒的腿疾又犯了。」

嘴裡說著，拉著霽雲就走。「你上次施針後，羽兒果然好多了，那之後我也幫羽兒施過針，不知怎的都沒什麼效果。正好你在，快去幫羽兒再施針吧。」

霽雲被拖得幾乎跌倒，好不容易站穩腳，已是到了穆羽住的客房。

穆羽正閉著眼睛躺在床上，瘦弱的身軀伸得筆直，兩手交疊放在胸前。襯著那身月白色的袍子，霽雲不由打了個冷顫。

怪不得姬二總說穆羽一副死人臉，這個模樣的穆羽，不知道的話還以為床上躺的是一具屍體。

姬二把霽雲按倒在床前的座椅上，又找出上次霽雲贈的金針遞過來。

「阿開，你待會兒就歇在這裡吧，我回去休息了。」說著，頭也不回地就走了。

早已經領教姬二就是一個絕不能用常理推測的瘋子，霽雲默默接過針。

只是施針時卻發現，不知保持這種姿勢多久了，穆羽的腿部肌肉已是僵硬得很。這樣施針的話，不只效果不好，被施針者的痛苦也會增加數倍。

忽然想起方才姬二說，一直以來他施針的效果都不好，不會是每天就這樣直接開扎吧？霽雲猶豫了下，還是開口喚道：「公子，公子。」

哪知穆羽卻是閉著眼，絲毫不回應。

霽雲無法，只得先把金針放下，屈身扶起穆羽的腿，幫他把腿部肌肉舒展開來。好不容易，兩條腿都不再如死屍般僵硬了，霽雲才長吁一口氣，極快地把金針刺入。

霽雲只想著趕緊施完針就走，完全沒注意到本是閉著眼睛的穆羽，不知什麼時候睜開了眼睛，定定瞧著昏黃的燈光下那緊抿著嘴唇的俊俏小臉，臉上神情漸漸柔和起來，嘴角也不覺慢慢上挑……

第二日，霽雲還在睡夢中，就被姬二震天價響一樣的拍門聲給驚醒，慌忙從床上爬起來，就往門外跑，到了外面才發覺，除了仍坐在桌前慢條斯理用早餐的穆羽，所有人都已經整裝待發，頓時就有些惴惴不安。

「阿開，你怎麼這麼慢？」姬二邊往褡袋裡放乾糧邊道：「快去用飯，馬上就要上路。」

霽雲知道，這麼冷的天，馬上疾行的話，不吃飽肚子自己肯定扛不住，忙坐到案前，開始埋頭苦吃。等到她終於吃飽了才抬起頭來，旁邊的穆羽也跟著慢悠悠放下筷子，起身往自己的馬兒走去。霽雲不由一愣。

這人吃東西也忒慢了吧？好像自己方才用餐時，穆羽碗裡也不過就剩了口粥罷了。這人果然是怪物，這麼寒冷的天氣，一口粥也能吃這般久，那粥怕是早涼得跟冰一樣了。
霽雲的馬兒也很快被人送過來，一看就是匹神駿異常的馬兒，更難得的是還溫順得很，馬背上還有裝了乾糧和水的褡袋。
霽雲感激地看了眼匆匆從房間裡出來的姬二，揚聲道：「姬先生，多謝。」
「啊？」姬二眼神一暗。阿開的房間自己方才用心搜了，除了幾張胡亂扔在地上、明顯是練字的宣紙，倒也沒有故意留下什麼線索來。
這小子倒是有練字的興趣，自己記得那日偶遇時，也見他無事就練字來著。
霽雲衝姬二眨了眨眼睛，微微一笑。沒想到這個瘋子還有這麼細心的時候。自己起得這麼晚，若不是姬先生，怕是中午就要餓肚子了。
一行人離開後，便有客棧的小二進房間打掃，發現其中一間房內，地上扔著幾張宣紙，隨手團了，用簸箕掃了出去。
一名書生正好經過，看到被隨意扔在地上的紙張，不覺皺眉，俯身拾起抻平，看了一眼便呆住。
怎麼竟是被譽為大楚文壇領袖、書法千金難求的太傅親筆?!
忙又展開其餘幾張，筆跡竟是如出一轍，書生頓時大喜過望，一陣風似的衝進了客棧——

第四十五章

「好了，下馬歇息吧。」

日已過午，穆羽終於勒住馬頭。

眾人也勒住馬頭，紛紛翻身下馬。

霽雲渾身早凍僵了，竟直直坐在馬上，一動也動不了。

「阿開，」姬二一眼瞧見，忙嚷嚷道：「別磨蹭了，快下來，吃了飯還要趕路，你若是慢了，我們可是不等的。」

磨蹭？霽雲心裡憋悶不已。自己哪裡是磨蹭，明明是手腳早就凍僵了用不上勁好不好！可也明白，姬二這麼個連抱個小孩都差點把人給勒死的傢伙，是絕不會想到這一點的。

霽雲咬了咬牙，努力地想要爬下來，卻因為下半身凍得完全沒了知覺，爬變成了滾，竟是朝著結滿了冰的土地就砸了下去。

閉了下眼睛，卻沒有預料中的劇痛傳來，反而跌入一個冷硬的懷抱。

霽雲愣了一下，倉皇間抬頭，正和一雙冰冷的眸子對個正著。

竟然是穆羽?!

她嚇了一跳，忙要後退，哪知雙腳剛一踏到地上，一陣鑽心的痛楚頓時傳來，霽雲哎喲一聲，身子再次向前撲倒，手就摟住了穆羽的腰。

穆羽本要伸手去扶，但被霽雲摟住的瞬間卻僵在那裡，神情震驚又迷茫。只有在夢裡，才能重溫當年被「她」摟著的感覺，這會兒卻無比真切地重現。

霽雲用力巴住自己的馬站好，驚恐無比地瞧著慢慢垂下眼簾的穆羽。自己剛才那麼唐突他，這麼個喜怒無常的怪物，不會一掌把自己劈飛吧？

穆羽果然伸出手來，卻是越過霽雲，拿下了褡袋，從裡面摸出乾糧遞給霽雲，這才轉身回到自己馬旁邊，低頭吃東西。

姬二一直饒有興趣地瞧著兩人，這會兒看穆羽走了，就跑過來舉起手裡饅頭道：「好阿開，你的乾糧聞著味道不錯嘛，不然，咱倆換換？」

「換什麼換？」霽雲有些莫名其妙。「都是姬先生準備的，還有什麼不一樣嗎？」

「我準備的？」姬二愣了一下。「開什麼玩笑，我自己的都是胡亂整理的，哪有時間管你？」

忽然覺得不對。「阿開的乾糧是別人準備的嗎？」

四處看了下，眼睛忽然落在穆羽的手上，忙跑過去看了下，臉頓時黑了。一樣的大餅，一樣的牛肉香，說不是同一個人準備的，誰信？

神情頓時哀怨無比。「羽兒你……好狠的心。」

霽雲錯愕不已。這乾糧，是穆羽那個動不動就說殺了自己的怪物準備的？倒是穆羽，卻是正眼都沒有瞧兩人，仍是淡定地一口口啃著自己的大餅……

中午時還能勉強爬下來，晚間到客棧時，霽雲臉色已是白得和紙相仿，兩條腿更是早就沒了知覺。

竟是腿疾又犯了。

被小二架著送到房間裡時，霽雲一下癱在了那裡。

以往有阿遜時時小心調養，這兩年來，霽雲的腿已經再沒有痛過，此時卻是痛得如針扎一般。

過於痛楚，竟讓霽雲連穆羽什麼時候進來的都沒有發現。

「怎麼了？」穆羽聲音沒有什麼起伏，冷冷的，卻是讓霽雲一下清醒過來。

「無、無妨。」霽雲強撐著坐起身子，勉強笑道：「只是腿疾又犯了，等稍好些，阿開再去為公子施針。」

哪知穆羽並沒有離開，反而拉了張椅子在床前坐下。

「腿疾？怎麼得的？很嚴重嗎？」

「小時候凍傷過。」霽雲搖了搖頭。「等施針後，應該就會好些。對了，公子能不能幫我尋些筆墨紙硯來？」

「筆墨紙硯？」穆羽有些不解。

「嗯。」霽雲點頭，手用力攥緊被角，顯然是疼痛已極。「幼時……爹告訴我，想忘記一件事，就專心做另一件事，先時……我也不信，可那次傷到腿時，我就不停地寫字，然後發現……寫著寫著，好像腿痛……真的減輕了呢……哎喲！」

霽雲猛地睜開眼來，卻是雙腿忽然被穆羽抬起，那修長的雙手正靈活地在自己雙腿上按摩著，分明是自己昨天幫他施針時的推拿手法。

「你也會？」

穆羽眼睛都沒抬。「昨日看你用過。」

這人昨日不是睡著了？而且就一次，怎麼這般嫻熟？瞧著竟是比自己還要靈活。還沒反應過來，穆羽已經同樣極快又準地把金針刺入穴道之中。

霽雲再一次傻眼。這穆羽果然是怪物，還是聰明到逆天的怪物！

同一時間，客棧裡也來了另一幫不速之客。

那群人均是神情冷肅氣勢不凡，卻是丟下一輛遮蓋得嚴嚴實實的車子就迅速轉身離開。

穆羽走出房間時，正碰見匆匆尋來的姬二。

「安家已經把人送到。」

穆羽點頭。「馬上送到靈老那裡。」

被推拿一番又施了針，痛楚終於減輕多了。霽雲強撐著倒了杯熱水，剛想睡下，外面卻有人敲門，回頭看去，小二正捧了筆墨紙硯送來。

霽雲吩咐他放到桌上，便拄著枴杖慢慢挪了過去。雖是幾步路，還是出了一身的汗。

她慢慢坐到桌前，看見桌上的紙張，不由一驚。竟是上好的潮州宣紙，便是那墨，也是湖州香墨。

霽雲眉頭微微蹙了下。這樣的好東西，如此簡陋的客棧裡怎麼會有？忙回頭問一旁靜候吩咐的小二。

「這全是你們店裡的？」

「客官說笑了。」小二忙搖頭，神情羨慕。「我們店裡可沒有這麼好的筆墨，這都是方才那位公子親自去買的。」

「公子？」霽雲一愣。

「是啊。」小二點頭。「就是那位長得很好看的公子啊。」

那人不但長得好看，出手還大方，瞧瞧這些筆墨紙硯，怕不得破費上百兩銀子。

這樣啊？霽雲越發摸不著頭腦，下意識往外瞧去，發現穆羽的房間雖是熄了燈，房門卻還是開著的。

這麼冷的天，穆羽的腿可也是受不得寒的。

「那公子的房門怎麼還開著？」

「啊？」小二回頭瞧了一眼，就笑了。「小的方才本是要幫公子關上的，公子說不用，說是有人會過去施針。」

「施針？」霽雲一愣。說的是自己嗎？不由頭疼，穆羽明明手法也很精妙啊，怎麼還等著自己去施針？

不過今天才發現，穆羽這人雖是性子孤僻了些，心腸卻不壞。

算了，看在這些筆墨還有乾糧的分上，自己就去瞧瞧吧。

拄著枴杖慢騰騰地出了屋，她一步一步挪進穆羽的房間。案旁並沒有人，是在床上躺著嗎？

霽雲只得又往裡挪，果然看到了和昨天一模一樣的情形。穆羽仍是雙手交疊放在胸上，直挺挺如殭屍一般躺在床上，床前，一張椅子已經擺好，甚至椅子上還貼心地擺了個墊子。

有了昨天的經驗，霽雲知道這人雖是閉著眼睛，卻沒有睡，嘆了口氣坐在椅子上。

「喂，穆羽，為什麼不自己施針呢？明明你早已經會了。」

穆羽睜開眼來，很是不解地瞧著霽雲。

「不是你說要來幫我？」

「我那是以為你不會啊！」霽雲哭笑不得。算了，自己既然來了，就幫他施針吧。

她伸手去抬穆羽的腿，腿部肌肉又是僵硬得不得了，霽雲就有些疑惑。

「為什麼你總是這樣躺著？不會覺得不舒服嗎？」

「不舒服？」穆羽認真想了下，半晌搖頭。「一開始會有些麻，時間長了，就什麼感覺都沒有了。」

「那還是不舒服呀！」霽雲越發不懂，邊抬起穆羽的腿，認真推拿。「為什麼一定要這麼躺著呢？睡覺就是要休息的，自然怎麼舒服怎麼躺了。瞧瞧你的腿，都僵硬成這個樣子了，可見定然很難過的。」

「不會。」穆羽搖頭，神情很是平靜。

幼年時，自己一直被要求這樣躺著的，直到舅舅趕來……

「不會？」霽雲簡直要氣壞了。腿都成這個樣子了，還說不會！看看穆羽無辜的表情又覺得不對。「你是說，你只會這樣躺？」

穆羽垂下眼睛，不再說話。霽雲身子一抖，差點把手裡的金針扔了。怎麼可能？竟讓自己給猜對了，舅舅變態也就算了，竟是連爹娘都那般不可理喻嗎？哪有這樣教孩子的？

心裡不由再一次感嘆，這孩子果然強大！

好不容易施完針，穆羽便乖乖躺回床上，又恢復直挺挺的挺屍狀態，合上眼簾，一副要睡的樣子。

霽雲越發哭笑不得。這時候的穆羽和白天的差別也太大了吧？忙推推他，示意穆羽下床。

穆羽有些困惑，卻仍是從床上下來。

霽雲便踢掉鞋子，自己爬上床，先是側躺著，然後又翻了個身，接著又把枕頭抱在懷裡……

各種能想到的姿勢做了個遍，才氣喘吁吁地停下來。

「看到沒？怎樣都好，一定要自己舒服。腿不許再麻了，不然每次施針時都要這樣推拿也很累啊！」

她爬下床對穆羽道：「不然，你試試。」

穆羽遲疑了下，終於踢了鞋上床，學著霽雲微微側了下身，只是動作委實僵硬得很。

霽雲嘆口氣，把他不自覺交疊的手分開，一隻胳膊橫在枕頭上，另一隻胳膊拉過來放到胸前，又從後面推穆羽的後背，直到覺得那姿勢終於順眼些了才罷手。

「舒服些沒？就這樣吧，我要回去休息了。」

臨走時，又哄孩子般道：「記著腿不許麻，不舒服了就換個姿勢，你那麼聰明，定然很快就會的。」

這才拄著枴杖，蹣跚離開。

穆羽專注地瞧著霽雲的背影，無意識地伸開雙手，做了個抱的動作，才滿意地閉上眼睛。

第二天，霽雲還是在姬二震天響一樣的拍門聲中醒過來的，忙爬起來，慌裡慌張地收拾好桌上的筆墨。

跑到門邊時，她差點撞上不知什麼時候站在那裡的穆羽身上。

霽雲猝不及防，手裡的東西一下散了一地，忙蹲下身子去撿。

穆羽不經意往房間裡看了一眼，厚厚的一疊宣紙竟然用完了，不禁就去瞧霽雲的腿。

昨天阿開說，腿痛了就練字，竟然寫了這麼多嗎？也就是說，阿開的腿痛了好久……

他伸手握住正艱難彎腰的霽雲。

「不要也罷。」

「怎麼能不要？」霽雲卻拍開了穆羽的手。路上有機會的話，自己還想寫幾張呢。

看穆羽一直盯著自己，她討好地笑笑。「好歹也算你送我的，這樣扔了多可惜。」

「你坐著。」穆羽手一用力，就把霽雲帶到旁邊的椅子上，自己回去把東西收拾好，這才回轉，遞到霽雲手上。

「給你。」

聲音仍是淡淡的，沒有一點起伏，眼睛卻不是那樣死氣沈沈，好像有一種不一樣的東西復活了……

「羽兒，可以出發了嗎？」姬二收拾好行囊過來道。

霽雲愣了一下，知道又要出發了，只得抱起包袱，一瘸一拐地跟了上去。

剛走到門外，身子忽然一輕，卻是被穆羽抱著，放在了他的馬上。

「啊呀！」霽雲嚇了一跳。穆羽騎的馬明顯是馬匹中最好的一匹，可那性子也是烈得很，忙擺手。「這匹馬我可駕馭不了，還是你自己騎吧。」

話未說完，穆羽卻也同樣飛身上馬，跨坐在霽雲身後。

「咱們倆一匹，抓緊斗篷。」

竟是拿了一襲厚厚的斗篷，嚴嚴實實地把霽雲裹在了裡面，然後一聲呼喝就疾奔而去。

霽雲猝不及防，身子狠狠朝後撞去，腦袋正頂上穆羽單薄的胸膛。

這骨頭也太硬了吧，真是痛！

看霽雲倉皇地把頭探出來，穆羽的臉突然有些紅。

「天冷，別把頭露出來。」

一陣冷風灌了進來，霽雲一哆嗦，忙裹緊了斗篷，嚴肅地建議道：「穆羽，記得多吃些飯，你太瘦了。」

穆羽沒說話，嘴角卻是再一次微微挑起。

後面的人愣了半晌，才發現穆羽已經跑遠了，忙呼喝著跟了上去。姬二則是愣了半天，最後才苦惱不已地爬上馬。

「羽兒這小子，不會是喜歡上男人了吧？」

也不知趕了多久的路，霽雲正倚著穆羽有些昏昏欲睡，忽聽穆羽道：「到了。下來吧。」

「到了？」霽雲迷迷糊糊地睜開眼來，忙從斗篷裡探出頭來，臉色頓時煞白。

一群人正快步迎出府門，走在最前面的是一個身著藍色錦袍的男子，正推著一張輪椅滿面笑容地迎了過來。

霽雲身子一晃。方修林……怎麼會在這裡？

她抬頭，「翼城方府」幾個字映入眼簾。

還有那被簇擁著、坐在輪椅上的女子……霽雲眼睛倏地睜大，高綰的鳳髻，華麗的衣衫，滿身的珠光寶氣，分明是出身高貴的貴婦，只是臉上幾乎覆蓋了半邊臉的青紫胎記，又是怎麼回事？

「小公子是我阿弟的朋友嗎？」女子抬起頭來，正對著霽雲，完好無損的左半邊臉一下顯露在霽雲眼前。

「我是羽兒的姊姊，容霽雲。」
容霽雲？這女人竟然說她是容霽雲?!
「妳……撒謊。」霽雲上前一步，一把扼住女子的脖頸。就是化成灰，自己也認得，這人分明是李玉文！上輩子，就是這個女人和方修林一起設計了那樣一個毒辣的計策，讓自己背上不貞的名聲，讓爹爹跟著受盡屈辱！現在，她竟然說她叫容霽雲?!
「快放手。」身子忽然一輕，卻是被穆羽一下甩了出去。「阿開，你怎麼敢對我阿姊出手？」
霽雲還沒反應過來，就撲通一聲摔在地上，兩腿重重磕在地面上，疼得霽雲狠狠咬住了嘴唇，腦海中更是電光石火一般。
阿姊？穆羽說，李玉文是他阿姊？
霽雲抬頭，看向穆羽的表情由困惑漸漸轉為冰冷。
也就是說，穆羽就是李玉文上輩子的那個弟弟？那個殺死了爹爹所有的侍衛，逼得自己和爹爹走投無路，連沿街乞討都被惡狗撕咬的惡人？
眼睛又慢慢轉向一副情深意重、小心呵護李玉文的方修林。
朔州時，那些歹人就是為了救方修林和謝蘅，才劫持了自己！
而現在，方修林完好無損地站在這裡，而那個自稱救了自己的穆羽則是李玉文的弟弟……
怪不得，他們無論如何不肯放自己離開！

霽雲身子一晃，仰面朝天就倒了下去。

「阿開！」穆羽冰冷的面具頓時撕開了一道裂縫，快步上前抱起霽雲。「快去後院找靈老。」

第四十六章

「娘子，妳怎麼樣？」方修林忙俯下身來，擔憂地瞧著臉色蒼白的李玉文。

「那個人是誰？」李玉文怔怔瞧著穆羽匆匆而去的背影，眼中閃過一抹嫉恨。那個少年是誰？怎麼穆羽會對他這般重視？明明平常除了對著自己，即便是他那個舅舅，穆羽都是冷冰冰的。

「我也不認識。」方修林的神情明顯有些討好。「外面風大，妳身子骨弱，受不得風寒，我先推妳回房。」

不怪方修林如此，實在是他心裡明白，方府的榮辱全繫在李玉文身上。憑容文翰現在如日中天，只要有李玉文這個假容霽雲在，太子一定會想方設法保了自己平安。

更不要說李玉文有一個不知從哪裡冒出來、強大到可怕的弟弟！

而且那穆羽看著，可不只是身手厲害，要命的是他身上那股氣勢。這段時間多和達官貴人打交道，方修林自然不似原來一般，全是銅臭味，很能分辨出富與貴的不同。

自己這條小命，就是全賴這突然冒出來的小舅子才得以平安的。

「妳說那男孩說妳撒謊？」

方才霽雲靠近李玉文時，聲音並不高，方修林的心思又在穆羽身上，根本就沒聽清霽雲說了些什麼。

「是。」李玉文點頭，邊思索邊道：「我總覺得那少年好像知道些什麼。」

「怎麼可能？」方修林想了半晌，還是理不出什麼頭緒來，又把從前的事細細思量一番，仍是搖頭。「當年的事情，不可能還有其他人知道。娘子妳想多了。」

又親自去外面端了盆熱水進來。

「來，為夫的幫妳洗腳。」

李玉文臉一紅，伸手抱住了方修林，哽咽著道：「相公，這輩子有你這麼對我，我便是受再多的苦，也是值得的。」

方修林輕輕撫摸著李玉文的頭，卻抬眼瞧著頂上的房梁。

待會兒是去芳兒房間呢，還是去看月兒那小騷貨……

在這之前，還要好好哄自己這個表妹，家裡很多事還得靠她，和那個穆羽的身分……

「娘子，妳可問過，弟弟他是哪裡人？」方修林邊幫李玉文揉腳邊道。

「我也問過。」李玉文皺眉。「卻是沒問出個所以然來。」

當然，之所以會這樣還有一個原因，那就是心虛。

聽那穆羽的意思，他根本就是衝著容霽雲來的，可自己哪裡是容霽雲，分明是李玉文。

「其他的事就不用操心了。對了，妳的腿現在怎麼樣了？」

聽方修林問起自己的腿，李玉文神情明顯有些激動。「左腿有些知覺了！」

再沒想到，穆羽手下竟然有這麼厲害的醫者。

「真是太好了！」方修林抱住依偎過來的李玉文。「這些年，每每想到妳的腿，我心裡都是難過不已。要是當年我能早些找到妳，也不至於讓妳受這麼多苦楚，希望老天垂憐，妳能再站起來。」

當年大雪封山，知道容霽雲的真實身分及方家的計劃後，李玉文又恨又怕，拚命在山中尋找，誰知不幸跌落雪洞。等眾人發現救出她時，雙腿卻和容霽雲一樣，已經凍殘了。

這也是李玉文對方修林死心塌地的重要原因，雖是換了姓名還毀了臉，但表兄待自己卻更加情深意重。

「對了，那個少年，我還是不放心。」李玉文想了想道：「相公你還是多加留意。」

總覺得那個少年有一種說不出的熟悉感……

穆羽抱著霽雲直奔後院而去。

守衛剛想去攔，卻發現進來的是自己主子，忙跪倒見禮，從院門到房間竟是跪倒了一大片。

穆羽腳都沒停，直接衝進了房間。

房間內，一個鬚眉皆白的老者低頭凝神搗藥，聽到聲響回頭看去，不由一驚，忙站起身來。

「少主。」

「靈老，快過來看看阿開！」穆羽把懷裡的少年抬起，神情竟是從未有過的惶恐。

「放到榻上來。」靈老忙道。看少主如此緊張，莫不是那少年已有生命之危？

靈老話音未落，穆羽就已經快步上前，小心地把霽雲放到榻上。

靈老驚了一下，嘴角抽了抽，卻沒敢說什麼，忙上前探視，臉上神情瞬間緩和。少主這麼驚慌的樣子，自己還以為是什麼不治之症呢！哪裡想到不過是驚怒過度以致昏厥。

他隨手在霽雲的人中穴上輕輕一點。

「少主莫慌，無事。」

收回手指，霽雲果然睜開了雙眼。

穆羽伸手就想去扶霽雲，卻在對上她冷冰冰沒有任何情緒的眸子後，很是狼狽地僵在了那裡。

「阿開。」

「你……去死。」霽雲閉了閉眼睛，艱難地翻了個身，拉起被子把自己整個頭都遮得嚴嚴實實。

等房間裡終於完全安靜下來，霽雲才緩緩睜開眼睛，神情慘然。

竟然……又回到了這裡嗎？

透過窗櫺，隱約還能看見東北邊角落，自己住了數年之久的柴屋……

那之後，自己悲慘而又短暫的一生，在此刻竟是如此清晰。

虧自己還以為穆羽是個心腸不錯的孩子，卻沒想到竟是如此歹毒！或許上一世，種種陰謀，穆羽也是參與了的！

上一世，他們糊弄自己去害爹爹，這一世，自己離開了，所以，他們就弄了一個李玉文來代替自己嗎？

可惜他們並不知道，自己臉上的胎記不過是娘親為了怕爹爹找到，故意貼上去的，更不知道自己不但活得好好的，還又回到了方府！

這樣想來，倒還要感謝穆羽，沒有他，自己怕是永遠不會知道，方家其實蓄謀已久要害爹爹。

眼前忽然閃過李玉文現在醜陋的模樣，她不由冷笑。自己最清楚，方修林是個什麼東西，上輩子，自己容貌也不算差，可即便已經知道自己是容家嫡女，方修林還是養了李玉文做外室。

而現在的李玉文不但容貌醜陋，身分也是冒充的，自己可不信方修林會耐得了寂寞。所謂報應不爽，說的就是這般吧！

李玉文為了假扮自己，竟然下了這般本錢，不但自殘雙腿，還毀了容貌，既然如此，自己不把她上一世加諸自己身上的痛苦，好好回報她一番實在太說不過去。

現在回想起前世，讓霽雲內心最痛苦的，早已不是以為情深意重的丈夫方修林的背叛，而是那兩個狗男女故意讓自己背上不貞名節，爹爹瞬間蒼老的容顏……

叩叩叩！門外忽然響起了一陣有節奏的敲門聲，霽雲定了定神，終於道：「進來。」

房門打開，卻是滿臉淚痕的李玉文，不過推著她輪椅的並不是方修林，而是一個身材頗為豐腴的美人兒，兩人身後還有丫鬟相隨。

霽雲便有些奇怪。這女子的樣子看起來並非奴僕，自己卻又從來沒見過……

正自尋思，李玉文已然開口。

「這位小兄弟。」

一句話未完，李玉文再度潸然淚下，瞧著霽雲，神情哀戚。「我們之間是不是有什麼誤會？妾身不知道哪裡做錯了，惹得小兄弟這般生氣？只是，你同我阿弟交好，應該也知道我阿弟的性情，他心裡待你和別人定然不同，方才你昏倒，我阿弟就難過得不得了……妾身自幼孤苦，僥天之幸才得了這麼個兄弟，實不願見他有半分不如意，小兄弟心裡有什麼氣盡可朝我使，切莫要和我阿弟生分了！」

「妳……」霽雲的表情似是很受驚嚇，半晌才躲躲閃閃道：「倒也不是……」

這少年果然心思單純。李玉文頓了頓。

「不知小兄弟甫見面時，說我撒謊卻是為何？」

「那個……」霽雲脹紅了臉，半晌似是被逼無奈，終於吶吶道：「穆羽長那麼漂亮，妳的樣子……好醜。」

又抬手一指輪椅後面的女子。「倒是這位姊姊長得好漂亮，我瞧著，她倒像穆羽的姊姊。」

李玉文幾乎氣昏過去。自從臉上多出了這麼一塊噁心的東西後，李玉文就再沒照過鏡子，更不允許有人在自己面前談論長相。現在，這個臭小子竟然當面說自己醜?!

門外傳來一聲悶笑，霽雲抬頭，卻是穆羽正帶著姬二站在那裡。

姬二先是狠狠瞪了霽雲一下，然後又衝霽雲眨眨眼。這個臭小子，還真是狠心，枉費羽兒對他那般好，竟是一點都不領情！不過說的話倒是很對自己胃口，這個容霽雲真的是好醜！

穆羽瞧著霽雲，則是臉色鐵青，眼中不知是失望還是厭憎。

半晌上前，接過李玉文的輪椅，溫聲道：「阿姊莫氣，不要和那些無謂的人一般見識，靈老說待會兒會給妳療腿，我先推妳回去歇息。」

又對旁邊的靈老道：「你不是說還缺個幫忙的僮兒嗎？就是他了。」

見眾人要走，旁邊的豐腴美人兒忙拿起手邊的披風，幫李玉文把腿蓋上，直起身來剛要跟著走，卻被李玉文叫住。

「婆婆這幾天染了風寒，我身子骨又不好，那些丫頭都是笨手笨腳的，還是麻煩雲姨娘親自去煎了，等藥好了，咱們一道給婆婆送去。」

又想到方才霽雲說的話，越發覺得豐腴女子不順眼至極。自己容貌成了這般模樣，雲錦芳又這般美貌……

這是把受的氣出在自己身上了？還是夫君方才暗示自己早點回房，被這醜婦發現了？那女子愣了一下，雖是不甘心，還是躬身應了一聲是。

霽雲沒把穆羽的冷淡放在心上，卻在聽到「雲姨娘」這幾個字眼時，心裡一動。也就是說，這女子就是四哥傅青川當初訂下的雲家女了？

自己記得沒錯的話，這房貴妾是年前才抬過來的，也不知李玉文住過的那座宅院裡，現在養的又是哪個？

還在發呆，靈老卻已經過來，沒好氣地瞪了霽雲一眼。
「真是沒良心的小東西！」
方才這小子明顯是故意惹少主生氣的吧？可憐的少主，還是第一次這般待一個外人好！
「跟我去藥廬。」
霽雲並不在意靈老的態度，靜靜跟著靈老往門外而去。
所謂藥廬，只是一個裡外隔開的大房間罷了。
霽雲記得，這裡原是方府中放器物的所在，這會兒卻充滿了濃郁的藥香，外面的爐子上有藥湯咕嘟咕嘟地冒著泡，隔著紗幔，隱約還能瞧見裡面的床上，一個被包裹得嚴嚴實實的人形物體……
「這些藥，你可要盯仔細了。」靈老交代得很是認真。「每次放三碗水，熬去一碗水時，改成文火，到最後餘至一碗藥汁時熄火。然後再煎另外三服藥，均剩一碗藥汁時，合為一爐，把最後這服藥放進去，直到仍是餘最後一碗方可。」
瞟了霽雲一眼。「把我方才的話重複一遍。」
霽雲點頭，分毫不差地把靈老的話複述了一遍。
倒是個伶俐的！那靈老心裡暗暗讚許，面上卻是不顯，徑直站起來離開，走到門口又頓住。「你只在外面便可，帷幔後是不許去的。」
帷幔後面不許去？靈老不說還好，說了後，霽雲忽然想要知道帷幔後的床上躺的人什麼模樣。

瞧瞧四下無人，她躡手躡腳往帷幔後面轉去，哪知手剛碰到帷幔，就被什麼東西給狠狠螫了一下。

霽雲嚇得忙收回手來，卻從指尖開始，整個胳膊迅速腫大。

「念你是初犯，就饒過你這一遭。」蒼老的聲音突兀地在身後響起，霽雲回頭，卻是靈老去而復返。

自那後，霽雲再不敢冒險，再加上畢竟是第一次做熬藥的活計，她有些手忙腳亂，甚至很多時候把藥遞給靈老看時，毫不留情地被倒掉。

這麼周而復始地做活，簡直要把霽雲折騰瘋了。

其間，她倒也見過方修林幾次。旁人不覺，但霽雲明顯感覺到，方修林對自己上了心，比方說他的貼身僮僕阿豐只要到這後院裡，必然會拿著些吃食來尋霽雲，東拉西扯地想從霽雲嘴裡套出些東西來。

只是一個猴兒崽子，再機靈又如何？

霽雲冷眼瞧著跟在自己身後喋喋不休的阿豐，順手一指阿豐手裡盛薄荷糖的荷包。

「這個荷包好漂亮。」

「漂亮吧？」阿豐很是得意。「這可是過節時，夫人和幾個銀角子一塊兒賞下來的，可就我一個得著了。」

「夫人？」霽雲很是好奇，正要再問，阿豐卻忽然變了臉色，一把奪過荷包。「我還有事，明日再來找你玩。」說完，竟是頭也不回就走了。

夫人嗎？霽雲瞧著阿豐落荒而逃的背影，嘴角露出一絲譏諷的笑意。上輩子，李玉文諸事皆工，唯獨刺繡卻不擅長。這一世要是會繡出這麼個精美的荷包，還真是見了鬼了！

看來自己料得沒錯，槐樹里那院子裡，果然還藏了別的女人。

自己可以等著看一場好戲了！

眼前光線一暗，卻是穆羽不知什麼時候到來，看到霽雲臉上燦爛的笑容，頓時有一瞬間的失神。

「少主。」霽雲很快斂起笑容，恭恭敬敬站了起來，垂首侍立。「不知少主有何吩咐？」

穆羽臉上頓時血色盡失。

不知過了多久，腳步聲終於慢慢遠去。

霽雲平靜地轉身，回了藥廬。

「現在才知道，原來討厭一個人這麼容易。」霽雲邊小心搧著火，邊喃喃自語。

說是喃喃自語也不對，畢竟帷幔後面還有一個活死人陪著。

從靈老每次進去，噼哩啪啦在那人身上來回擊打，或者把自己熬的藥給那人灌進去，霽雲就知道裡面的是個活物。不論靈老如何折騰，甚至有一次，靈老直接提起那人，扔進一個巨大的藥桶裡，然後轉身走了，只是用的力氣大了，那人一下撞翻了木桶，連人帶桶一下掀翻在地……

無論靈老玩什麼花樣，那人卻是一點反應都沒有。

直至最後，霽雲看不過去，衝著裡面不耐煩道：「靈老，您要是看這人不順眼，索性直接掐死算了。每天這樣折騰，您不累，我都累了！」

裡面的靈老頓時安靜下來，霽雲說完本來轉身要走，卻被靈老叫住。

「把你剛才的話再說一遍！」

「啊？」霽雲愣住。

「再說一遍！」裡面的靈老厲聲道。

霽雲無法，只得又重複了一遍。靈老很快從裡面衝了出來，看著霽雲的眼神詭異無比。

從那以後，霽雲又得到了一個新任務：只要進了這藥廬，就不停說話。

「喂，你有沒有試過，很想很想一個人？」

火苗映得霽雲的小臉紅彤彤的，她扔了手中蒲扇，坐在地上，瞟了一眼帷幕後的人，嘆了口氣。「你怎麼會懂呢？你什麼也不知道，就只會躺在那裡睡覺。不過你還是快點好起來吧，說不定也有人像我想他一樣地想著你呢，所以，你快點好起來，然後護著她，別讓別人欺負了她去。」

嘴裡說著，心裡早已是難過不已。阿遜若是在的話，怎麼會眼睜睜瞧著那麼多人欺負自己？

阿遜，你在哪兒呢？知不知道，我真的好想你……

帷幔後的人形物體，手微微動了下……

第四十七章

好不容易，她終於在煎藥上得心應手。

霽雲開心極了，靈老總算開恩，允許她去外面隨意轉轉了。

霽雲信步走出藥廬，剛轉了個彎，遠遠就瞧見雲錦芳捧著個托盤，從李玉文的院子匆匆而出。

緊接著，一個男子從後面追了出來，看動作是想要接過托盤，卻被雲錦芳側身讓開，男子似是不甘心，竟是追著雲錦芳往偏僻的後院而來。

眼看就要追上，雲錦芳早嚇得花容失色，正自徬徨無措，一個小小的身影突然蹦了出來。

「喂，做什麼欺負人？」正好擋住男子的去路。

男子沒想到這麼偏僻之處會突然鑽出個人來，嚇了一跳，站住腳，神情陰鬱地瞪了霽雲一眼，罵了一聲「不長眼的奴才」，最後悻悻然地離開。

霽雲慢慢抬頭，定定瞧著男子的背影。

上輩子一覺醒來，就是這個男人赤身裸體地躺在自己身邊。

孔松青，就是化成灰自己也認得！

那個方修林只花了五十兩銀子，就毫不猶豫同意坑了自己名節的表兄！

「小兄弟，謝謝你。」雲錦芳嗚咽的聲音在身後響起。

霽雲回頭，這才發現雲錦芳竟然還在。

「那個人是誰？是他欺負了夫人嗎？」霽雲故意問道。

一句「夫人」叫得雲錦芳眼淚又快出來了，半晌才定下神，勉強搖了搖頭，最後嘆了口氣，從荷包裡摸出塊銀子塞給霽雲。

「這塊銀子，小兄弟拿去買零嘴吃，方才那人不過是迷了路罷了，小兄弟切莫和別人說嘴。」

嘴裡雖是這般說，內心卻是氣苦已極。

為什麼當初知道家人要給自己退婚，然後讓自己嫁予他人為妾時不反抗？現在才落得這般可憐境地。

本聽自家兄弟說方修林樣貌俊俏，家裡雖已娶妻，卻是個殘的，不過是個擺設罷了，自己過去，才是這個家真正的女主人，絕不致被欺負了去。

哪知嫁過來才發現，那妻子果然是個殘的，只是心卻比人更殘！更要命的是，還是個最毒的妒婦！

竟然新婚夜都沒放夫君到自己房裡來，讓自己成為方府的笑柄，平時更是使喚自如，如同丫鬟一般。

比方說這煎藥的活計，日日必安排自己來做，卻又每每怪自己做得不好……

更讓雲錦芳心冷的是，方修林表面說最喜歡自己，卻從不肯為自己作主，反倒還哄著讓她不要惹那妒婦生氣。

現在，竟連那個妒婦地痞無賴似的表兄，都敢對自己動手動腳！

只是雲錦芳也知道，這樣的事傳出去只會對自己不利，只得含羞忍悲，央求霽雲幫著遮掩。

「夫人心腸真好。」霽雲裝作很開心的樣子，很是天真地道：「阿開謝過夫人。阿豐嘴裡那個又大方又漂亮的夫人，一定就是夫人您吧？他那個荷包阿開也很喜歡呢，改明兒夫人可不可以也賞一個給阿開？」

雲錦芳一愣。府裡有夫人壓著，眾人都是以姨娘對自己相稱，那漂亮又大方的夫人又是哪個？

阿豐可是相公跟前最得用的一個，對丈夫的行蹤也最為清楚，他既如此說，難不成修林在外面還有外室？

越想越覺得有道理，還想再問，回頭卻發現那少年不知什麼時候已經跑了。

雲錦芳越發覺得自己的猜想有道理。那少年剛進這府裡不久，除了看起來討厭夫人外，跟府中任何一個都沒有利害關係。

她也顧不得把托盤還回去，直接就回了自己的院子。

陪嫁的丫鬟嬌杏忙迎了上來，很是詫異道：「這是怎麼了？怎麼姨娘的臉色這麼難看？」

「嬌杏，妳今兒個有沒有見到爺跟前的阿豐？」雲錦芳沒有接話，反而追問道。

「阿豐？」嬌杏一愣。「奴婢方才聽見阿豐正吩咐人備車，說是老爺要去商號裡。」

「去商號裡？」雲錦芳朝外瞧了瞧，心裡越發抽緊。外面天色陰沈沈的，這眼瞧著又要變天了，相公為什麼要選這般惡劣的天氣出門？

「怎麼了，有什麼不妥嗎？」看雲錦芳臉色凝重，嬌杏頓時緊張得不得了。

「啊？」雲錦芳回過神來。「天這麼冷，我尋思著，再去幫相公和夫人做件棉袍。我託了掌櫃的從咱們織錦坊拿上好的布料來，正好今兒個有空，妳陪我一塊兒去瞧瞧吧。」

嬌杏不疑有他，忙點頭答應，本要去門房要車，卻被雲錦芳搖頭否決。

「咱們自己出去雇頂轎子吧，用了家裡的，那起子奴才又不知會在夫人面前如何嚼舌。」

兩人很快出府，剛走到一個車馬行附近，嬌杏忽然指著不遠處的一輛車子道：「那不是老爺的車嗎？呀，我看見老爺了。」

雲錦芳回頭，正好瞧見方修林拿了件上好的狐狸皮毛，低頭上了馬車。

她忙讓嬌杏雇好轎子，隨後跟了上去。

方修林的車繞了一大圈，到方家商號也曾暫停下，卻又上車離開。

雲錦芳很快跟了上去。

車子幾乎繞了大半座翼城，最後拐進了一處叫槐樹里的小巷子，在一套三進的宅子前停了下來。

車子剛一停穩，就聽見有人一迭連聲地道：「快去稟告夫人知道，就說老爺來了！」

方修林很快閃身進去，下人探出頭左右張望了下，回身便門上了門。

雲錦芳略略靠近了些，卻聽見小院裡一片歡聲笑語，一個極溫柔的聲音哽咽著道：「老爺，你可回來了！」

又有一個奶聲奶氣的孩子聲音。「爹爹，抱抱。」

雲錦芳彷彿被雷劈了一般。

自己以堂堂雲家小姐的身分嫁給方修林為妾，在方府中受盡苦楚，還以為好歹方修林待自己還算情深，將來再生個一兒半女，不愁他不把所有的愛都轉移到自己身上，卻沒料到，那狠心郎卻在這樣一個偏僻的地方金屋藏嬌，甚至連孩子都有了！

家裡有個毒婦做夫人，這裡養著個外室也是夫人，偏自己這千金小姐，卻是要做那見不得人的妾！

「小姐！」在胡同口望風的嬌杏忽然急急叫道。

雲錦芳忙和嬌杏一塊兒上了轎。

嬌杏指了指外面，雲錦芳微微掀起一角帷幔，臉色又是一變。卻是一個男子正從轎外經過，也拐進了小巷，在院門口站了會兒，又轉身走了。

正是方才在府裡調戲過自己的孔松青。

「咦，這是誰的字？寫得真好。」

馬車外忽然傳來一個男子的聲音。雲錦芳嚇了一跳，忙往車裡一縮，隔著縫隙，能看到一個一身儒衫的男子正彎腰撿起地上一張紙，只看了一眼，卻是旋即大喜過望的樣子。「盧兄、盧兄，快來！這些字，怎麼像是容帥的墨寶？」

容帥？雲錦芳愣了一下，容文翰嗎？

也不敢再停，看看四周沒人，便催促馬車夫往方府而去，卻是一路走一路流淚。將到府門，遠遠就瞧見夫人的那個兄弟，雲錦芳嚇了一跳，忙吩咐停車，讓穆羽先過。

穆羽好像有什麼心事，頭也沒抬，匆匆往後院而去。

霽雲正在藥廬忙碌，忽然覺得有些不對勁，猛地回過頭來，正好瞧見倚著門框默默注視自己的穆羽。

穆羽毫不避諱地瞧著霽雲，幽深的眸子裡似是有什麼東西要洶湧而出。

「少主有何吩咐？」被那樣侵略般的眼神久久望著，霽雲心裡一緊，身子也逐漸僵直。

穆羽的手不由用力，一角木頭生生化為齏粉，身形忽然一晃，手也隨即伸出，緊緊把霽雲扣在胸前，聲音中全是凜冽的怒氣。

「我是穆羽，不要叫我少主！無論你是誰，都不要妄想再從我身邊逃開！」

說完，手終於鬆開，不等霽雲反應過來，便轉身大踏步離開。

「把這些字紙沿途向南送到幾百里外？」聽到穆羽的吩咐，姬二差點蹦起來。自己這個外甥有毛病吧？幾張紙罷了，這麼大動干戈做什麼？

穆羽卻是不理，徑直揮手讓暗衛離開，這才轉向姬二。

「二舅準備一下，三天後我們就離開。」

姬二早就想讓穆羽離開這個是非之地了，聞言不由大喜，也忘了再追問方才的問題，喜孜孜地下去安排了。

直到中午時分，方修林都沒有回來。

李玉文有些心緒不寧，正自煩悶，丫鬟進來，說是雲姨娘來了。

「雲姨娘？」李玉文有些奇怪。

太陽從西邊出來了，平時不到萬不得已，雲錦芳可是很少願意來自己跟前的。她理了理髮，懶洋洋地靠在繡墊上。

「叫進吧。」

雲錦芳垂著頭進屋，來至李玉文榻前，忽然雙膝跪倒。「姊姊……」一語未畢，早已哽咽出聲。

「什麼大不了的事？至於哭成這般模樣？」李玉文有些摸不著頭腦，暗暗納罕。依雲錦芳的性子，從來沒在自己面前這麼示弱過。正在尋思，卻被雲錦芳下面一句話驚了一下。

「姊姊，我們該怎麼活呀……」

「……妳休要胡說八道！」聽完雲錦芳的敘述，李玉文氣得渾身發抖，抬手狠狠一巴掌把雲錦芳搧倒在地。「妳說，相公不但有了外室，還連孩子都有了？妳在說謊對不對？妳一定是瞧著相公愛重於我，才故意這般來我面前挑撥！」

雲錦芳髮髻散亂，匍匐在李玉文腳下，一把抱住李玉文的腿哀哀道：「姊姊以為我會是豬油蒙了心，誣害相公的人嗎？實在是那日阿豐同穆公子身旁的阿開顯擺時說錯話，說是夫人賞了他荷包。我也見了那荷包，委實不是咱們府裡的針線，就很是不解，後來才知道阿豐口中的夫人，竟是相公在外面又置的一房妻室。」

聽雲錦芳提到阿開，李玉文愣了一下，意味不明地瞧了雲錦芳一眼。阿開不就是穆羽身邊那個很是討厭自己的小廝？自己到現在也還摸不清那少年的底細，莫不是他夥同了雲錦芳這賤人來編排表哥？

她忽然不陰不陽地一笑。

「妳說當日阿開也是在的？妹妹妳最好不要騙我，不然……」

說著回頭就吩咐丫鬟去尋穆羽和霽雲。

穆羽不知發生了什麼事，聽丫鬟說得急迫，忙去藥廬尋了霽雲一塊兒往李玉文房中而來。

兩人進了李玉文房中，霽雲一眼瞧見狼狽地跪在李玉文腳下的雲錦芳，心裡也很是疑惑。

李玉文先是冷冷睃了霽雲一眼，再轉向穆羽時，已是換上了悲痛欲絕的可憐模樣。

「阿弟，姊姊的命好苦啊！」

「阿姊，怎麼了？」穆羽一怔。

「阿弟……」李玉文抓住穆羽的手，穆羽僵了一下，似是有些不適應兩人這般親密舉動，卻又怕傷了自己阿姊的心，強忍著不適任李玉文握住。

「阿弟，你一定要為阿姊作主呀！」說著一指霽雲。「阿姊知道阿弟愛重這位小兄弟，可阿姊實在是無法，有些事一定要向這位小兄弟求證一番。」

「阿開。」穆羽瞧了霽雲一眼，聲音裡有些怒氣，更多的卻是煩擾。實在不明白，明明阿姊和阿開都是善良的性子，偏是這般水火不容。

「妳要問便問，何必拿少主來壓我？」霽雲冷笑一聲，神情憤恨。「阿開雖是身分卑微，卻也不屑編些謊話來害人。」

李玉文心裡忽然一慌，只覺霽雲好像意有所指，只是自己和表哥也把當年的事認真回想過，絕沒有見過這少年的。

許是自己多心了吧？她當下勉強一笑。

「我聽說相公身邊的阿豐最近愛找你玩？他平時都和你說過什麼？」

阿豐？再看到地上哭天兒抹淚的雲錦芳，霽雲馬上明白，自己所料果然不錯，怕是方修林還有另一個女人的事，東窗事發了。

當下只作懵懂，扳著指頭一一道：「一時說商號裡的事，一時說要給我買好玩的，一時問我……」停了停道：「問我少主什麼的。」

「只有這些嗎？」李玉文心情遂漸放鬆下來，看著雲錦芳的神情漸漸不善。

「還有，」霽雲想了想，似是不願意說。「他有一個荷包好漂亮，阿豐說是夫人賞的，還說夫人會做好多好吃的小點心，老爺喜歡，他也喜歡。」

說著很是不服氣地嘟囔道：「阿豐是個慣愛說謊的，他說的話，我才不信。」

李玉文臉色已經越來越難看，卻還是強撐著道：「慣愛說謊，你怎麼知道？」

「妳真讓我說？」

「自然。」

霽雲笑了一聲。

「既然如此，我說了，妳不許罰我！阿豐明明說是夫人做的好吃的小點心，卻又說他下次去槐樹里一定帶給我。槐樹里怎麼會有點心？不明擺著是看我小，騙我的嗎？還有那麼漂亮的荷包，明明是只有美人兒才繡得出來，而妳——」

話未說完，就被臉色鐵青的穆羽喝止。「阿開！」

霽雲悻悻地閉了嘴，賭氣站在一邊。

「槐樹里？」李玉文臉色灰敗，顧不得再計較霽雲話裡的不敬，那處巷子，她也是知道的。

那還是容霽雲在的那個春節，自己和表哥兩情正濃，卻又怕府中私會被人發現，方修林便帶著自己去那裡幽會。聽方修林說，那處宅子是當年公公偷偷帶了婆婆、也是自己的姨母盛仙玉回來時，怕家人不允，買了安置婆婆的地方，後來就歸了表哥所有。

只是自己腿殘又毀容後，便不喜出府，早就把那處所拋到了九霄雲外……

這阿開再敵視自己，可這幾日以來不曾出過方府一步，怎麼可能知道什麼槐樹里？

李玉文只覺眼前一陣黑。

表哥，難道你竟然如此狠心？我們自幼相識，彼此情重，成婚後更是兩情相悅，你當初跟我說若不是太子鈞命，別說雲錦芳，便是天仙下凡，你也是看都不會看一眼！

你不是說，心裡只有我一個，待雲錦芳生了孩兒就抱到我膝下養著，便是我身體傷殘又如何，你一定會愛我一生，讓我盡享兒孫繞膝之樂，絕不教我有一絲遺憾……

霽雲退後一步，把自己的身子隱在穆羽的身後，瞧著狀似瘋魔的李玉文，想要大笑，卻又覺得悲涼無比。

上一世，方修林花言巧語騙了自己一生，直到李玉文抱著孩子出現……

李玉文，上一世是妳占據槐樹里，當妳由妳的兄弟護著，把我全部的真情踩在腳下時，可曾想過，這一世一切都會重來一遍？只不過，這一次是妳的兄弟護著妳，眼睜睜瞧著別的女人把妳踐踏……

旁邊的雲錦芳也掩面而泣。

「姊姊，錦芳所言並無半字虛言！那槐樹里，妹妹昨日也是去了的……原本尋思著置辦些上好的布料，給相公做件袍子，再沒想到，竟是看了那麼一齣。姊姊不知，他們一家老爺夫人少爺的好不和睦！錦芳並非善妒之人，只是想著，府裡明明已經有了姊姊主持家事，便是有什麼，也該先稟了姊姊得知，那賤人不該引誘著相公做下這般下作之事！」

「那女人還敢以夫人自居？」李玉文僵硬地道。想不到自己為了表哥毀去容貌卻落得這般下場，那女人的意思是等著自己死了，她就可以鳩占鵲巢、取而代之嗎？

「表哥你好狠的心，為什麼要這般對我！不，不是表哥，一定是那個賤人，一定是那個賤人……」

李玉文神經質般喃喃自語，雲錦芳卻是聽得一愣。夫人嘴裡念叨著的「表哥」又是哪個？

穆羽也是一愣。

霽雲卻明白，李玉文八成是被刺激得心神有些昏聵了。

李玉文已經衝著外面厲聲道：「阿豐呢？在哪裡？」

也是巧了，阿豐正好奉方修林的吩咐回來取東西，李玉文就直接派人捆了來。

阿豐還不知道發生了什麼，卻也明白，在方府裡，夫人雖是殘疾，卻是連老太太都要敬著的主兒，再看到一旁冷著臉站著的穆羽，更是嚇得魂都飛了，忙磕頭求饒。

「夫人，不知奴才做錯了什麼事，惹得夫人生氣？老爺還在商號裡等著，不然您等奴才把東西送過去，回來再打？」

哪知阿豐不提方修林還罷，他一提起，李玉文的心都要滴出血來，惡狠狠地盯著阿豐。

「好個牙尖嘴利的奴才！給老爺送東西？是給夫人送東西才對吧？」

「啊？」阿豐心裡一突，勉強道：「夫人您說什麼呢？奴才聽不懂。」

「夫人？」李玉文森然道：「是槐樹里的那個夫人吧？」

阿豐這下徹底傻了，一下癱在地上。連槐樹里都知道，那豈不是說夫人什麼都知道了？還想狡辯，穆羽已上前一步，抬起腳朝著阿豐的手就踩了下去，竟是生生踩碎了阿豐的十指。

「啊！」阿豐慘嚎著。「饒命啊……我說，我說，我都說！」

「那你告訴我，」李玉文身子都是抖的。「那個賤人的野種……多大了？是男孩還是女孩？」

「夫人饒命啊！」阿豐邊用力磕頭邊道：「我什麼都說。小少爺……啊，不，那個賤人的孩子兩歲半了。」

兩歲半？李玉文眼睛一黑，幾乎要昏過去。自己和表哥才成親一年，那個賤人的孩子卻已經兩歲半了？那豈不是說，其實表哥早就有了別的女人？

「姊姊，」雲錦芳又想到一件事，忽然開口道：「妹妹還有話想問這奴才。」

說完上前一步，指道：「我那日還在槐樹里看見過表舅爺。」

表舅爺？李玉文一愣。這裡面還有孔松青的首尾？

阿豐這會兒早嚇得身如篩糠，頭磕得都流血了。方修林都交代了，更何況一個孔松青？

「奴才來時，那賤人已經跟著老爺了，只是平日裡也聽那宅裡的下人說起，說是當初多虧了表舅爺，夫人……喔不，那賤人才和老爺有情人終——」

話音未落，就被穆羽一個窩心腳踹得昏死了過去。

霽雲低著頭，嘴角是涼薄的笑意。

李玉文，上一世，我瞧著妳和方修林有情人終成眷屬，這一生，終於換妳瞧著妳的親親表哥和別人花好月圓！

第四十八章

霽雲剛回至藥廬，便聽見裡面咚的一聲鈍響，好像有什麼東西掉落地面，不由一愣，忙加快了腳步。

進去才發現，卻是靈老站在帷幔裡面發呆，他的腳下，還躺著一個人形物體。

霽雲撇了撇嘴。也不知靈老又發什麼瘋！話說這求他治病的人也真是倒楣，每天被折騰個不停。

靈老也聽到外面的腳步聲，卻是頭也沒回，圍著腳下的人不住轉圈，嘴裡還喃喃著：「怎麼會這樣？怎麼是阿呆？明明少主說是安家……」

忽然回頭衝著霽雲厲聲道：「阿開，你過來。」

「我？」霽雲忙擺手，心有餘悸道：「你又想用那帷幔害我嗎？我才不去。啊……」

身子卻猛然被一股強大的吸力給拉了進去。

眼看著自己直挺挺地朝帷幔撞了過去，霽雲只嚇得面如土色。

「喂，快放開我！」

話音未落，便撲通一聲也趴倒在靈老腳下。

好在臉頰剛好跌在一堆溢滿了藥香、散落在地的白布條上，雖是受了些驚嚇，倒也不是太痛。

正在慶幸，卻被靈老俯身就提了起來，狠狠朝另一個方向丟了過去。

霽雲痛叫了一聲，倒不是被摔，實在是下面的東西太硌人了！

「靈老，你發什麼瘋？」

她下意識往身下瞧，卻是一個趴伏著的男子身形。

僅看了一眼，霽雲神情立時大變，猛地跪坐起來，一把抱起地上的人。

竟然是自己夢中夢到了無數次，再熟悉不過的一張臉！

「這麼多傷疤……」霽雲的淚落在那曾經如玉般白皙，現在卻是布滿了大大小小疤痕的臉上，她把臉慢慢貼了上去，手臂也隨之收緊，直到將瘦弱如同骷髏般的男子完全摟在懷裡。

「你們到底是什麼人？」霽雲慢慢抬眼，直視著始終默然不語瞧著自己的靈老。

竟然叫得出阿遜從前的名字，難道眼前這些人……

看著眼前陡然間變了氣勢的霽雲，靈老也有些吃驚，半晌方道：「你果然識得阿呆。」

自己早該料到這兩人應該有淵源。

一開始願意收治阿呆，不過是少主有命。可人送來之後，自己卻發現，這人從高處摔下，除了身體支離破碎外，五臟六腑俱皆重損，平常人便是傷了一處便已無法活命，這人卻是傷得這般重，竟不知為何還強撐著不肯離去。

殊不知，這般活著卻是比死更要痛苦千萬倍！

本來以為這人縱使求生意志再強，傷重如此，自己便是診治得了他的肉體，卻仍是無法喚回他的神志。這種情形，便是神仙在世也回天乏術，最終也仍會在昏昏沈沈中離世而去。

哪知那日阿開開口講話，卻發現這人脈搏忽然有力了些。

雖是奇怪，但想著這或許是一個契機，便讓阿開一直不停說話，再輔以自己精心準備的藥物，不過幾天，這人狀況果然大為改觀。

這讓自己不得不懷疑，阿開這小子或許就是這安家少爺始終牽掛、死也不願放手的人。

而且這人給自己的感覺實在熟悉得很，加上這些日子以來，傷口應該也結痂了，自己就想著把繃帶去掉，瞧瞧到底是誰，卻沒想到竟是阿呆！

只是阿呆不是一個無父無母的孤兒嗎？怎麼成了安家少爺了？

還有這個叫阿開的小子，到底是什麼人？竟讓阿呆這般冷情的人就是死也不願意撒手？現在被阿開這般逼視著，更是有一種古怪的感覺。

面前這小子的身分怕是也不簡單……

「我要見穆羽。」霽雲忽然道。

不會是自己想的那樣吧？

靈老站起身來，既沒答應也沒拒絕，只是淡然道：「你待在這裡就好。對了，這周圍可都是毒物，你最好不要嘗試帶了人跑，否則……」

身形一閃，便出了藥廬。

「你找羽兒？」姬二有些奇怪地看了靈老一眼。「羽兒不在這兒。怎麼，有事嗎？」

「二谷主，」靈老皺了眉頭道：「情形好像有些不對，我剛才解開了安家少爺的繃帶，你知道那安家少爺是誰？」

「是哪個？」姬二一愣。「難道是我們認識的不成？」

靈老點頭。「正是。二谷主恐怕再想不到，那安家少爺竟是阿呆！」

「阿呆？」這下就連姬二也是一驚。「安家少爺是阿呆?!」

當初自己把阿呆留下來守護那個容霽雲，沒想到回到方府後，卻沒發現阿呆的蹤跡。早料到以阿呆的性子，怕是不會那麼聽話，說不定早已離開也未可知。哪想到卻在朔州見到，阿呆還自稱是萱草商號的大掌櫃，所以自己才會救了方修林時，連他一併救了。

怎知竟是救回了個假貨。

那個謝蘅是個不禁打的，自己不過砍了他一條胳膊就馬上招認，說是冒充他兄長謝彌遜。自己當時有些懷疑，真正的謝彌遜會不會是阿呆？只是謝蘅言之鑿鑿，說是謝彌遜已死。人都死了，自然沒辦法再追查下去。沒想到現在靈老卻來說，那重傷的安家少爺才是阿呆……

「而且，更奇怪的是，」靈老又道：「阿開和阿呆好像關係匪淺，而且我總覺得，阿開的來歷怕是也不簡單。」

「我們去找羽兒。」

姬二當即起身，兩人匆匆往穆羽房中而去，哪知卻撲了個空。

「少主推了方夫人出府了。」暗衛稟道。

「出府？」姬二和靈老聞言一愣。「去了哪裡？」

「槐樹里。」

槐樹里又在哪裡？兩人都有些茫然，正好瞧見一個家丁經過，忙叫過來問道：「敢問這翼城可有一處地方叫槐樹里？」

「槐樹里？」那家丁愣怔了一下，搖頭道：「小的沒有聽過，若是兩位爺想知道，不然小的去打聽了來。」

兩人無奈，只得應允。

那家丁往府外走，剛出府門，便瞧見急匆匆下馬的方修林，忙跑過去請安。

「小的見過老爺。方才舅爺身邊的人打聽槐樹里在哪邊……」

「槐樹里？」方修林臉色一下雪白，忽然丟下家丁，轉身上馬，揚長而去。

那家丁愣了半晌，不明白老爺到底怎麼了。

方修林內心卻是慌作一團，馬打得更是如飛一般。

槐樹里？穆羽的人為什麼要打聽槐樹里？難道是秋月的事情敗露了？

早見識過穆羽的冷酷，方修林嚇得魂都飛了。

以穆羽對表妹的維護，若是知道自己在外面還有妻室，那秋月母子怕是命休矣！

要是自己那寶貝兒子真有個好歹……方修林簡直不敢想下去。

「這就是槐樹里的宅子。」雲錦芳指著胡同裡一處三進的宅院道。

李玉文的手用力攥著衣襟，大口喘著粗氣，半晌才道：「上前叫門！」

跟隨的家丁忙上前拍門。

裡面很快響起一陣急促的腳步聲，有下人道：「老爺稍等。」

打開門來，才發現外面情形不對，忙要關門，卻被一把推開。

那下人也是個機靈的，扯開嗓子就喊了起來。

「你們是哪裡來的強盜？怎麼擅闖民宅！」

一語未畢，就被李玉文帶來的家丁一擁而上捆了起來。

一行人徑直往正房而去。

一個老媽子正抱著一個兩、三歲的孩子輕輕哄著，看到氣勢洶洶的一群人，頓時嚇呆了。

李玉文停下，眼睛死死盯著那孩子，那般可怕的眼神嚇得老媽子轉身就想跑，卻已是來不及，被家丁一下推倒，搶了懷裡的孩子就走。

「夫人，有人來搶小少爺！」那老媽子直著嗓子道。

「夫人？小少爺？」李玉文瞧著懷裡熟睡的孩子，喉嚨裡發出一陣不知是哭還是笑的嚇人聲音。

「娘子，妳做什麼？」方修林正好趕到，跌跌撞撞地跳下馬來，神情惶急地瞧著李玉文懷裡的孩子。

這可是自己第一個孩兒，還是個兒子，方修林自來疼得如心肝寶貝一般，這會兒看李玉文眼神如此可怕，幾乎要嚇癱了。

「娘子，妳想怎樣都好，只要別傷著孩子。」

「孩子？」李玉文遲鈍地抬頭，笑聲古怪，手也放在小孩的喉頭上。「相公，那你告訴我，這是誰的孩子？」

「妳要做什麼？」方修林只覺喉嚨發乾，剛要喝止，卻在看到李玉文身後眼神冰寒的穆羽後又止了聲，忙苦苦哀求。「娘子，都是為夫的一時糊塗，才做下這般糊塗事！是我對不住妳，千錯萬錯都是我一個人的錯，可這孩子真是我的骨肉啊，要打要罰都隨妳，莫要傷了孩子啊！」

說到最後，竟是眼淚都流出來了。

卻不知李玉文心頭更冷。

表哥鎮日裡只說這世上最愛的人便是自己，可今日不過一個小小孩童，就完全把自己比了下去。是啊，或許這輩子，自己都無法有一個自己的孩兒了……而那個生育了這個孩子的賤人，在表哥的心中，將永遠是自己無法超越的。

所以，這個孩子也好，那個賤人也罷，都不能留！

「相公，你真的覺得，這是你的骨肉？」李玉文輕輕道，甚至盡力露出一個印象裡當年表哥最喜歡的笑容。

殊不知憤怒早已使她的臉部扭曲，再配上臉上青紫嚇人的胎記，那樣一個楚楚可憐的笑容，落在人眼裡竟是可怖無比。

方修林嚇得一下坐倒在地。

同一時間，緊閉的正房房門被人一下砸開。

巨大的聲響中，一個睡眼惺忪的女人從被窩裡探出頭來，渾然不知自己僅著一件紅灩灩、繡著鴛鴦戲水的紅肚兜罷了。

而她的身邊，和她交頸而眠的還有一個赤身裸體的男子。

「孔松青！」方修林只覺頭一陣暈眩。

「秋月！賤人！」李玉文聲音淒厲。

原來那堂而皇之做了方修林外室的人，不是別人，正是盛仙玉的貼身大丫鬟，也是上一世服侍著李玉文的秋月！

「賤人！」方修林幾乎要氣瘋了，衝上去一把將孔松青拽了下來，一個窩心腳下去，孔松青疼得哎喲一聲，一下厥了過去。

秋月似是終於清醒過來，瞧著渾身赤裸的孔松青，再看看一臉暴怒的方修林，登時面色慘白，慌裡慌張地披上件衣服，跌跌撞撞地跪倒在方修林腳邊。

「相公，這是有人害我！我是冤枉的，是冤枉的啊！你一定要信我。」

話音未落，卻被方修林一巴掌打翻在地，咬牙道：「賤人！枉我平日裡那般待妳！」

「相公……」秋月一把抱住方修林的腿，早已是珠淚漣漣。「我真是被人害的啊！我們少年夫妻，多年恩愛，從當初我侍奉夫人時，便和相公兩情相悅，為了相公，我便是死也願意，怎麼可能和這個無賴——」

還要再說，卻被憤怒地打斷。

「相公，她是你的妻，那我呢？」

方修林猛地回神，悚然一驚，下意識抬腳踢開秋月，急道：「娘子息怒，妳休要聽這賤人胡說八道，我方修林對天起誓，今生絕不會負妳，我的妻子只有妳一個！」

啊？秋月神情一震，身體不自覺抖了一下，又聽方修林說出那般話語，只覺心裡更是火燒火燎，痛楚難當。

李玉文瞧著披了件水紅衫子，肌膚嫩得幾乎能掐出水來的秋月，只恨不得上前撕了這個女人。

秋月本就有幾分姿色，幾年來又錦衣玉食地養著，竟是越發出落得風騷動人，再加上生了孩子後，身上自然而然流露出無限風情。

李玉文不自覺撫上自己的臉，心裡悲涼之餘更是恨意滔天。方家今日的富貴全是自己犧牲而來，可享受尊榮，甚至奪盡自己所愛的，卻是這些賤人！

秋月被李玉文盯得猛一哆嗦，順著那可怕的眼神瞧去，一眼看到坐在輪椅上的李玉文，剛要開口，忽然注意到李玉文膝上還有一個孩子，細看去，不是自己的兒子又是哪個？

嚇得頓時花容失色，從地上爬起來就想去搶回孩子。

「兒子！把我的兒子還給我！」

卻被家丁拽住胳膊。

看自己孩子始終沒一點動靜，秋月嚇得魂都飛了，發狂一般地拚命掙扎。

「兒子！相公，咱們的兒子怎麼了？」

方修林也倉皇地轉過頭來，瞧著李玉文，哀求道：「娘子，倫兒他……怎麼這般不哭不鬧，妳讓我瞧瞧可好？」

「相公，」李玉文古怪地一笑，一指地上昏死過去的孔松青。「你莫要被那賤人給騙了。方才，我們可是一起瞧見，我表哥和那賤人睡在一處，這娃娃，我可不能給你。我瞧這娃娃的長相，竟是和我表哥像得很呢！表哥不成器，我這做姑母的，自然要好好瞧著。沒想到相公你這麼寬宏大量，替別人養老婆也就罷了，難不成還要替別人養娃？至於這個賤人，丁嬤，這般淫賤成性，穢亂門庭，可要怎生處置？」

一個一身肥肉的慓悍女人馬上應聲而出，鄙夷地瞧著地上的秋月。

「夫人，這樣的女人浸豬籠都是輕的，便是千刀萬剮、騎木驢，也是她該受的！」

「不是，夫人，我知道錯了！」秋月也是個聰明的，馬上明白了李玉文的心思，嚇得跪著就往李玉文身邊爬。「是奴婢糊塗，得罪了夫人，可您好歹看在倫兒畢竟是老爺唯一的骨血啊，您把倫兒還給我，我馬上帶他走，再也不在您面前出現！」

話音未落，就被那丁嬤夥同其他僕婦，不由分說摁著秋月就要往籠子裡推。

秋月拚命掙扎著，撕心裂肺地哭喊道：「老爺、老爺，念在秋月服侍了您這麼久，您幫秋月求求夫人，幫秋月求求夫人好不好？秋月知道錯了，秋月不敢了，真的再也不敢了！」

畢竟是自己的枕邊人，正如秋月所說，從秋月做了盛仙玉的貼身丫鬟後，便早和方修林混到了一處，甚至方修林的第一次，便是和秋月……

這會兒看李玉文竟是要來真的，方修林頓時於心不忍。

何況，自己百分百確定，倫兒是自己的骨肉！

當初爹爹起了要表妹冒充容霽雲的心思，為了怕府中人聲張出去，便把府中家奴換了一遍，便是秋月，也在被發賣的行列。其實彼時，秋月已經懷有身孕，自己當時恰好外出，幸得孔松青施以援手……

半晌，方修林終於期期艾艾道：「娘子，事情或許別有隱情，不然……咱們先把人帶回府。」

「把人帶回府，好讓你和那賤人正大光明地雙宿雙飛？」李玉文忽然大笑出聲，笑畢，死死盯著方修林。「相公，你可真是我的好相公！公公當初在世時，便是這般囑咐你的嗎？好，你若不仁，也休怪我不義！」

方修林頓時梗住。當初要李玉文冒充容霽雲時，父親方宏特意把自己叫過去，讓自己發下毒誓，此生若是負了李玉文，便遭天打五雷轟，永世不得超生。

方修林倒也不甚在意那毒誓，只是李玉文現在的身分可是容霽雲，不說將來如何，便是現在，方家之所以得太子另眼相看，便全是李玉文的功勞；若是讓太子知道這個容霽雲其實是假的，別說自家，便是已生了孩兒的方雅心，都無法想像會落到什麼地步！

稍一思量，方修林很快衡量利害得失，失魂落魄地一把抱過李玉文懷中的孩兒。

「我先抱著倫兒，至於這賤人，便交由妳處置吧！」

轉身要走，忽然覺得手中孩兒有些不對，再低頭細看，孩子竟然臉色青紫。方修林抖著手慢慢去探孩子的鼻息，身子一軟，就癱坐在地。

「倫兒……」

半晌抬頭，不敢置信地瞧著依然一臉冷漠的李玉文。

「娘子，倫兒他……倫兒他怎麼了？」

「倫兒！」看方修林竟是這般反應，秋月瞬間渾身冰涼，竟是發狂一般掙脫了兩個僕婦，朝著方修林就撲了過來。

哪知道，入手處竟是一片冰冷，「倫兒？我的倫兒怎麼了？」自己的兒子已然死了！

方修林被推倒在地，卻是傻了般，連起來都忘了。

便是一直推著李玉文的穆羽，也不覺蹙起了眉頭。那個孩子竟是死了嗎？

可阿姊那般善良的性子，怎麼會對一個嬰孩下此毒手？待要不信，也實在想不通為什麼會出現這種情形？

「啊！」秋月發出如狼般絕望的嘶喊，轉身朝著李玉文就撞了過來。「賤人，妳好狠的心！妳還我兒子的命來！」

哪知還未靠近，就被一柄利劍指住。

「站住，休得靠近我阿姊半步！」

卻是穆羽，正神情冰冷地瞧著自己。

秋月站住，慢慢抱緊懷裡不知已經死去多久的兒子，垂下眼，喃喃著一字一字道：「寶寶，那女人……殺了你，你放心，娘一定給你報仇！」

慢慢抬頭，木然地瞧著穆羽。

「你，就是容霽雲那個弟弟吧？」

穆羽一愣，不明白這女人又要發什麼瘋。

輪椅上的李玉文卻是臉色大變，暗恨表哥果然被女人迷得失了心竅，竟是連那般機密之事都說給這個女人聽。以穆羽的勢力，若知道其實自己是冒充容霽雲……

再聯想到秋月可是府中舊人，對自己從前的事也是知道得一清二楚，心中頓時慌作一團，衝著兩邊僕婦急急道：「還不快掩了嘴，把這賤人帶下去！誘惑了我相公，現在還要勾引我阿弟嗎？」

方修林也回過神來，心知怕是要糟，忙要去扯秋月。

「秋月，妳要做什麼？」

「李玉文，妳現在是不是也很害怕啊？」秋月神情瘋狂地瞧著李玉文。「我要告訴他，妳根本就不是容霽雲，當初，妳還——」

話音未落，後背被人重重踢了一腳，秋月身子猛地前傾，竟是直直撞上了穆羽的劍。

穆羽也聽到了秋月的話，忙要回撤，奈何方修林那一腳用力太大，只聽噗的一聲，寶劍一下刺入了秋月的心臟。

鮮血頓時濺了李玉文一身。

李玉文嚇得慘叫。更讓她感到恐懼的是，秋月竟然還沒有死，一手緊抱著孩子，一手死死抱住李玉文的腳。

「李玉文，我就是化成鬼，也不會饒了妳……」
李玉文駭得身子拚命後仰，帶著哭腔道：「還愣著幹什麼？快把這個瘋子給我拽開！」
只是那些僕人也是頭一遭見到這般血淋淋的場面，早就嚇呆了，竟是沒一個人動一下。
李玉文忙又回身去找穆羽。
「阿弟，我們快——」
一個「走」字卻是生生嚥回了肚裡，一向對自己言聽計從的穆羽，這會兒正冷冷瞧著自己。
「阿弟，你怎麼了？」李玉文勉強笑道：「阿姊有點冷，不如，咱們回去吧。」
穆羽卻是絲毫不為所動，眼睛如劍一樣逼視著她。
「啊？」李玉文更加倉皇。「我、我也不知道啊！啊，對了，好像相公有個表妹，就叫、就叫李玉文，不過我聽說……她早就死了的。」
「死了？死了的到底是李玉文，還是……」
穆羽俊美的容顏有些扭曲。自己練武多年，耳力自非常人能比，方才聽得清清楚楚，那秋月說這輪椅上的人，根本就不是容霽雲！
一個將死的人，怎麼可能會說這般謊話？而且那個方修林，明明一開始還對秋月很是維護，為何在秋月說出李玉文這個名字後，便馬上痛下殺手？

第四十九章

「阿弟，那賤人想要害我，你莫要被她騙了去！」李玉文被穆羽森然的眼神瞧得毛骨悚然。

這個半路冒出來的弟弟，從來對自己無有不從，才想著帶了來給自己撐腰，怎麼忘了他無有不從的人其實是容霽雲？

正想著怎麼哄騙了穆羽帶自己離開，地上忽然傳來一陣呻吟，卻是孔松青正悠悠轉醒。胸口的劇痛讓孔松青意識到方才是被方修林打了，頓時氣極，指著方修林怒罵道：「王八蛋，你敢打我？」

說著從地上爬起來，撿起根棍子就要去揍方修林，冷不防腳下一軟，孔松青猝不及防之下，一下被絆倒在地，只覺入手一陣濡濕，忙低頭瞧去，手裡的棍子哐啷一聲摔在地上。

卻是一個躺在血泊中的死屍，她手裡還緊緊抱著一個同樣沒了生命的娃娃。

孔松青頭皮一陣發麻，手忙腳亂地想要爬起來，卻在看清死不瞑目的秋月時，腿一軟，又坐倒在地。

「秋、秋月……」

再仔細一瞧，秋月的手還死死攥著李玉文的腳脖子！

再一瞧穆羽手裡仍在滴血的寶劍，以及森然的眼神，孔松青瞧著李玉文忽然打了個哆嗦，邊不住後退邊失聲道：「李玉文，妳不能殺我！妳不是還要我給妳作證妳是容霽雲嗎？還有當初，秋月和妳說是妳殺了那個死丫頭，我不是也都替妳瞞著嗎？」

「孔松青，你胡說什麼！」李玉文簡直要瘋了。「來人，把他拉下去，拉下去——」

孔松青有點被李玉文的癲狂嚇到了，實在不明白李玉文的神情怎麼會這般驚恐，還沒回過神來，身子忽然飛起，竟是直挺挺摔在穆羽腳下，剛要求饒，一把利劍閃著寒光兜頭照下。

「啊！」

孔松青慘叫一聲，卻是右手五根指頭被整整齊齊地剁了下來，頓時痛得涕淚交流。

「你方才說當年……把你知道的全說出來！」穆羽聲音喑啞，細聽的話，竟還有一絲絲顫抖。

怪不得，自己總覺得這個容霽雲有些不對勁。他視線不自覺落在秋月母子身上。連個娃娃都不放過，這般心狠手辣，哪裡有一點自己記憶中溫柔善良的模樣？

難道一直以來，自己其實都護錯了人嗎？而真正的容霽雲，早已經……

孔松青卻是弄錯了穆羽的意思。

方修林當初之所以會留下孔松青，也是因為作賊心虛，總覺得好歹孔松青是容霽雲正經的表哥，有這樣一個血親作證，怎麼也能更加取信於容家。

孔松青只知道穆羽對李玉文護得極緊，卻不清楚，穆羽其實真心要護的人是自己的表妹容霽雲。

這會兒看穆羽著惱，還以為是怪自己說李玉文的壞話，忙拚命在地上磕頭。

「我說，我都說！少爺饒命啊！我從來沒想過要害玉文小姐啊！別看容霽雲是我表妹，我可是最厭惡她，要不是早早地死了，我早把她賣到青樓了！所以，我真的從沒有記恨過玉文小姐！對了，當初玉文小姐之所以腿殘，我聽秋月說，是方修林知道容霽雲那賤人的腿是凍殘的，就故意把玉文小姐也給丟在雪洞裡，等她凍殘後才跑去救人，是方家人要害玉文小姐，我從沒想過……」

話音未落，胸口處忽然一涼，孔松青遲鈍地低下頭，卻是一柄利劍透胸而過。

「你……」

「你是容霽雲的表哥，竟這般對她，真是死有餘辜。」

穆羽慢慢轉動劍柄，孔松青肚腹一下被剖開，他不敢置信地瞪大眼睛，身體慢慢歪倒。

穆羽抬腳踢開孔松青的屍體，閉了閉眼睛。是啊，但凡在方府中有一點地位，容霽雲也不會在那樣寒冷的冬夜被人扔出來吧？

若是當年自己拚死把人帶走，是不是她現在還活著？自己不能護她一世安康，那便殺盡那些負她之人。

穆羽倒提著寶劍，一步步往李玉文身邊而來，仍是那般俊美無儔，李玉文卻覺得他猶如索命的厲鬼。

「你、你要做什麼？」大冷的天，汗水卻很快濕透了李玉文的羅衣，眼看著穆羽的寶劍已經抬起，李玉文終於崩潰，哭嚎道：「表哥，表哥！快來救我！」

怎知身後卻沒有一點聲息，忙往方修林站的地方看去，哪裡還有方修林的一點影子？方修林竟然丟下自己一個人跑了！

忽然想到孔松青最後那番話，原來當初自己雙腿凍殘，其實全是表哥一手策劃？

李玉文眼中最後一點神采終於慢慢淡去，直至完全寂滅。

「你想知道什麼，就問吧。」

「妳怎麼殺了容霽雲？」

「……她當時說，雖然她貌醜，表哥卻是愛她不愛我！我也是氣極，就把她丟到了雪地裡。後來表哥告訴我，說自己根本不喜歡她，她那麼醜，表哥不但不喜歡她，反而對她厭惡得緊，之所以要哄著她，不過是因為她是容文翰的女兒。」

「容文翰的女兒？」穆羽終於明白為什麼方家要處心積慮再複製一個容霽雲出來。她竟然是三大世家之一，容家的女兒嗎？恍惚憶起，那夜，霽雲便是一直喃喃著要找爹，一定要找到爹……

李玉文低著頭，身體幾乎伏在輪椅扶手上，僵滯的臉上看不出絲毫表情。「我本來說既是有用，不如就把她接回來吧，表哥卻要和我親熱……說反正容霽雲腿殘了，絕不會逃跑，不如待會兒再去……哪知我們趕到時，卻發現容霽雲不見了，地上只留下一隻帶血的鞋子。直到五天後，我們才在一個狼窩裡發現了一些殘肢，那殘肢旁的衣服，正是容霽雲穿的那套。表哥就說，人死了就罷了，又說讓我扮成容霽雲，他娶我做長久夫妻……」

「那阿呆呢？」穆羽緊緊攥著手中的劍。

頂。

李玉文卻沒有作聲，嘴角露出一絲詭異的笑，身子慢慢歪倒，胸口處，一支金簪幾至沒

方修林，你竟敢如此對我，我怎麼能放你一個人在世上風流快活？到了陰曹地府，我再找你算帳！

「李玉文，方修林……」穆羽抬劍割下李玉文的首級，喃喃道：「霽雲，妳放心，等我殺了方修林，便會帶著這對姦夫淫婦的首級去妳墳前祭奠。」

「大人，救命啊！」方修林連滾帶爬地跑出槐樹里，上了馬就直往府衙而去。下了馬才發現，左腳的鞋子不知什麼時候竟然跑丟了。

方修林也顧不得了，連滾帶爬就往裡衝。

府衙中人也都認識方修林，那可是太子的小舅子，一向得意，也不知發生了什麼大事，這般狼狽的情形還是第一次見。

翼城郡守王文義剛回到後堂，聽手下說方修林來了，忙迎了出去，待看清方修林的狼狽樣，也嚇了一跳，忙道：「二爺這是怎麼了？」

「王大人。」方修林一把握住王文義的胳膊。「有匪人為非作歹，還請大人為在下作主啊！」

「匪人？」王文義一愣。不會吧，這翼城竟有人膽大包天，敢到方府攪鬧？方修林卻接著道：「大人，匪人方才先是殺了我夫人容氏，緊接著我夫人的表兄也慘遭毒手，還有一對

母子。」

想到秋月和自己兒子，方修林再也忍不住放聲大哭起來。

「請大人速速發兵，擒了那賊人，為我家人報仇啊！」

王文義聽完也倒吸了口冷氣。什麼匪人這般厲害？光天化日之下，竟是出了四條人命？何況這方修林可是太子府的紅人，自己前次入京晉見時，太子還曾提到過他這位小舅子……

當下也不敢怠慢，點齊人馬，直往方府而去。

這邊，府衙大隊人馬離開不久，那邊，一隊黑衣黑甲的勁裝之人也到了府衙前。來人亮出權杖，竟是昭王府和京城容家兩方了不得的大人物，甚至他們手裡還持有天子詔令。

府衙中人頓時嚇破了膽，不知道發生了什麼大事，忙不迭地引領著來人也往方家而去。

郡守府的兵丁很快包圍了「賊人」占據的後院。

「二爺，不知賊人有幾位？如何剿滅，二爺心裡可有主意？」

知道容霽雲的事情敗露，穆羽等人定然不會放過自己，更怕太子那邊……方修林已經打定主意，要把「容霽雲」的死賴在穆羽等人身上，下定決心絕不放過一個，當即狠聲道：「他們殺了我的妻子，此仇此恨，不共戴天！只是賊人個個武藝高強，咱們衝進去的話，怕是傷亡不小，不然咱們用火攻！」

據自己所知，後院的藥廬中住著一位神秘的病人，雖不知這病人是什麼來歷，據李玉文打探，好像是有很大的來頭。

那裡一旦起火，穆羽一定會慌了手腳，說不定還可以趁亂抓了那藥廬中人為質，逼使穆羽就範……

王文義本就唯方修林馬首是瞻，尋思著反正這是方府，只要方修林樂意，怎麼折騰都行，馬上命人速去準備蘸了油的箭綁好，點燃後，直接朝後院射了進去，特別是那藥廬附近，更是成了重災區。

只是姬二此次護著穆羽前來，早料到可能會有危險，所選之人身手俱是一流，那火勢雖急，又哪裡困得住他們？竟是眼睜睜瞧著那些人個個快若流星，急速避過火箭，躍出院牆。

那些早就埋伏好的官兵看到有人從院中逃出，忙按照既定計劃一擁而上，想要生擒了眾人，可哪裡是人家對手，竟然被撂倒了一片。

甚至最後一名侍衛兜手抄起把火箭又擲了回來，火箭擦著方修林的臉頰就飛了過去，方修林只覺臉上一熱，嚇得慘叫一聲，跌倒在地。

這麼多人中，也不知哪個是那藥廬中人，方修林眼睜睜瞧著對方揚長而去，竟是沒有了一點主意。

「二爺。」王文義也沒料到賊人竟是如此悍勇，火攻竟是絲毫沒有奏效，只嚇得腿都軟了，半晌作不得聲，定了定神，終於勉強道：「那些賊人全都跑了，咱們接下來，可該如何是好？」

方修林還未答話，前院中的其他方家人也紛紛跑了出來，瞧著逐漸燒起來的後院，先是一驚，又瞧見這麼多官兵，更是嚇得夠嗆。

「林兒，這是怎麼回事？」最先開口的是盛仙玉。雖是人到中年，但自從兒子娶了「容霽雲」後，盛仙玉日子就過得滋潤得緊，此時看來仍是風韻猶存，這會兒瞧著王文義應該就是州縣長官，馬上拿出了當家老太太的譜。

方修林心裡早急得火燒火燎。方才那些人中，自己並沒有見著穆羽，甚至那日在眾目睽睽之下搶了自己離開的姬二，看來都不在府中，怪不得那些人雖是被暗算，卻沒有向自己等人出手。

他也明白，已經錯過了最好的機會，若是穆羽等人回來，怕自己要吃不了兜著走！只是事已至此，卻是再無他法，顧不得搭理母親，轉身衝著王文義一揖到地。

「王大人，您也瞧見了，實在是賊人悍勇，這方府我們也不敢待著了，請大人留下一部分人剿除賊人，再另外派些人馬護送我們去上京太子府。」

「賊人？」盛仙玉一愣，不明白怎麼回事，又聽說要去投奔太子府，便有些不願意。府裡老太太死後，盛仙玉仗著有「容霽雲」這麼個兒媳婦，日子可滋潤了，這會兒聽說要去投奔太子，自然就不樂意。而且，據自己所知，這後院住著的不是兒媳婦的兄弟嗎？怎麼成賊人了？當下忙道：「林兒莫不是糊塗了？這後院裡不是住著親家姪兒嗎？」

話音未落，就被方修林打斷。「娘，那人是冒充的，如今他們已經殺了我家娘子……娘莫要再問，咱們趕緊離開要緊。」

「什麼？」盛仙玉聲音一下拔高。「我那好媳婦被人殺了？」臉色突然一白。

雖然李玉文假扮容霽雲這件事，從方宏死於強人之手後，府裡也就她和方修林清楚。當初為了掩人耳目，方宏曾以幫「容霽雲」治療腿疾為由，送到山中靜養，過了幾年，才接回來和兒子完婚。不得不說那塊胎記做得極妙，便是崔玉芳和方修明也未識破這個「容霽雲」竟是李玉文假扮。

時間久了，盛仙玉早把這事扔到腦後了，這會兒聽方修林如此說，馬上明白，怕是自己外甥女假扮容霽雲這事敗露了！

想清楚這一層，盛仙玉再無半點遲疑，匆匆忙忙上了方修林準備好的馬車就想要離開。聽方修林說要去上京太子府，王文義自然滿口應允，哪知簇擁著這母子二人出得府門，不過走了一、二里地，迎面就見兩隊騎兵打馬如飛而來。

兩方人馬走了個面對面。

「王大人，快讓他們擋住這些賊人！」方修林神情倉皇，以為是穆羽的人又回來了，頓時嚇得魂飛魄散。

王文義也有些發怵，卻仍是強撐著道：「二爺放心，有本官在。」

話音未落，對方卻已經勒住馬頭，衝著這邊高聲道：「王文義可在？」

「啊？」王文義一愣，心想這賊人是不是腦子壞掉了，竟然敢跑到自己面前擺譜？當即怫然不悅。

「大膽。」

對方隊形卻忽然散開，一個身材偉岸的年輕人身形顯露出來，衝著王文義厲聲道：「休要囉嗦，王文義，速速把方修林及其家人全部拿下！」

「大人。」卻是府衙中的官差也從後面跌跌撞撞地追了上來，氣喘吁吁地衝著王文義道：「大人，他們、他們是京城容家和昭王爺的人，手裡還持有皇上詔書！」

方修林撲通一聲就從馬上栽了下來。王文義不認識，他可是前不久剛在朔州城見過，什麼昭王爺的人，那個人可不就是楚昭自己？

第五十章

本來回到翼城，方修林就日夜擔心，唯恐楚昭的人再來抓自己，好在太子知道此事後很快派人送來口信，要方修林只說是別人假扮自己，無論如何都莫要承認，其他的便不用他操心。這些日子，他也去府衙打探過，曉得並沒有楚昭發來的緝捕令，便也逐漸安心下來。

再沒料到，這會兒心急如焚的逃亡路上，卻是被楚昭給堵住。

那邊，王文義也是個老油條了，得府吏提醒後，很是順溜地納頭便拜，心裡卻實在難為。一方是昭王爺的人，要拿了方修林，一方是太子的小舅子，肯定是太子要保的人，這種情形不是得罪昭王爺，就是得罪太子……

正犯嘀咕，旁邊的方修林已經膽戰心驚地跪倒在地，白著一張臉道：「方修林見過王爺——」

一語未畢，卻被楚昭一下扼住喉嚨。

「容雲開，他在哪裡？」

霽雲做萱草商號大當家，一直用化名容雲開，賊人既然劫持了她到此，定然知道她的名字。

卻不知楚昭是歪打正著，那日朔州城裡，霽雲戴了面具，方修林並不知道，穆羽身邊的阿開就是霽雲。這會兒聽楚昭這般問，心裡忽然大喜，難道這楚昭其實並不是要來抓自己，而是穆羽的對頭？忙道：「我倒是見過一個小廝，不過只知道他叫阿開，年紀也就十多歲上下，不知是不是……」

卻已被楚昭一下提了起來。

「在哪裡？」

太過激動之下，便是少有情緒的楚昭，聲音都有些顫抖。

那日一路追蹤，竟是眼睜睜瞧著賊人挾了霽雲跳下山崖，楚昭幾乎心神俱裂，若不是侍衛攔著，怕是也會跟著跳下去。

待他費盡千難萬險來至崖底，哪有賊人的半分影子？

好在澗底也未發現屍骨殘骸，算是還有一分希望。只是當時，楚昭等人分析之後，卻得出了一個錯誤的結論。

審問謝簡後得知，其實假扮謝彌遜的人就是謝家公子謝蘅。大家便以為這次劫持霽雲，定然是謝家的首尾，因此快馬加鞭，一路往京中追去，竟是一無所獲。

眾人又趕緊返回，路上卻得到傅青川派人快馬加鞭傳來的消息，說是暗衛發現了霽雲的親筆字。

楚昭又馬不停蹄地追來。只是賊人好像有所察覺，竟是故意拿了霽雲的手跡，又送到其他城池。大家本已離開，卻得林克浩提醒，想到方修林便是翼城人，眾人半路又折返，現在看來，這方修林果然知情！

「那個，阿開現在在哪裡？」楚昭極力控制自己的情緒。

「他和賊人在一起。」方修林倒是配合，忽然想到，自己放火燒後院時，卻是沒發現那小子的影子，忙道：「王爺不知，那些賊人最是凶狠，竟占據了小民的後院，小民就是請王大人幫忙剿除他們的。對了，王爺口裡的阿開，許是現在就被困在後院之中，不然，王爺去找一下？」

卻尋思著，等楚昭離開，自己就要趕緊逃走。

哪知楚昭卻道：「押上方修林，走！」

「王爺，不知小民身犯何罪？」方修林強自鎮定，做出一副冤枉的樣子。「這中間是不是有什麼誤會？」

「誤會？」楚昭冷笑一聲。「敢勾結賊人，劫持容家少爺，便是將你千刀萬剮，也無法解我心頭之恨！」

容家少爺？方修林剛要大呼冤枉，忽然一呆。方才楚昭好像問自己有沒有見到一個叫容雲開的，難道阿開其實是容家少爺？可不是說容家只有容霽雲一個女兒嗎？怎麼多了個兒子出來……

王文義這會兒也聽明白了，嚇得趕緊後退。這方修林也太大膽了吧？竟敢劫持容家少爺？

你就算是太子的小舅子，可也不過是個小舅子罷了，那容家可是連皇室都要避忌三分，更不要說現在前線接連告捷，容文翰即將得勝歸來，正是最得聖寵的時候，別說太子的小舅子，就是太子敢動容家人的念頭，也討不了好去。

當下再不猶豫，指揮著手下上前摁倒方修林，五花大綁著重新往方府而來。

「咦，那地方怎麼著火了？」林克浩忽然瞧見遠處的火光，不由一愣。

王文義腳下一個踉蹌，已嚇得面無人色。

方才聽方修林的意思，那阿開就在後院，那這麼大的火……

撲通一聲就再次跪倒。

「王爺，那著火的地方就是方家後院。」

「什麼？」楚昭只覺腦子裡嗡的一聲，猛勒馬頭，朝著火的方向狂奔而去。

那些騎兵也風一般地跟了上去。

「王大人！」看楚昭走了，方修林終於覺得有了一線希望，苦著臉對王文義道：「我真有急事要趕往上京太子府。」

卻被王文義一口唾沫吐在了臉上。

「想得倒美！想讓我做你的替罪羊？作夢去吧！」

看昭王爺的樣子，容家少爺要是被燒死了，不定要怎麼大開殺戒呢！有方修林在，起碼自己不會直接承受昭王爺和容家的怒火。

當即不由分說，拖了方修林也往方府而去。

「怎麼回事？」穆羽提了李玉文的人頭，也從槐樹里匆匆趕了回來，卻被一干隱在附近的侍衛給攔住。

「少主，」侍衛一拱手道。「那方修林竟然引了官兵來，我們還是快些離開，晚了怕有變故。」

「官兵？」怕自己殺他？只是可出不得他，便是官兵在又如何，自己照樣要殺了他！

卻發現人群中少了幾張面孔。

「靈老和我二舅呢？還有阿開。」

那些侍衛也愣了一下。藥廬一向歸靈老掌管，其他人一般不會往那裡去，還有二谷主也不知跑哪裡去了。

「後院現在早已是一片火海，阿開他們應該和靈老在一起。不然咱們先出城，搞清楚到底發生了什麼事。要是城門關了，出不去可就麻煩了。」

正說著話，又一陣馬蹄聲響起，卻是姬二和靈老正匆匆而來。

穆羽只看了一眼便神情大變。兩人身邊哪有阿開的影子？

「羽兒。」姬二匆匆趕到，一把拽住穆羽，上下打量著，長吁一口氣。「看到後院的大火，嚇死我了，還好你沒事，咦？」突然瞧見穆羽馬上懸掛的一顆人頭，頓時嚇了一跳。「容、容霽雲，羽兒你把這個醜女給殺了？」

「她不是容霽雲！」穆羽恨聲道，卻不欲多說。「對了二舅、靈老，阿開呢？」

「阿開！」靈老忽然想到什麼，神情變得驚慌失措。「阿開他們還在藥廬裡！」

方才一直擔心少主會出事，卻忘了阿開和阿呆還在藥廬裡！那藥廬裡被自己放滿了毒物，阿呆又是個昏暈不醒的，他們根本就出不來！

話音未落，前面人影一閃，竟是穆羽正飛也似地往方家後院急掠而去。

「少主！」

「羽兒！」

眾人大驚，忙跟了上去。

寒日天乾物燥，方家後院早成了一片火海，特別是那處藥廬，吞吐的火舌，炙烤得根本無法靠近。

穆羽腳下不停，一頭就扎了進去。

「羽兒！」隨後趕來的姬二一把抓住穆羽的衣袖，厲聲道：「你要幹什麼！不過是個孩童，哪裡有你的命——」

耳邊聽得嗤啦一聲響，手裡緊接著一輕，卻是穆羽竟然拔劍割斷了衣袖，轉身就往藥廬裡衝。

「羽兒。」姬二這一刻真是恨死自己了，要是當初殺了阿開不就什麼事都沒有了嗎？羽兒竟是這般不要命地去救他！

好不容易那個醜女容霽雲死了，現在倒好，又出了個阿開，竟是讓羽兒有過之而無不及！

「快救火！」姬二已是怒極，可外甥進去了，自己怎麼能放心？抓了一桶水，兜頭把自己澆了個透濕，也跟著衝進了藥廬。

靈老慌忙指揮著那些侍衛去汲水，哪知動作太大，又驚動了留守的官兵。

「匪人又回來了，快抓住他們！」

「啊呀，這裡還有兩個！」又有人道，那隊官兵頃刻間分成兩路，一路往東，一路往西。

只奇怪的是，朝著靈老而來的那對人馬，只是吆喝著，卻不敢上前，倒是西邊的方向傳來了一陣喊殺聲。

靈老眉頭一皺，也悄無聲息地跟著往西邊而去，轉了兩個彎，卻只看得那群官兵的背影，絲毫沒有瞧見賊人的身影。

靈老愣了一下，忙飛身高處，待看清那被圍攻的兩人，身子忽然一晃，差點摔倒。

一個滿臉疤痕的人正閉目倚在假山上，他的懷裡還緊緊摟著一個十來歲的少年，竟然是阿呆和阿開？

只是阿呆怎麼閉著眼，一副昏昏沈沈的樣子？

「他奶奶的！真是邪門！」圍攻的官兵也很是想不通，地上的這兩個人，看著傷得不輕，已經連站都站不起來了，特別是那個拿劍的，還一直閉著眼，可即便如此，仍然傷了自己好幾個兄弟！

這隊官兵的領頭名叫郭亮，一向和方修林交好，一門心思地想著好歹活捉賊人，也能向方修林賣個好。現在看情形，活捉是不行了，那就送上兩具屍體算了！當即怒聲道：「弟兄們，大家一起上，把他們剁成肉醬！」

「你們……快……住手……」開口的是雖然睜著眼，可不知為何動都不動的少年。

「我、我爹是……容文翰。」

霽雲努力想要撐起身軀，幫阿遜一把，卻是沒一點力氣。

沒想到，藥爐裡的毒物竟是那般厲害！

當時一發現有人在外面放火，霽雲就馬上抱起阿遜想往外衝，哪知走沒幾步，身體便一麻，跟著就撲倒在地。

本以為要和阿遜葬身火海，沒料到一直被自己抱在懷裡的阿遜突然醒來，還一路抱著自己來到假山這兒，最終卻是體力不支，倒在了這假山旁。

「哈，你爹是容文翰？」那郭亮像是聽到什麼天大的笑話。「你爹是容文翰，我爹還是天王老子呢！要麼你們就投降，乖乖讓我們抓走，要麼就死！」

「你……」霽雲只覺腦袋又是一陣暈眩，甚至想要握一下阿遜的手都沒有力氣，艱難地抬起頭。「阿遜……」

她知道阿遜的性子，只要是為了自己，一定會和別人拚命，本想囑咐阿遜幾句，毒性卻是上來，終是慢慢閉上眼睛，昏了過去。

上面的阿遜身體猛地一震，布滿疤痕的臉忽然猙獰無比，手中寶劍連點，只聽噗噗幾聲鈍響，幾顆人頭迅疾飛了出去。

「啊！」那些官兵嚇得紛紛後退。

「這人……是妖孽吧！」一個官兵喃喃道，竟是不敢再上前。

「什麼妖孽！」那郭亮卻是個狠的。「碰上郭爺爺，什麼妖孽都要讓他死翹翹！快去準備弓箭！」

這兩個賊人明明連站起來的力氣都沒有了，刀砍不死，那就萬箭齊發！

剛才一番火攻，弓箭倒是早就準備好的，甚至還有一枝火箭。

「準備。」郭亮大聲道，同時把那枝火箭放在弦上。「發。」

箭如急雨，朝著地上的阿遜霽雲而去。

「住手！」一聲厲喝忽然響起，卻是一個威風凜凜的年輕人，帶著一群人呼啦啦地衝了進來。

「阿開！」

頭髮眉毛都燒焦了的穆羽也衝出來，眼看那火箭朝著霽雲射過去，情急之下，竟然單手抓住了火箭。

「少主！」又一群勁裝黑衣人從天而降，恰恰把霽雲和阿遜給牢牢護住。

郭亮嚇了一跳，色厲內荏地大聲道：「你們是什麼人，竟敢包庇匪人，找死不成？」

卻被楚昭一腳踹翻在地。

「竟敢動雲兒，你真是活膩了！」

林克浩更是揪起郭亮，一拳就砸在了他肚子上。

「敢動我們容府的少爺，我先殺了你！」

王文義已經趕來，恰好看到這一幕，直嚇得魂飛魄散，卻又怕牽連到自己身上，忙厲聲道：「郭亮，怎麼敢對容府少爺出手？還不快跪下！」

容府的少爺？穆羽一下呆了，傻傻瞧著霽雲。

「容府的少爺？」郭亮明顯也是被嚇傻了，難道那男子說的竟是真的，忙指著仍是仗劍、不言不語的阿遜。「這個賊人殺了我們好幾位兄弟！」

「賊人？」這次說話的卻是那黑衣人，聲音竟是肅殺無比。「你竟敢說我們安家的少主是賊人？」

那臉上布滿疤痕的醜陋男子竟是安家少主？而他懷裡的少年是容府少爺……

也就是說，自己一下得罪了兩大世家的少主？

刺激太大了些，郭亮兩眼一翻就昏了過去。

第五十一章

「你們是？」沒想到突然出現一群黑衣人，還自稱是安家，楚昭攥著劍柄的手放了下來，又擔心一直沒有聲息的霽雲，忙快步走來。

最前面的瘦削黑衣人聞聲轉過頭來，衝著楚昭一拱手。

「安武見過王爺。」

「安武？」楚昭一愣。不正是安老公爺最信任的手下，安府家將安武？那他口裡的少主……

「你說，這位是少將軍安錚之的兒子？」

楚昭神情震驚無比。

「是啊。」安武黯然。

當初少將軍就是在這般年紀便隕去……再看向阿遜，虎目中全是熱淚。真是天可憐見，又把小將軍賜給了安家。

楚昭和安武對視一眼，忙齊搶上前，楚昭想要去抱起霽雲，安武則是想扶阿遜，未料想，兩人身子剛一靠近，阿遜手中的寶劍就如蛇一般攻到。

「少主！」安武嚇了一跳，忙後退，瞥一眼被阿遜抱在懷裡的少年，又是一愣。不就是在安東客棧見過，跟阿遜在一起的那個孩子嗎？當初公爺還讓自己查一下這孩子的底細，料不到竟是容家的少爺。

楚昭這才看清地上的霽雲明顯已是昏迷不醒，頓時大驚，再瞧向霽雲青氣氤氳的臉色，更是驚駭。

「雲兒這是中了毒……」回頭厲聲道：「把方修林帶過來！」

沒想到方府後院竟然困了容、安兩大世家的少爺，而方修林還攛掇自己放火燒了這裡！王文義真是又氣又恨又怒，狠狠一腳把方修林踹翻在楚昭面前。

「混帳東西，到底你在容少爺身上下了什麼毒？還不快把解藥拿來？」

方修林卻已嚇得面無人色，連喊冤枉。

「少主，我們快走。」姬二偷偷扯了一下穆羽。現在那幾方人馬，心思全在救人上，正是離去的最好時機。

「是啊。」靈老也道。那兩方人明顯都是武功高絕，再加上這可是人家的地盤，再留下去絕討不了好。

「解藥。」穆羽彷彿沒聽見，朝著靈老就伸出了手。

「少主你……」靈老心有不願，本來對方沒注意自己，現在上趕著奉上解藥，不是明擺著告訴對方，是自己等人下的手嗎？

「解藥。」穆羽又道，眼中閃過狼一般狠鷙的光，嚇得靈老一哆嗦，只得摸出解藥送了出去，又交代了用法。

楚昭早已是心急如焚，實在是霽雲看著明顯中毒，那安公子也不知怎麼回事，竟是抱著雲兒不撒手。若是別人，楚昭早命人亂刃分屍了，偏這人卻是安家的獨苗……

「安武，先想法制住你家小將軍！」楚昭急道。

安武心裡卻是又喜又悲。喜的是料不到少主竟有這般驕人身手，悲的是少主人雖然醒了，腦子不會是摔壞了吧？不然死死摟住人家容家的公子是怎麼回事啊？

而且公子雖也有了知覺，可昏迷了這麼久，怎麼禁得起這般打鬥？

他衝楚昭點頭，一個騰空躍起、一個仗劍直刺，希望逼得阿遜鬆開抱著霽雲的手。

哪知阿遜手中寶劍接連刺出幾個凌厲的劍花逼退安武，身子隨即前傾護住霽雲，竟是寧願挨楚昭一劍，也不鬆開手裡的霽雲。

幸虧楚昭收勢得快，不然怕真是要在阿遜身上留個大窟窿。

正自愣怔，身後一陣勁氣襲來，楚昭忙側身讓開，卻是一包藥粉如流星般扔向霽雲。

藥包掉落霽雲身上，發出一股古怪而刺鼻的味道。

「什麼人？」楚昭回頭，一眼看到後方不遠處的穆羽，微微一愣，片刻冷笑一聲。「我道是誰呢？原來是你。」

雖然穆羽容貌變化太大，便是當初日日見到這西岐小質子的自己，都沒認出來，可他身後的姬二卻是再熟悉不過，正是當初穆羽身邊的侍衛總管。每日裡一副吊兒郎當的樣子，卻是那般厲害人物，竟能於動亂時期，順順利利護送穆羽離開。

據自己所知，當時要留下穆羽的，除了自己的太子大哥之外，還有西岐太子派來的大量人手……

「昭王爺。」穆羽神情不過微微一肅，便又全神貫注地瞧向霽雲。

怎麼穆羽也認識雲兒？而且看著還是交情匪淺的樣子？楚昭淡然瞟了穆羽一眼，一揮手，身後的侍衛便散開，雖是站得並不太近，卻封死了穆羽等人所有的退路。

不得不說靈老的藥物果然好使，不過片刻，霽雲身上的青氣便逐漸褪去，人也緩緩睜開眼睛。

「雲兒，妳怎麼樣？」一直目不轉睛盯著霽雲的楚昭大喜，衣服都被燒焦了的穆羽也是神情一振，臉上竟是悲喜交集。

兩人身形離得近了，阿遜手一抬，劍便毒蛇一般刺了過來。

劍到中途，身子卻是一歪，狠狠刺入地面。阿遜大口喘著粗氣，臉上神情早已痛至扭曲。

「阿開，快讓他放下寶劍！」一旁的靈老忽然厲聲道：「再遲片刻，他必然力盡而亡。」

啊？安武大驚。「少主！」

霽雲勉強直起身子來，看到身後虛弱的阿遜，眼淚直直落下，爬起來，附在阿遜的耳邊輕聲道：「阿遜，是我。我沒事了，把劍給我，好不好？」

說著，就去拿阿遜手裡的劍，阿遜遲疑了一下，手中的劍終於鬆開，人朝著霽雲就栽了過去。

「少主。」安武忙一把扶住，霽雲卻被帶得一個趔趄，手還讓阿遜緊緊握住。

「阿開。」穆羽忙要上前，卻被林克浩攔住，陰沈沈地瞧著穆羽。「我不管你是誰，敢劫持我家公子，就是容府的敵人！」

「雲兒。」楚昭握住霽雲另一隻手，百感交集。

幸好雲兒沒事，不然自己一定會愧疚終生，還有何顏面去見太傅？

「靈老，」霽雲淚眼婆娑地轉向靈老。「快來瞧瞧他怎麼樣了？」

「所謂天靄谷，竟是羽王爺的手下？」安武大驚。

靈老沈沈一笑，拱手道：「不敢。」

又斜了眼霽雲。「若想救安家小公子，容公子須答應老朽一件事，不然恕難從命。」

姬二也一拱手。「沒想到阿開你竟是出身容府，得罪了。不過，想要救這小子嗎？」

「不就是放你們離開嗎？好，這件事我可以作主！」霽雲毫不猶豫道。「現在，靈老能出手了嗎？」

「你能代表昭王爺？」姬二卻是瞟了一眼微微失神的楚昭。

「自然。」楚昭旋即點頭。雲兒的承諾無論是什麼，自己都會成全，更何況安老公爺一生為國，卻只餘這一點血脈。

「多謝昭王爺，安家感激不盡。」安武撲通一聲就跪倒在地。

穆羽看了楚昭一眼，心裡不由感慨這人果然好運道，已經有容家鼎力相助，從今以後，怕是安家也會心存感激⋯⋯

確認了自己等人可以安全離開，靈老再不多言，上前為阿遜診脈，剛搭上阿遜脈搏，便不由倒抽了口冷氣。

脈象微弱，竟是到了油盡燈枯的地步。

當下再不敢遲疑，忙掏出顆藥丸想要塞進阿遜口中，哪知阿遜竟是牙關緊咬，根本無法送入。

「跟他說話。」靈老急道。

霽雲忙抱住阿遜的頭，手指輕撫著阿遜的嘴唇。

「是我，雲兒啊……你別嚇我，快張開嘴，把藥……把藥吃了，好不好？」

一串眼淚隨之落下，砸在阿遜的唇邊。

阿遜身體劇烈抖動了一下，嘴終於微微張開。

靈老乘機把藥丸塞了進去，這才長吁一口氣，忽然轉向霽雲，上上下下地打量著。

「怎麼了？」穆羽和楚昭同時心裡一緊。

「明明阿呆的傷勢，根本是神智盡失，怎麼可能在昏眩中和人打鬥，且堅持到這般時辰？老朽行醫一生，還從未見過如此奇事。」

靈老此言一出，穆羽和楚昭聽了，神情都是一僵。安武看向霽雲的神情則多了抹深思。

「昭王爺。」王文義快步趕來，膽戰心驚道：「下官已經命人把方府人全部緝拿歸案，昭王爺看……」

楚昭看了一眼兩相依偎，根本瞧都沒瞧眾人的霽雲和阿遜，怔了半晌道——

「先找個地方關押，我們今日就歇在這方府了。」

王文義忙喏喏著退下。

「昭王爺，」姬二上前一步。「我們現在就要離開，還請昭王爺不忘方才允諾之事。」

「現在就要離開？」安武下意識就要反對。「那我家小主子——」

「無事。」接話的是靈老。「老朽已經留下足夠的藥物，至於用法，阿開，啊，也就是容公子便清楚。」

「不急。」穆羽卻上前一步。「我有些話想單獨同阿開說。」

「不行！」楚昭想也沒想就拒絕。

「少主。」姬二和靈老也忙要勸阻，哪知穆羽卻是絲毫不為所動，一逕瞧著霽雲。

霽雲站住腳，背對著眾人的臉上看不出絲毫情緒。良久，終於道：「好，你同我來便是。」

自己心裡同樣有很多疑問，想要弄明白。

「雲兒。」楚昭忙要阻止。

「楚大哥，無妨。」霽雲道，腳步不停地往旁邊一個涼亭而去。

楚昭急得跺腳，卻也知道霽雲執拗的性子，只得命暗衛遠遠保護，甚至暗示，若是穆羽意圖不軌，便即當場格殺。

涼亭四面臨水，雖已春天，仍有料峭寒意撲面而來。霽雲單薄的身軀臨水而立，卻是不肯看穆羽一眼。

穆羽臉上僅有的一點喜色終於慢慢淡去，良久，終於道：「我已經把李玉文給殺了。」

什麼？霽雲不敢置信地回頭。

上輩子，穆羽為了李玉文，可以說根本就是個殺戮之器。而現在，他卻告訴自己，他把李玉文給殺了……

穆羽怔怔瞧著霽雲，神情慘然，半晌才緩緩開口。「李玉文和我毫無關係，我敬的、愛的、想要保護的，一直都只有一個人，那就是容霽雲。你想不想知道，我是怎麼認識容霽雲的？」

再想不到，阿開竟是霽雲的弟弟……

不待霽雲開口，便接著道：「四年多前的一個雪夜，我遭人暗算，被扔在一個冰冷的馬廄裡。」

那是自己有生以來，第一次被人如此溫柔地抱著，昏昏沈沈中甚至以為，自己一定是死去了吧，別人常說的被娘親抱著的感覺，應該就是這個樣子……

霽雲張大了嘴巴，大腦更是一片空白。這是什麼樣的孽緣？

上輩子自己救了他後交給李玉文，可得到了什麼？卻是被這人逼得走投無路，更連累爹爹受盡屈辱；這輩子在馬廄中再次相遇，他又一次成了李玉文的阿弟……

霽雲瞧著穆羽，神情由震驚而憤怒，終至全然的冷漠。

「你走吧，我但願從未認識你。」

說著，頭也不回地走出涼亭。

剛走出涼亭，她身子一晃，差點栽倒，楚昭忙上前扶住。

穆羽神情痛楚，卻終是沒有說出一句話。

「走吧。」姬二和靈老也飛身而至。

穆羽回頭，最後深深看了一眼霽雲決絕的身影，終於轉身絕塵而去。

「雲兒，那穆羽對妳說了什麼？」瞧著霽雲似是受了極大打擊，楚昭擔憂不已。

霽雲抬起頭來，露出一個比哭還要難看的笑容，輕輕搖頭。

「無事，楚大哥，莫要擔心。」卻又隨即喃喃道：「一切終要做個了結……」

她抬手指向不遠處的柴房。

「楚大哥，你讓人把方修林送到那間房裡。」

方修林？楚昭越發不解，卻又心疼霽雲這般脆弱的樣子。

「雲兒，有什麼事，不若妳身體好些……」

「不。」霽雲搖頭。「大哥，那些人，我以後再不想見到他們。」

楚昭不懂霽雲為何這般說，只得答應。

很快，方修林被人押了過來，直接送到柴房。

柴房中光線昏暗，還有一股潮濕的霉味，方修林一下被推倒在地，摔得哎喲哎喲，不住呻吟。

「很疼嗎？」霽雲冷冷看著腳下狼狽不堪的方修林。

「啊？」方修林這才意識到，房裡竟還有人，嚇得驚叫一聲，認真看去。「阿開？」

「我不是阿開。」霽雲瞧著匍匐在自己腳下、狼狽不堪的方修林，一字一字道：「方修林，你不知道我有多討厭你！我本來想著，這輩子，我都絕不想再見到你！」

重生後，自己唯一的念頭就是和方修林永生永世再無相見之日。

方修林驚懼地瞧著阿開，不明白這容府的少爺為什麼這麼恨自己，難道是知道容霽雲的事？忙道：「容霽雲不是我殺的！真的，我和容霽雲兩情相悅，都是李玉文……」

迎上霽雲冰冷而嘲諷的目光，後面的話不自覺嚥了回去。

「你、你到底是誰？」

不知為何，每次見到阿開，都覺得有一種莫名的熟悉，而且阿開的眼神，竟是有一種令人膽寒的力量……

方修林的身體不自覺蜷縮成一團。

「我嗎？」霽雲緩緩起身。這麼一個淺薄的男子，自己上輩子何其愚蠢，竟是為了他負了爹爹！

「我是在你們方府死過一次的人，可惜老天有眼，又讓我活過來了。方修林，你說，我是誰呢？」

方修林怔了一下，終於如一灘爛泥般癱軟在地。

「怎麼可能？妳是……容霽雲?!」

第五十二章

「雲兒，妳怎麼會認識穆羽？還有這方府。」

楚昭若有所思地瞧著霽雲。若是別人，楚昭早派暗衛去徹查，只是對方是容霽雲，他卻是不願有絲毫引起對方誤解，縱然此時的霽雲瞧著也不過是個十餘歲的孩子罷了。

「這方府，」霽雲眼睛一點一點掃過這座庭院。上一世，自己在這裡度過了二十多年，一草一木早已熟悉無比。「我曾經待了很久。」

「妳是說，容夫人帶妳離開容府後，便在此處容身？」楚昭恍然。照此說，方府應是對雲兒有恩才是，怎麼雲兒……

他神情閃過一抹戾色，咬牙道：「方府對妳做了什麼？」

「都過去了。」霽雲搖頭，卻是不欲多說。「他們已經受到報應了，倒是那個穆羽……」

霽雲神情歉疚。自己作主放走穆羽，一定讓楚昭為難了吧？畢竟穆羽可是西岐的皇子，上一世的自己也知道，楚昭可是胸有大志。

楚昭卻是心疼不已，暗暗尋思，以雲兒最是重情的性子，當初但凡方家對她有一點恩德，雲兒定然不至於如此絕情，也不知到底受了多少委屈……既然方家落到了自己手中，少不得要把雲兒彼時受的委屈一一討回來。

「穆羽的事，雲兒不必放在心上，即便雲兒不說，我也會放那穆羽走。」楚昭幫霽雲繫好輕暖的裘衣，溫言道：「雲兒，這些年讓妳受苦了，從今以後，妳只要快樂無憂地做容家大小姐，其他事莫要操心。」

楚昭此言倒是不虛，即便霽雲不開口，他也不會把穆羽留下的。

據自己所知，穆羽這幾年來在西岐威望大漲，聲譽直逼當今太子，也因此，這次大楚、祈梁兩國交戰，西岐卻忙於內鬥，始終袖手旁觀。若是留下穆羽，倒是稱了西岐太子的心意，那西岐國若是沒了內憂，怕是會打大楚的主意。

雖然太傅凱旋在即，但長年征戰，大楚早已是不堪重負，西岐最好還是再亂幾年才好。

「大哥，你回去歇息吧。」霽雲站住，瞄了眼楚昭眼圈下明顯的青黑。林克浩告訴自己，從她失蹤後，楚昭便無一日安眠，這段時間更是晝夜兼程，從朔州到上京，又從上京至翼城……

這一刻，霽雲心中徹底認同了楚昭。

楚昭本想多陪陪霽雲，卻是耐不住她的執拗，只得回房休息。

霽雲微微站了片刻，最後瞧了一眼也算富麗堂皇的方府，轉身快步往阿遜房間而去，正碰上神情焦灼的安武。

「容公子，卑職正要尋你。」

霽雲站住，看了眼安武，微微蹙了下眉頭。

「這位將軍，我們是不是在哪裡見過？」

安武了然一笑，躬身回道：「小公子忘了？數月前，我們曾在一間客棧中有過一面之緣。」

「你是……」霽雲也想了起來。「客棧中和那位爺爺一起的伯伯？」

安武沒想到，聲名煊赫的容家公子竟是如此知禮，對霽雲的好感又多了一層。

「正是在下。」

「我們走吧。」知道安武來尋自己定是因為阿遜，霽雲點點頭，便隨安武一塊兒往阿遜的房間而去，心裡卻暗暗思量。阿遜說他生而無父，現在安家人卻說阿遜是他們家的骨血，卻不知安家到底因為什麼而認定了阿遜？

只是看這安武的模樣，對阿遜的關心倒也不似作假……

一進房間，安武便撲通一聲跪倒。

「還請容公子救救我家少爺！」

霽雲一愣，忙讓安武起來。

「伯伯莫要如此，有什麼話起來再說。」

安武連連搖頭。「容公子，您快看看我家少爺吧。」

霽雲心裡一緊。難道自己離開這片刻工夫，阿遜又……忙快步來到床前，果然見阿遜神情痛苦，似是在極力掙扎，便是額上也有冷汗大顆地滾落。

霽雲頓時慌了神，趕緊上前握住阿遜的脈門，哪知方才還無聲無息的阿遜忽然一翻手，把霽雲帶到了懷裡。

重傷之後的阿遜其實並無多大力氣，可他身上傷口太多，霽雲唯恐會碰痛了他，只得任憑阿遜把自己摟到了懷中。

阿遜臉上的痛苦神情隨即消失，呼吸也慢慢恢復了平穩。

「阿遜。」霽雲癡癡瞧著那緊閉的雙眸，小手撫上阿遜臉上深深淺淺的疤痕。當初，該是怎樣的血肉模糊，才讓阿遜一張俊臉成了這般斑駁的模樣？又該受了多重的傷，才會躺了這麼久還無法醒來？

「傻子，自己中了毒，還要幫我吸毒，你怎麼就那麼傻？這段日子我一直在想，要是阿遜你……那我該怎麼辦？

「阿遜，你快點好起來好不好？你不知道，那天看到帳幔後的那人竟然是你，我真是要嚇死了，卻又開心得很……火燒起來時，我竟然一點也不怕，總覺著有你在，陽間也好，地獄也罷，我都是不用怕的，唯一不放心的就是爹爹……

「對了阿遜，你知道嗎？我找到我爹了，我爹他和我夢裡的爹一模一樣呢……」

霽雲說著，早已是淚眼矇矓，渾然不知床上的阿遜也慢慢勾起了嘴角。

太累了，霽雲的聲音越來越低，竟是慢慢睡了過去。

後面的安武看得目瞪口呆。少主這叫什麼病啊？怎麼一抱住這容家小公子，就百痛皆消啊？

卻又隨即憂心忡忡。大楚上流社會確也有人好男風，可老爺子的性情自己清楚，最是厭惡這等行徑。這要是讓老爺子知道了，怕是就麻煩了！自己好歹要幫忙掩飾才好。

還有就是，少爺的眼光是不是也太高了些？便是喜歡男子，去妓館尋一、兩個也罷，容家的少爺可是萬萬碰不得的啊！不然，即便老爺子下不了手，那容文翰怕也會要了少爺的小命！

從未失眠的安武這一夜卻是愁得沒睡著……

月光透過窗櫺，鋪滿了一床，皎潔的月輝下，霽雲的頭抵著阿遜的胸，阿遜握著霽雲的手，雙雙墜入夢鄉之中。

直到天光大亮時，霽雲才被楚昭一聲驚呼給嚇得睜開雙眼。

「雲兒。」楚昭握著霽雲的手，聲音中滿是不捨。

朔州救災之事雖是告一段落，卻還有很多事需要籌劃，暫時無法趕回上京。他本想帶著霽雲一起，無奈謝彌遜的傷情仍是不樂觀，霽雲定然不願意捨下阿遜跟自己走，加上安家人又苦苦相求，楚昭只得同意讓霽雲跟著回上京。

只是楚昭提出了一個要求，要霽雲必須回容府，或者到自己的昭王府去。

便是如何想要籠絡安家，楚昭可也絕不願拿霽雲的清譽冒險，今天早上的事再看見一次，楚昭可不敢保證自己不會忍不住對阿遜動手。

霽雲也紅著臉答應了。

也怪不得楚大哥這般緊張，今天一早醒來才發現，自己竟是趴在阿遜的懷裡睡了一宿。

只是沒想到的是，楚昭為此自責不已，直說是自己的錯，她在外漂泊多年，哪裡懂得什麼男女大防？她才逃過了這一關。
如今聽楚昭不斷囑咐，忙乖乖答應，自己到時只扮作李奇的藥僮便是。
「至於妳的身分……」這一點讓楚昭也很是為難。丟了數年的大小姐回府，本是一件大喜之事，可偏偏太傅身在前線，自己又要回朔州，竟是無人能證明霽雲的身分，不由皺眉。「不然雲兒，妳還是到我府中住吧。老總管已回了上京，妳若去了，他定然會把妳伺候得舒舒服服——」
哪知一語未畢，霽雲卻是搖頭。若是自己住到昭王府，等爹爹回來時再大張旗鼓接了自己回去，豈不是生生逼著自己只有嫁給楚昭這一條路了嗎？
安家住不得，那昭王府也同樣住不得。
思來想去，還是回容府才好。
至於自己身分，已經流浪在外這麼多年，也不急於一時不是？
「不然，就說我是李昉哥哥的結義兄弟好了。」霽雲笑道。
李家也在容府，何況爹爹早就說過，李家雖自願入容府為奴，容家卻是以客卿待之，又有知道自己身分的李昉跟著，怎麼會受什麼罪？
「也只好如此了。」楚昭思來想去，只得點頭，又囑咐道：「據我所知，容家老太太不良於行已久，腦子也一時糊塗一時清楚，容家內務是由一位原在宮中做過女官的表小姐掌管。那位表小姐我倒也見過，雖是不苟言笑了些，人卻是還好，雲兒若真有為難之事，便向她坦承身分，諒她縱然不全信，也必會全力維護於妳，等太傅回去定奪……」

「我知道了。」霽雲點頭。「楚大哥只管去吧，我無事的。」

這般嘮叨的楚昭實在和上一世那個瞧見自己就橫眉怒目的人相差太遠，以致霽雲有些不適，卻也明白，上一世，楚昭是瞧著自己傷害爹爹才會那般；而這一世，卻是全心全意地維護自己……

「主子，上車吧。」李昉上前道。身後除了楚昭又配備的數名暗衛外，容家鐵衛也已整裝待發。

楚昭一直目送著霽雲一行人遠去，才掉轉馬頭，朝著朔州方向而去。

霽雲一行卻是迤邐往上京而來……

上京。

時間雖是還早，等著進城的人已經排起了長長的隊伍。

安、容兩家一向低調，但此時車上護著兩府少主，安武和林克浩略一商量，便由安武出面，持了安府腰牌，徑直去了城門守官那裡。

城守那兒正有人吵吵嚷嚷，卻是一個一身綾羅的男子，正氣哼哼地和城守爭吵不休。

「排這麼長的隊伍，我們要什麼時候才能進城？竟然連容家的親戚也敢攔，真是豈有此理！」

那城守心裡膩味，面上卻也不敢表現出來，想要命人趕出去，又怕對方真是容家的親戚。容大人現在在邊關，聽說不日就將班師回朝，立下這不世功勛，容家地位必然更上一層樓，只得陪了笑臉道：「並不是非要把您攔下，只是我們也是職責所在，不然您看這樣可好？只要您能出示一下容府腰牌，我們馬上放您進去。」

「腰牌？」那男子一愣，竟是越發光火。「什麼腰牌？竟然敢跟我們要腰牌？我可跟你說，容大人是我表哥！容大人在邊關為國為民，你們竟然這般難為他的親戚，要是將來容大人曉得此事……」

安武不禁皺眉，暗道容家公子雖是小小年紀，便有那般雍容氣度，這自稱是容大人表弟的人，也不知從哪裡冒出來的，竟是這般胡攪蠻纏。

安武本不是愛管閒事之人，只是此時城門口人流眾多，若任其鬧下去，必然有損容府清譽，到時不論是容大人還是容公子，怕是面上都不好看。

少主有那容公子照看，安家實是已虧負容家良多，便是今後還需要仰仗容公子……

稍一思量，安武便上前一步，遞上安府腰牌。那城守正自氣怒，臉上便有些不大好看，伸手取過腰牌，嘴裡嘟囔著：「今天是什麼黃道吉日不成，怎麼這……」

卻在看清腰牌上的「安」字時，趕緊起身，滿臉堆笑道：「啊呀，原來是安公爺府上的，卑職李信見過將軍。」

「安公爺府上的？」那男子也笑嘻嘻地湊過來。「原來將軍是安公爺府上的，我們是容公爺家的親戚。」

安武斜了那人一眼，那男子嚇了一跳，笑容頓時僵在臉上，心裡也是暗暗打鼓。

「免禮吧。」安武擺手，隨手指了那男子道：「讓他們也進城吧。」

城守連連稱是，那男子也頓時喜笑顏開，小跑著到隊伍中幾輛馬車前。

「妹妹，走了，我們進城。我早就說過，就憑我們是容家的親戚，誰敢攔我們的路？」

「大哥。」車裡女子聲音嬌媚中又有幾分得意。「我省得了，咱們須快些進城拜見姑母才是。」

男子翻身上了馬，忙跟在安武等人後面。

車中女子似是有些奇怪，微微掀開車簾。

「大哥，前面又是哪家？怎麼咱們要跟在他們後面？」

「妳說那家呀？」男子神情很是戒懼，忙又壓低了聲音道：「那人是安公爺府上的。我跟妳說呀妹子，容家的名號就是好使，我一說是容家的親戚，那安家人馬上說，請我們和他們一塊兒進城呢。」

「是嗎？」車內女子收回了手，聲音矜持。

一行人很快進了城，林克浩和李昉等人與安武告辭，便打馬往容府而來。

基於楚昭的叮囑，必須保證霽雲安全無虞，即便是在容府中，太傅回來之前也絕不可懈怠。

雖是霽雲一再說自己會小心，讓楚昭把侍衛和容府鐵衛帶走一些，送到爹爹身邊，卻被楚昭斷然拒絕。

開什麼玩笑？太傅有多愛惜雲兒，自己可是最清楚不過，若是把侍衛再帶回去，不定太傅還得怎樣擔心。只有保證雲兒的絕對安全，太傅才能心無旁騖地在戰場打仗。便是自己，都已經被雲兒失蹤嚇掉了大半條命，要是再來一次，還讓不讓人活了？

反正前線戰事已停，祈梁國已正式遞交國書，請求議和，便讓林克浩以容文翰的名義先回府報告平安。

林克浩本就有容文翰的手令，要進容府自是容易。

原本林克浩的意思是還要霽雲扮作自己兄弟，但楚昭思來想去覺得不妥。雲兒的大小姐身分遲早要公布，即便是在容府中，一直和林克浩一幫大老爺們在一起，傳出去怕是不大好聽，要是再經常和李奇一塊兒出入安府，也招人耳目。

最後決定，還是如霽雲先前所言，她和李昉一塊兒到李家去，十一、十二仍舊跟著霽雲貼身護衛，再有林克浩等人嚴加保護，霽雲的安全應該不會出什麼問題。

一眾人很快走到一個岔路口，左拐通往安家，容家則需往右。

「林將軍，」安武一勒馬頭，衝林克浩一拱手。「安武告辭，咱們就此別過。」又靠近馬車，低聲道：「容公子，我家少主還要多多煩勞公子，公子若有何差遣，只管派人去安府喚我，安武定萬死不辭。」

「安將軍莫要客氣，我回府稍作安頓，便會和李伯伯一同前往。」霽雲也低聲道。

「安將軍，請。」林克浩也一拱手，護著三輛馬車徑直往容府而去。

第五十三章

有李昉帶路，半刻鐘後，一行人便來至容府門前。

看到門外忽然來了這麼一隊人馬，大門守衛的家丁嚇了一跳。

林克浩很快飛身下馬，遞上了容乂翰手令。

「在下林克浩，乃容帥手下驍騎將軍，今奉大帥鈞令回京，煩請通稟。」

那家丁愣了片刻，旋即喜極而泣。「這麼說是我們爺要回來了？各位將軍你們先等著，小的這就去稟告老夫人！」

竟是一溜煙小跑地往內宅而去。

「快稟告老夫人，大喜事啊！爺派人回府了，咱們爺就要回來了！」

很快，容府裡一片歡騰。

容府內宅中，敞亮的房間裡，一個白髮如銀的老夫人正歪在軟榻上小憩，緊挨著床的繡墩上，坐著一個梳著墮雲髻、簡簡單單插了根鳳釵的女子。女子看年齡應該在二十五、六上下，容貌端莊秀氣，只是斜挑的眉梢顯出幾許威嚴。

聽得前面一片鬧哄哄，老夫人睜開眼來，側著耳朵聽了片刻，忽然就坐了起來。

「溪娘，快去快去，我聽見翰兒回來了。」說著，就四處尋找自己的枴杖。

「姑母。」溪娘忙伸手扶住，溫言道：「姑母先躺著，姪女兒先去瞧瞧看是何事？」

心裡卻暗暗納罕，容府不比別家，雖是百年公侯之門，歷代家主卻都治府嚴謹，家裡奴僕從不敢有什麼踰越之舉，今日到底發生了何事，怎麼這般喧鬧？

好歹勸得老夫人又躺下，剛起身走到前面迴廊，迎面便瞧見一個管家娘子正腳不沾地地跑過來，不由皺緊了眉頭。

「王嬤嬤，妳也是府裡的老人了，怎麼也這般沈不住氣？到底發生了什麼事？」

「哎喲，小姐，大喜呀！」王嬤嬤知道溪娘最重規矩，忙站住腳，嘴卻是怎麼也合不攏。

溪娘愣了一下，旋即想到，難道真是表哥回來了？頓時動容。

「到底什麼事？」

「小姐快去回稟老夫人。」王嬤嬤喜得眉開眼笑。「咱們爺派人回府報平安了！」

「嬤嬤說的是真的？」王嬤嬤此言一出，便是冷靜如溪娘也不禁大喜，好歹在宮中多年，才不致失了儀態。「果然是一件大喜事，我這就去稟告姑母。」

「我就說是我的翰兒回來了。」

老太太的聲音在身後響起，溪娘回頭，卻是丫鬟鳳兒正推了老太太過來，忙俯身道：「姑母，果然是大喜，不過表哥還要再等些時日才能回府。」

府門外，得到消息的大管家容福趕緊到府門外恭候。

李昉上前見過容福，看見李昉回來了，容福的眼圈就紅了。

「好孩子，跟著咱們爺去軍營中，辛苦你了！咱們爺平平安安的，就是闔府最大的喜事！」

聽見外面擾攘之聲，霽雲知道，這是到府裡了，想要起身下來，身子卻是重逾千

小時候在這裡生活的記憶早已蕩然無存，唯有上輩子被方家陷害後，爹爹救了自己回來的畫面，不時在腦海中迴盪。

那時，府裡的老夫人已是不在了，大管家還是容福。自己百般傷害爹爹時，容福跪在一邊，不住磕頭流淚……

「公子。」林克浩的聲音在外面響起，霽雲這才回神，要從車上下來，十一、十二忙上前扶住。

遠遠瞧著的容福不由一愣，暗暗納悶，這林小將軍聽說可是爺的愛將，那車裡的人是誰呀？怎麼瞧著林將軍那般小心翼翼？

霽雲也覺得不妥，忙推開林克浩的手，和李昉站到一處。

容福頓時就是一愣。這孩子是誰呀？怎麼跟爺小時候那般相像？正要上前詢問，一個男子的聲音忽然響起。

「哎呀，妹子，怎麼這麼多人來接我們啊？」

眾人回頭看去，卻又是幾輛馬車。

容福忙看了看林克浩，林克浩搖頭。

容福正要問，那男子已經一迭連聲地道：「快去回稟我姑母，就說她奉化娘家的姪兒王子堯來了。」

「你們從奉化而來？」容福愣了一下，忙問道。

「當然。」王子堯忙點頭。

「稍候。」容福上上下下打量了王子堯幾眼，老夫人娘家確是奉化。「我這就讓人通稟。」

說著回身，笑吟吟地衝林克浩道：「林將軍，快請進，老夫人已經等得急了。」

眼看著一群人呼啦啦走了個乾淨，那王子堯愣了片刻，忙叫道：「欸，不是來接我們嗎？怎麼把我們撂這兒就走了？」

好在不一會兒，溪娘就從裡面接了出來。

「二姊，今天早上那人是什麼來頭？竟是有那般威風？」王子堯有些悻悻的，連帶著看溪娘的眼神都有些不豫。「這麼久了，我們也沒見到姑母，反而讓那些外人搶盡了風頭。」

溪娘不禁皺了下眉頭。

早就聽說大伯家這個兒子最是嬌生慣養，現在瞧著，果不其然。

只是這裡是容府，這弟弟還以為是奉化老家嗎？所有人都要圍著他轉。

心裡雖這般想，面上卻也不好表現出來，便笑笑溫言道：「那是表哥帳下的驍騎將軍，奉了表哥的命來府中報平安的。」

「表哥？」旁邊長相嬌媚的女子驀然抬頭。「二姊說那是表哥的人？這般說來，表哥竟是當真要回來了？」

言語間竟是雀躍不已，似是又想到什麼，扯了扯溪娘衣袖悄悄道：「二姊，人人都說表哥文才武略、滿腹經綸，更兼儀表出眾，此言可真？」

這般說著，臉頰竟是緋紅，配上少女特有的嬌憨，別有一番動人模樣。

「芸娘慎言。」溪娘卻是板了臉。子堯是男丁，自有大伯管教，芸娘卻是女子，怎麼竟敢這般公然議論男子長相？何況還是自己表哥、容府家主？

芸娘碰了個釘子，就有些訕訕，卻也知道二姊生來就是這種端肅的模樣，更何況，聽娘說，現在容府內務可全是二姊打理……這樣想著，忙抱住溪娘的胳膊不住搖晃。

「好姊姊不許惱我，實在是現在到處都在傳揚表哥的英雄事蹟，我也是聽得多了，才這麼一問的。姊姊覺得不妥，妹妹從此不再提起就是。」

聽芸娘這樣說，溪娘的臉色才算是緩和了些，挽了芸娘的手送到榻上。

「是我錯怪妳了。好了，你們遠道而來，一路鞍馬勞頓，還是早些安置吧。明兒個一早再去給姑母請安。」

「還要等到明日嗎？」芸娘有些失望。「二姊不知，我真的很想姑母呢。」

「芸娘的心思我豈會不知？」溪娘低聲勸慰。「只是姑母今日得了表哥要回來的消息，一直興奮不已，又多走了幾步路，已經歇下了，若是再驚擾她老人家，反倒不美，還是明日一早過去吧。」

聽溪娘如此說，芸娘和王子堯也沒辦法，只得應了下來。

待溪娘離開，王子堯不由哼了聲。

「這個二姊多年不見，人越發和木頭一般了，也不知怎麼在宮中過活了那麼多年。」

二姊溪娘生來寡言，自叔叔嬸嬸先後離世，更是幾乎幾天都不說一句話。也是，據說二姊命硬得很，二叔和嬸嬸便是她剋死的。自那後，除了祖母之外，二姊便和家裡人都不親，現在瞧著，更是冷冰冰沒半點人味。

溪娘卻不知那對弟妹正在偷偷議論自己，兀自邊走邊想著。

方才管家嬤嬤已經來見了自己，很是委婉地轉告了伯母的話，言下之意，還是希望自己能幫著芸娘找個好婆家。只是在這容府裡，自己不過是仗著表小姐的名頭幫姑母打理一下內務罷了，哪裡有什麼機會接觸上京那些豪門貴族？

還是等老太太哪天精神好些，讓老太太想想法子才是。

忽聽到對面一陣急匆匆的腳步聲，溪娘抬頭望去，卻見幾個男子迎面而來，溪娘唬了一跳，忙站住腳。

來人也看到了溪娘一行，忙躬身退到一旁，待溪娘幾人離開，才直起身來。

「這女子，便是楚大哥口裡那位表小姐？」霽雲沈吟著道。

溪娘猛然回頭，看到霽雲的模樣，明顯大吃一驚。

霽雲愣了下，下意識摸了下自己的臉。自己真的和爹爹肖似到如此地步嗎？先是容福，現在又是這表小姐，都是一副很受驚嚇的模樣。

「不錯。」李昉點頭，神情間隱有些興奮。「前面就是我家，小姐隨我來。」

四人一路往李家院落而去，還沒到院門口，遠遠一名中年女人和一名婉約少婦，還有一個同霽雲差不多大小的女孩子已經接了出來。

李昉眼圈頓時就紅了，忙快步上前，女孩子已經歡呼著跑了過來，一把抱住李昉的胳膊，那少婦則是遠遠站著，癡癡瞧著李昉，早已淚流滿面。

院裡則傳出一聲暴喝。

「小畜生，還站在外面做什麼？還不快滾進來！」

霽雲不由一愣，不禁看向李昉。

李昉苦笑。就知道，自己沒和爺一塊兒回來，一定會惹得爹爹生氣。

那中年女子也回過神來，忙擦了下眼淚悄悄道：「走吧，昉兒，別被你爹嚇著，你爹嘴上凶，心裡也想你呢，一聽說你回來，就忙從外面趕了回來。」

幾人說著，來到正屋，一個身材高瘦的中年男子正黑著臉坐在正中的椅上，正是名滿杏林的李奇。

「當家的，」中年女子忙上前，笑呵呵道：「咱們昉兒真的回來了呢。你瞧瞧，人是黑了些。」

哪知李奇卻板了臉，怒聲道：「孽子，還不跪下！」

此言一出，不只李夫人幾個，便是霽雲也嚇了一跳。

李昉倒是聽話，忙撲通一聲跪倒。

「昉兒見過爹爹。」

「你眼裡還有我這個爹嗎？」李奇罵道。「你走時，我百般叮囑，要你定要護好爺，怎麼現在爺還沒回來，你倒先跑回來了？我告訴你，我現在就給你準備一匹快馬，你給我馬上回邊疆去。我還是那句話，爺不回來，你就絕不許踏進上京一步！」

說著，竟是一迭連聲吩咐下人去拉馬來。

中年女子和婉約少婦沒想到李奇會來這麼一齣，一下傻了眼，那女孩子上前抱住李奇的胳膊苦苦哀求。

「爹，別讓哥哥走了，哥哥可是剛回來啊！」

旁邊的霽雲看得一愣，心裡卻是熱烘烘的。怪不得自己說先暫時充作李昉的義弟，楚大哥不過稍一思考便答應，原來早知道李家雖是容府客卿，卻是可以為容家人去死。

眼看李家人已經哭成一團，她忙上前一步，給李奇見禮。

「李伯伯安好，雲兒有禮了。」

因霽雲低著頭，李奇一時看不清霽雲的容貌，只是看著他旁邊兩個隨從器宇軒昂的樣子，心裡微微一驚。

「你又是哪個？」

霽雲抬起頭來，微微一笑，剛要開口，李奇卻是面色大變，忽然站起身來，跑到院裡，命所有僕人去院外看著，自己反身關上門，又轉身快步來至霽雲面前，神情中先是懷疑，再是震驚，到最後變成全然的狂喜。

「妳是……小姐?!」

此言一出，不只是旁邊李家一眾女眷，便是霽雲也錯愕不已，實在想不通，李奇到底是因為什麼竟然認出了自己。

小姐無疑。

李奇認真端詳著霽雲，淚水終於奪眶而出。再不會錯了，眼前這男孩打扮的孩子，必是小姐無疑。

和爺那般相像的容貌，一般無二的年紀，同樣雍容華貴的氣度……

怪不得昉兒會忘了自己的囑咐，竟敢先回上京，原來竟然是找著了小姐！爺自來愛小姐更逾性命，派了昉兒跟著回來便在情理之中了。

「小姐，」李奇撲通一聲跪倒在地。「妳可回來了。」

又回頭衝著一旁目瞪口呆的妻女，含淚道：「還愣著幹什麼，快過來隨我一同拜見小姐。」

「李伯伯。」霽雲鼻子一酸，也流下淚來，忙去攙李奇。「你要折煞我嗎？快起來。」

李昉也忙去攙扶，低聲道：「爹，小姐的身分……昭王爺的意思是還得等爺回來昭告天下，因此怕有什麼閃失，若是別人問起，便只說小姐是我結義兄弟。」

李夫人也緩過神來，上前一把抱住霽雲，淚流不止。

霽雲忙又與李夫人和李昉的妻子蘭娘，李昉的妹妹李蕤重新見禮。

「臭小子！」李奇卻是橫眉怒目。「找回了小姐這麼天大的喜事，為什麼不早點說？若是我猜不出來，你是不是還要瞞著我？」

又忽然想到一事，有些緊張道：「小姐的安全，爺可有安排？不行，我得再去多尋些人手來，好不容易找回了小姐，可絕不能有絲毫差池。」

爺今年三十出頭了，仍是膝下空虛，這容府上下，也就小姐一個小主子罷了，偏偏又失蹤了這許久，現在天可憐見，小姐再回容府，爺又不在府裡，自己就是拚了這條老命，也一定要護得小姐平安。

這般想著，竟是掉頭就往外跑。

李昉忙攔住。「爹莫急，除了昭王爺身邊的暗衛外，便是今日進府的林將軍也都是爺派來護衛小姐的。」

第五十四章

安府。

天剛濛濛亮，安鈞之已收拾妥當，帶了書僮紫硯往主屋的安老夫人房間而來。守在外面的大丫鬟見是安鈞之，忙掀開簾櫳衝著裡面道：「快去稟了老夫人知道，二爺來給老夫人請安了。」

安鈞之是安錚之故去後，領養的同宗旁支的孩子，按年齡排行，是在安錚之底下，府中人都稱之為二爺。

「二爺快請進來。」又一個穿著大紅褂子、容貌俏麗的丫鬟迎了出來。「老夫人正好誦完經，正念叨著二爺呢。」

安鈞之衝著丫鬟微微一笑。「有勞彩蝶了。」

安家人都生得一副好相貌，只是安錚之習武，舉手投足間自是俊朗逼人，安鈞之卻是愛文，言談舉止很是儒雅有度，這麼一笑，更是益發襯得人玉樹臨風。

彩蝶頓時紅了臉，待安鈞之也就越發熱情。

「是鈞之嗎？」安老夫人安坐在一個蒲團之上，笑容和藹。

老夫人也是個苦命人，早年隨安老公爺駐防邊疆重鎮，邊地苦寒，老夫人雖是育有兩子兩女，卻不過一子一女長大成人。

安老公爺雖有幾房妾侍，生的全是女兒，安錚之故去後，偌大的安府竟是再無人繼承。老夫人得悉兒子離世後，幾次哭昏過去，因長年以淚洗面，終致雙目失明。

「母親，您敢情是昨晚又沒有睡好？」安鈞之接過丫鬟手裡的錦帕，幫老夫人擦手，便溫言道：「孩兒昨日聽同窗說，他們家新進了一種上好的沉香，很有助於睡眠，孩兒今兒個就去，看能不能求些來。」

老夫人拍了拍安鈞之的手。

「好孩子，難為你記得娘。你還沒用飯吧？正好，讓彩蝶多準備些，咱們娘兒倆今兒個一塊兒用。」

安鈞之忙擺手拒絕。

「母親莫管我，孩兒還要去給爹爹請安。爹爹這數日來一直忙亂不已，孩兒已有數日未見過爹爹了。」

「忙亂不已？」老夫人愣了一下，旋即笑呵呵道：「許是這幾日朝中有事。你爹年輕時便是如此，一有朝中公務，便是幾日不正經吃飯也是有的，若是如此，鈞之可要替娘盯著些，別讓你爹累壞了才好。」

「是。」安鈞之神情中有些失望。一大早趕來，就是想從老夫人這裡套出些消息。

昨日，那藏匿在後院的神秘病人再次回來，紫硯說是親眼見到安武護送回來。

安武自來是老爺子面前最得用之人，既是安武護送，必是老爺子親自差遣，更兼安武身邊隨行的人，全是老爺子的貼身暗衛。

明明自己手無縛雞之力，可無論自己去哪裡，老爺子也從未派護衛保護，倒是那神秘來客，竟是有這般莫大的殊榮，難道坊間傳言是真，那人其實是老爺子的私生子？

若是那樣的話，那自己的身分豈非尷尬無比？

從母親現在的情形看起來，怕也同樣是對此一無所知。

他忽然想起什麼似的猛一拍頭。

「啊呀，母親，我昨日特意幫您買來了李福記的點心，看您歇下了，便想著今日一早幫您帶過來，哪知來得匆忙，竟是忘了。紫硯就在外面候著呢，不如讓彩蝶跟著他去取一下？」

「好。」老夫人點頭，很是感慨道：「好孩子，難為你什麼事都記著娘。」

「是啊，二爺孝順著呢。」彩蝶也忙湊趣。「我聽紫硯說，前兒個爺又去山上幫老夫人祈福了。」

「鈞之啊，娘多虧有你這麼個孝順兒子。」老夫人果然很感動。

三人告退，安鈞之只說要去給老爺子請安，便徑直往東而去。

「彩蝶姊姊，二爺已經走得見不著了，妳還是隨我來吧。」紫硯瞧著兀自失神的彩蝶，噗哧一笑。

彩蝶回過神來，臉頓時臊得通紅。

「臭小子，竟然連我也敢調笑，看姊姊不撕爛你的嘴！」

「好姊姊，妳莫要惱！」紫硯忙求饒，卻又小聲道：「我告訴妳一個秘密好不好？」停了停道：「妳知道二爺為什麼讓妳跟我去取？」
「為什麼？」彩蝶心裡一跳。
「二爺說妳在老夫人面前每日辛苦，還特意給妳買了妳愛吃的一包零嘴，只是那邊人多嘴雜，二爺不好給妳送去……」
「又要討打？」彩蝶臉色更紅，啐了一口道：「老夫人身邊又不是只有我一個，你這般混說，敢情皮真的癢了！」
紫硯卻是咕了一聲。「這府裡人多了去，二爺怎麼可能都念著？自然是姊姊在二爺心裡與他人不同。」
「又胡扯，信不信再說，我真撕你的嘴？」彩蝶口裡雖嗔怪著，卻明顯很是意動，氣息也有些不穩。
「哪有胡扯？我也不瞞姊姊。」紫硯正色道。「二爺確是不止一次和我說起姊姊，二爺說，他心裡其實是和姊姊同病相憐，都是萬事皆由不得自己，而且，他便是想要顧著姊姊，怕是也沒有幾天了。」
「啊？」彩蝶一愣。「你方才所說是什麼意思？」
「沒有。」紫硯似是突然意識到自己說漏了嘴，忙轉身就想走。「我去把點心拿來，姊姊。」
卻被彩蝶扯住衣袖，厲聲道：「紫硯，你若是不把方才的話說清楚，信不信我現在就去把你方才所言全說與老夫人聽！」

紫硯小臉嚇得慘白，忙把彩蝶拉到屋裡。

「好姊姊，妳就饒了我吧，我再也不敢亂說了！」

彩蝶冷哼一聲，作勢要走，紫硯嚇得忙扯住她。

「好姊姊，妳莫要惱，我跟妳說便是，妳只切記，莫要告訴旁人！」

見彩蝶點頭，紫硯只得道：「姊姊終日在老夫人面前，怕是不知道，咱們後院來了一位神秘的貴人。」

他猶豫了半晌，終道：「聽別人說，好像是主子在外面生的兒子。」

啊？此言一出，便是彩蝶也大吃一驚，忽然憶起，方才二爺眉宇間抹不去的愁緒，頓時心疼無比。

她捧著點心行至院中，遠遠正瞧見安鈞之獨自站在涼亭中的落寞身影，心裡一顫，咬了下嘴唇，終於還是快步走過去，低低道：「天冷風大，二爺切記珍重。但有差遣，便讓紫硯告訴彩蝶……」

瞧著彩蝶逐漸遠去的背影，安鈞之慢慢垂下眼睛。

方才去給爹爹請安，這次倒是沒吃閉門羹，可自己心裡更加不舒服。老爺子那般性情，什麼時候做過因私廢公之事？可自己卻聽老爺子身邊的小廝講，說是老爺子今日已告假不去上朝。

用腳趾頭想也知道，定是為了安武昨日護送回來的神秘人。

而且接下來，聽說李奇來了，老爺子竟是丟下自己，馬上迎了出去。李奇再是容府客卿，可也不過是個醫者罷了，怎麼能當得起老爺子這般禮遇？說到底，還不是和那個傳言中的私生子有關！

其實這一點，倒是安鈞之冤枉了安雲烈。

之前李奇也曾到府診脈，老公爺一般是讓安武代為迎接，而這次，已經得安武回報，說是容家公子會假扮藥僮一同過來。雖然容家公子的身分，也當不起安雲烈親自迎接，只是安武說得明白，小少爺的清醒，怕是要完全仰賴霽雲一人。安雲烈救孫心切，聽說李奇攜霽雲到來，自是親自接了出來。

「李奇見過公爺。」沒想到安雲烈親自接了出來，李奇先是一驚，隨即了然。

霽雲也忙上前見禮。

「雲開見過公爺。」

卻被安雲烈一把攙住。「賢，阿開免禮，快起來吧。」

待霽雲起身，安雲烈細細打量，忍不住讚嘆，果然不愧是容氏子，生得一副好相貌，竟是龍章鳳姿，小小年紀卻是端嚴大氣，頗有乃父之風。

「公爺莫傷心。」霽雲也明白老公爺的心思，看安雲烈如此在意阿遜，也很是欣慰。阿遜生來孤苦，那謝府又是虎狼之地，自來便少溫情，現在有老公爺這般全力維護，阿遜也算是有所依靠了。

「阿遜他不是無福之人，現在又有了老公爺這般親人，阿開相信，他一定可以早日醒來。」

說完，三人匆匆往後院而去。

阿遜的居所與在方府時大大不同，老公爺每每想到這十幾年來，孫兒流落在外就心疼不已，雖是性喜儉樸，卻是把阿遜的房間裝飾得舒適至極。

只是那床鋪雖甚是綿軟，躺在上面的阿遜卻無知無覺，宛若死人。

「阿遜。」一看到床鋪上的人，霽雲只覺鼻子發酸，忙上前一把握住阿遜的手。

阿遜身體劇烈地抖動了一下，眼皮下，眼珠也骨碌碌轉動起來。

安雲烈神情震驚至極。已經聽安武說過，孫兒好像和容府公子關係匪淺，這許多人之中，獨獨對阿開有所反應，現在見著竟果真如此。

孫兒這個樣子，是不是意味著很快就會醒來？

剛要上前，卻被李奇攔住，微微搖了搖頭。

安雲烈恍然，忙站住，和李奇一起悄悄退了出去。

「阿遜。」霽雲拿起阿遜的手貼在自己臉上，淚水一點點溢出，漫過阿遜的手背。

「你知道是我，對不對？你一直躺在這裡，知不知道，我真的很難過……阿遜，你快些醒來，好不好？」

這般說著，淚水更是洶湧而出。

「傻瓜，妳哭得……好醜。」

臉上突然一涼，粗礪的指腹擦過臉頰，有些微的刺痛。

霽雲一下張大嘴巴，不敢置信地抬頭，淚眼矇矓中，阿遜正定定瞧著自己，眼中是全然的憐惜。

「雲兒，讓我……抱一下……」

霽雲呆呆地俯身，任阿遜圈住自己，半晌才意識到什麼，慢慢道：「我不是作夢吧？阿遜，你真的醒了？」

同時，門哐噹一聲被推開，安雲烈大踏步來至床前，已是老淚縱橫。

沒想到突然有人闖進來，阿遜一驚，一手圈住霽雲，另一手用力拍向旁邊的桌子，桌子上的碗碟頓時如同長了眼般，朝著李奇和安雲烈砸了過去。

饒是安雲烈反應奇快，也只來得及托住李奇的腰，一起退出門外。

「阿遜！」霽雲嚇了一跳，忙抱住阿遜的手，急急道：「莫要再動，是老公爺和李伯伯。」

「老公爺？」阿遜聲音低啞，凌厲的神情雖暫時緩和，仍是不豫。什麼老公爺，和自己有何相干？自己好不容易能抱到雲兒，卻偏要跑進來打擾，委實可厭。

「哈哈哈！」安雲烈瞧著驚魂未定的李奇，忽然仰天大笑。安家本就尚武，安雲烈最瞧不起的便是那些文人書生的迂腐樣子，偏嗣子安鈞之喜文厭武，安雲烈每每想起逝去的愛子，便不由黯然神傷，沒想到孫兒甫一醒來，便展現出如此不凡身手，頓時老懷大慰。

李奇定了定神，衝安雲烈一拱手。

「恭喜公爺，後繼有人啊！」心裡也著實讚揚，不愧是安家之後，果然都是練武奇才！後繼有人？阿遜也明顯聽到了這一句話，神情微微一怔。

李奇便幫阿遜診脈，又衝安雲烈點點頭，又瞧了霽雲一眼，低聲道：「公子，天靄谷的藥方我已經參詳過，只是老夫以為還需再添加兩味，不如我們出去斟酌一番。」

霽雲明白李奇的意思，自是同意，悄悄捏了下阿遜的手。

「阿遜，我去去就來。」

又衝安雲烈點頭，兩人一前一後離開房間。

「孩子。」安雲烈定定瞧著床上的阿遜，似是唯恐自己一眨眼，人就會從眼前消失。

房門已經關上，阿遜不得不收回膠著在霽雲身上的眼光，淡淡打量了那所謂的老公爺，神情漸漸疑惑。竟然是安東客棧中的那位老人。

「你是……客棧中的……那位老伯。」

「好孩子，你果然還記得我。」安雲烈內心酸楚。若是自己早知道這孩子就是自己孫兒，必定全力守護，那麼孫兒也不必再受這許多苦楚了吧？當日俊美如驕陽的少年，現在臉上則是遍布疤痕，讓人不忍卒睹……

「孩子，我……是你的爺爺啊！」安雲烈起身，一把扯開衣襟，露出布滿傷疤的紫銅色胸膛，伸手拿了盆水朝著赤裸的胸膛淋下，很快，一匹汗珠四濺、昂首奔馳的紅色駿馬胎記，在老人胸膛上顯露出來。

此胎記乃是安家嫡脈所獨有，其他族人，則要麼模糊不清，要麼僅得馬身體的一部分。

這也是為何，那日安武救回昏死在河灘上的阿遜時，安雲烈一眼即認定阿遜便是自己的孫兒。

阿遜卻是垂下眼角，神情淡然。

「不過一個胎記，又如何能作得了準？親人什麼的，還是不要亂認的好。」親人嗎？三歲之前，那個弱小的，只知道在蛛網遍布的房間內，對著會啃咬自己腳趾的老鼠哭泣不止的謝彌遜，或許需要，但現在的自己，只要有雲兒就已經夠了。

謝家那樣的親人，自己還是不要也罷。

沒想到阿遜竟是這般漠然，安雲烈愣怔之餘，卻又了然，忽然抬手勾出阿遜脖子下的玉玦。

「你可知道這是什麼？這是當年，我親手給你爹爹鋝之戴上的……我之所以會認定你是我的孫兒，除了那胎記之外，還有這塊玉玦。」

說著不待阿遜反應，解下自己脖子上掛著的另外一塊模樣相似的玉玦，一撥一按，兩塊玉玦便合成一個完整的玉珮，玉珮的中間赫然是一個龍飛鳳舞的「安」字。

小心地把完整的玉珮放回阿遜胸前，安雲烈聲音哽咽。「臭小子，現在你還敢說，你不是我安雲烈的孫兒嗎？」

霽雲蹲下身子，伏在阿遜膝前。

她仰頭瞧著阿遜道：「阿遜，你莫要如此固執。難道你看不出，老公爺心裡真的很重視你。」

阿遜握住霽雲的手，淡然道：「我不是已經承認他是我爺爺了嗎？」

但承認是一回事，從心裡認可對方是自己的親人，卻是另一回事。

霽雲雙手合攏，把阿遜冰冷的手指包了起來，神情很是心疼。

「阿遜，我只是不想你錯過什麼。如同我，我曾經誤會爹爹，那般對他……可是到最後，我終於知道，其實這世上，爹爹才是最愛我的人……」

卻已經鑄成大錯，悔之晚矣……

阿遜沒說話，下巴擱在霽雲的頭上，鼻間全是霽雲特有的氣息。

「雲兒，推我去外面走走吧。躺了這麼多天，骨頭都要爛掉了。」

這般撒嬌的語氣，明擺著是不想自己再說下去。

霽雲頓時哭笑不得，回身拿了手爐讓阿遜抱著，又拿了件火紅色的狐狸毛斗篷，阿遜忙伸手去接，霽雲卻往後一退。

「莫要動，身上那麼多傷口，碰著了可怎麼好？」

口裡說著，她一邊幫阿遜把斗篷披好，又繞到前面，手從他頸間伸過去，順好兩根絲絛。

霽雲神情專注又流露出不自覺的溫柔，甚至垂下的一縷劉海不時蹭一下阿遜的額頭，那弧度優美白皙的頸子更就在阿遜眼前。

阿遜眼睛跟著霽雲轉，眼中笑意越來越濃，全身慢慢放鬆，乖乖靠在輪椅上，任霽雲把自己從頭到腳裹得嚴嚴實實。

第五十五章

二月，雖是有些倒春寒，水邊的柳枝還是顯露出些許綠意。

霽雲推著阿遜慢慢來至一處涼亭，明媚的春陽透過金色的琉璃瓦，鋪滿了整座亭子。

「咦，那是什麼？」

卻是應和著陽光，阿遜的脖頸間隱隱顯出一團綠意。

阿遜抬手拉出那枚玉珮，剛要說什麼，忽然抱住霽雲的腰往自己懷裡一帶，抬頭瞧向亭子對面的一叢灌木，厲聲道：「誰在那裡？」

話音剛落，一個俏麗女子的身形慌張地從灌木叢後轉了出來，跪在地上就磕頭。

「奴婢方才遺失了手帕，只顧著尋找，不提防衝撞了貴人，還請貴人恕罪。」

阿遜卻是皺了下眉頭，雖是重傷，仍能感覺到方才突然出現帶著敵意的窺伺眼神，當下冷聲道：「抬起頭來。」

那丫鬟緩緩抬起頭來，卻在看清阿遜的模樣時，嚇得一屁股跌坐在地上，神情驚恐不已。

「啊！鬼啊！」

卻又意識到自己說了什麼，忙翻身跪倒，竟是磕頭如搗蒜。

「貴人饒命啊！」

「鬼？」阿遜愣了下，下意識撫向自己臉頰。是說自己嗎？

「雲兒，我的臉怎麼了？」

霽雲心裡大慟，手指慢慢撫向阿遜的臉龐，只覺手指被那一道道疤痕燙得生疼。

「有……很多疤。」

阿遜慢慢抬手，蓋住了霽雲的手，只覺手指觸到的地方果然凸凹不平，一下怔住，下意識就想蓋住霽雲的眼。這麼醜，不要嚇到雲兒才好。

哪知霽雲極快拉下阿遜的斗篷，把自己完全遮擋在裡面，伸手攬住阿遜的脖子，仰起小臉，神情虔誠地親上那一道道傷疤，眼中氤氳的水氣，燙得他心裡一痛。

「阿遜，阿遜……這麼深的傷口，當時該有多痛，我寧願是傷在自己身上……它們不醜，只會讓我恨……那些膽敢傷了你的人，有朝一日，我定要他們千百倍地還回來！」

阿遜只覺心裡猛地一熱，喉嚨處更是彷彿塞了一團棉花，除了緊緊把霽雲箍在懷裡，竟是一句話也說不出口。

那跪著的丫鬟再不敢停留，忙躡手躡腳地退了出去。

隨著丫鬟悄悄離開的，還有一個身著儒衫的年輕男子，不是安鈞之，又是哪個？

只是此時的安鈞之臉上慣有的、令人如沐春風般的笑容早已消失殆盡，取而代之的是一片凌厲的冰寒。

再沒想到，自己方才竟是在那醜鬼的身上見到了安家的家主令。

這麼多年來，每年隨爹爹去宗祠祭祀時，自己曾不止一次仰望列祖列宗的畫像，他們的身上無一例外地佩戴著一塊綠汪汪的玉珮，雖然爹爹沒告訴自己，自己也知道，那就是安家的家主令。

只要擁有安家的家主令，甚至可以直接調動大楚三分之一的兵馬！一想到那種場景，安鈞之就覺得熱血沸騰。

怎麼也沒料到，那塊自己夢寐以求的家主令，卻是掛在那個不知從哪裡鑽出來的醜鬼身上。

自從來到安府，自己就活得戰戰兢兢，既然武技不如人，就在文采上讓人刮目相看，可自己一日日的努力又換來了什麼？

安雲烈為了防備自己，竟是連看都沒有讓自己看過那枚玉珮，而自己第一次見到，卻是在一個好男風的醜鬼身上……

就因為他身上流淌著安雲烈的血液嗎？

那樣不堪的人，怎麼配得上這偌大的安公府？自己才應該是安家的下一代家主！

「二爺。」瞧著安鈞之變幻不定的面容，彩蝶只覺擔心不已，心裡更是替二爺不值。公爺果然老糊塗了嗎？竟會為了那般醜陋不堪的人，冷落這麼好的二爺。

那襲火紅色的狐狸皮裘衣，可是前些時日，自己等人縫製的，據說是皇上賞下來的上好皮毛，那麼漂亮的顏色，明明只有二爺這般風流倜儻的人才配穿，哪裡想到，公爺竟是送給了別人。

「二爺莫要傷心。」彩蝶無比心疼地瞧著安鈞之。「早晚有一天，公爺會明白二爺的好……」

「幫我打一副面具。」

當晚，安雲烈再來後院時，阿遜第一次主動開口和安雲烈說話。

「好，好！」安雲烈愣了片刻，頓時激動不已。

「再幫我尋些藥草來。」阿遜又道，旋即報出了一串藥名。

長成那般模樣，本是自己厭惡的，可若是在自己原有的相貌和雲兒的心疼之間選擇，自己寧願仍要那副皮囊，也不願看見雲兒流一滴淚。

容府。

「咦？那裡的花好漂亮。」

一個好聽的女子聲音傳來，緊接著，一個內穿桃紅色長裙，外面披了件白色兔毛斗篷的女子快步而來，卻是甫到容府的表小姐芸娘，閒來無事，便帶著丫鬟杏兒在府中閒逛，卻沒想到，竟能在這偏僻的角落中見到這般美景。

只見前面院落中，透過稀疏的柵欄，一大片紅色、藍色、黃色的花朵正迎風搖曳，遠遠瞧著，宛若一大片織錦掉落人間。

此時雖已是大地回春，萬木吐綠，可府中的花兒也不過開了寥寥幾枝，再比不上這裡，赫然是一片花海。

杏兒也是個有眼色的，看自家主子這般歡喜，忙道：「小姐且等著，奴婢這就摘幾枝來，回去插在花瓶裡。」

「快去，快去。」女子明顯已是等不及，急急催促道：「多摘些來，我今兒沐浴時幫我撒些。」

應該是剛有人從院裡出來，柵欄門竟是虛掩的，一推就開。

這花兒也不知是怎麼長的，竟是開得這般早，難得還這麼芬芳撲鼻。杏兒很快就摘了一大束，心裡更是暗暗納罕，這容府的人可真是古怪，這麼漂亮的花兒，怎麼竟是無人來採……

遠遠的小徑上，一個身著青色長衫的十來歲少年和一個天真爛漫的女孩子，一人手裡提了個水桶，一個拿了個水舀正快步而來。

卻是李蕤和霽雲正相伴往小院行來。

兩人轉過彎來，正好看見兀自興高采烈採花的杏兒。

李蕤愣了下，扔了手裡的東西，邁開腳丫子就跑了過來。

「快出來，快出來！誰讓妳摘花的？這些都是藥草啊，我爹爹花了好長時間才培育出來的。」

這些藥草，全是爹爹好不容易才從關外尋來的，每日裡，都是自己和爹爹親自照顧，長了三年，今年才好不容易開花，李蕤說著，眼淚都快掉出來了。

沒想到突然蹦出個小丫頭對自己大喊大叫，杏兒愣了一下，下意識看向旁邊佇立的女子。

「小姐。」

聲音微有些瑟縮，畢竟自己初來乍到，也不知這丫頭是什麼來頭……

「妳爹爹又怎樣？還不是容府的奴才！」芸娘冷著臉道。表哥不在家，自己也算是這府裡的主子了，哪裡來的不懂事的丫頭，竟敢對自己的丫鬟吆喝。「府裡日日供養你們，就是為了讓你們這些不長眼的奴才衝著主子撒潑的嗎？杏兒，甭理她，把那些花全給本小姐摘了！」

杏兒得令，竟真的又開始摘了起來。

李蕤顧不得和芸娘爭辯，脫了鞋衝進藥田裡，拽著杏兒的裙子就往外扯。

杏兒雖是年齡大些，奈何李蕤卻是紅了眼，終是踉蹌著被李蕤給拽了出來。

待看清杏兒手裡大捧的花兒，李蕤一把奪了過來，想到自己和父親往日的辛勞，眼淚啪嗒啪嗒就落了下來。

沒想到自己一番呵斥，那丫頭非但聽都不聽，還這樣對待自己的丫鬟！俗話說打狗還得看主人呢，這不明擺著是瞧不起自己嗎？

「小小的奴才，還反了不成？杏兒，妳現在就去把這花兒全給我毀了，我待會兒就去稟報二姊，立馬就發賣了妳這刁奴！」

嘴裡說著，竟是伸手把近前的藥材連根拔起，冷笑一聲扔在地上，還要伸手去拔，霽雲卻已經走過來，見狀不由大驚，忙揚聲道：「住手！」

芸娘猝不及防，驚得手裡的藥材一下掉落地上，待轉回身來，卻是一個柳眉若黛、星眸似水的少年，正怒氣沖沖地瞪著自己。

當下撇了下嘴道：「你又是哪個院裡的小子？也想同這丫頭一般被發賣了不成？竟敢管我的閒事？杏兒，我說的話妳沒聽見嗎？把這片花全都給我拔了！」

沒想到這女子竟是如此蠻不講理，霽雲大怒，一把抓住女子的手腕，狠狠往外一推。

「出去！」

芸娘身子一踉蹌，若不是握住柵欄，差點趴在地上。

藥田裡的杏兒一下呆了，沒想到那翩翩少年竟是連小姐也敢動手！慌裡慌張就跑了出來，一把扶住芸娘。

「小姐。」

「好好好！竟敢對我動手，真是不想活了！你們兩個給我等著！」

俗話說軟的怕硬的，硬的怕不要命的。芸娘再沒有想到竟真有人不要命，敢在容府中對自己動手，邊狼狽地轉身就走，邊威脅道：「我這就去稟了二姊，把你們連同你們的老子娘一塊兒發賣出去！到時候，你們別來求我！」

李蘣沒想到自家小姐竟也是這麼慓悍，看著狼狽離去的芸娘主僕倆，頓時對霽雲佩服得五體投地，再聽到芸娘最後一句話，嘴角直抽抽。

還老子娘一塊兒賣了，小姐的老子可不就是主子嗎？

再回頭看向一片狼藉的藥田，又紅了眼圈。

「公子……」

「蕤兒莫哭。」霽雲忙伸手幫小丫頭擦淚，想了想道：「不然咱們待會兒把花給妳爹拿去，看還能不能用。至於這些拔下來的，喏，還有根呢，咱們現在栽上去，應該還能活。」

李蕤點了點頭，兩人一個栽種一個澆水，忙得不亦樂乎。

林克浩尋過來時，看到同樣手上腳上都是泥的霽雲，不由嚇了一跳，忙跑過來。

「公子，這等粗陋活計，怎麼是你可以做的？讓屬下來。」

「無妨。」霽雲擺手。「這些藥物，你不見得有我瞭解。對了，我待會兒還要跟李伯伯去安府，這塊藥田讓人來看著些。」

看方才那女子的樣子，怕是不會善罷甘休。這藥田種植的全是李伯伯踏遍天下尋來的奇藥，若是毀了就麻煩了。

「公子放心，有克浩在，絕不教任何人靠近這裡。」林克浩忙道。

安排好相關事宜，霽雲便照舊和李奇往安府而去。

很快來到安府大門前，守門的家丁早得到了吩咐，見是李奇的車子，一邊派人通稟，一邊趕緊放行。

李奇和霽雲來的次數多了，倒也熟門熟路，徑直下了車，順著甬道往後院而去。

行至半途，迎面碰見一個端了個托盤的丫鬟匆匆而來，行至霽雲身邊，不知踩到了什麼，突然哎喲一聲往地上倒去。

霽雲一愣，不禁伸手去扶，那丫鬟好險沒有摔倒，手裡的托盤卻是翻了，裡面的湯湯水水一下灑了霽雲一身。

十一、十二大驚，用力一把推開丫鬟。那丫鬟倒在地上，頓時呼痛不已，卻哪有人理她？

所幸那些湯水並不是太熱，霽雲也沒有燙著，只不過身上好好的袍子卻是髒污了一大片。

那丫鬟也已起身，神情歉疚不已，忙不迭地掏出手帕要幫霽雲擦拭。

「這位小哥，真是對不起，都怪彩蝶方才走得太急，弄髒了小哥的衣衫。」

「算了。」霽雲也很是無奈，卻也只能自認倒楣，剛要擺手讓那丫鬟離開，卻在看清丫鬟的長相時，眼睛閃了閃。

竟是昨日說阿遜醜如厲鬼的那個丫鬟。她不覺看向腳下，一地平整，連個小石子都看不到。這麼乾淨的路面，好端端的怎麼會摔倒？

除非是故意的。

「咦，這不是彩蝶嗎？出什麼事了？」一個溫和的聲音傳來，隨之一名容貌俊秀、舉止溫文有禮的青年男子捧著一卷書，從岔道上踱了過來。

「奴婢見過二爺。」彩蝶忙施禮，神情似是極為不安。「都是奴婢不好，不合打翻了雞湯，污了這位小哥的衣服。」

「彩蝶怎麼這般不小心？」安鈞之皺了眉頭，忙轉向霽雲，臉上神情和煦至極。「小兄弟衣服髒成了這般樣子，如何能再穿？正好，我的院子就在附近，身邊有一個僮兒和小兄弟的身量倒是不差，昨兒個剛給他裁製了新衣，不如小兄弟就隨我去換一下吧。」

「多謝公子。」霽雲尚未開口，李奇卻已經上前一步。「一個藥僮罷了，哪有那般嬌貴？不過是髒了衣服，老夫代僮兒謝過公子美意，只是還有藥箱需他提著，待會兒更是還得給病人煎藥……」

「老丈的意思，還需要個幹雜活的僮兒嗎？」安鈞之微微一笑。「我身邊的僮兒倒也伶俐，不然讓他先暫代這位小兄弟做活。現在天氣正是乍暖還寒，這麼油乎乎的一大片，不只看著不美，說不好還會染病。」

說著一招手，一個容顏嫵媚的少年便出現在眾人面前，若不是看到少年喉頭的喉結，真以為就是一個漂亮女郎。更巧的是，那少年竟也穿著同霽雲一般無二的素色袍子。

那少年也是個機靈的主兒，三步併作兩步跑上前，一把接過藥箱，抿嘴一笑。

「二爺是個心善的，小兄弟快隨我們二爺去吧，衣服已經著人準備好了。」

又對李奇一笑。

「老丈，咱們走吧。」

「好。」看李奇還要拒絕，霽雲忙道。自己倒要瞧瞧，這二爺葫蘆裡賣的什麼藥。

「阿開，我陪你去吧。」一旁的十一裝作不經意道。

安鈞之眼睛微微瞇了下，卻還是笑著點了點頭，做了一個請的姿勢，當先帶路，往自己院中而去。

李奇無奈，只得領了那美僮往後院而去。

還未到主院，遠遠已經瞧見安武正推著阿遜往這裡而來。隱約瞧見跟在李奇身後的青色身影，阿遜不知說了些什麼，安武明顯加快了腳步。待來至近前，阿遜的眼神很快掠過李奇，瞧著後面那微微露出半邊的纖細身影，柔聲道：「雲兒，過來。」

「公子是叫我嗎？」

李奇剛想解釋，那少年已經抬起頭來，含情脈脈地瞧了阿遜一眼。

待看清輪椅上劍眉星目的英武少年，更是美目迷離，媚眼如絲，那般嬌嬌怯怯的模樣，真是我見猶憐。如此美麗嬌弱的模樣，便是旁邊的十二也看得一怔。

眾人正發愣，那少年已經俯身，似是要幫著推阿遜的輪椅，卻在轉身的瞬間驚呼一聲，朝著阿遜懷裡就趴了過去。

阿遜臉色大變，握掌成拳，眼看著就要滾入他懷裡的美少年一下倒飛了出去，落在恰好匆匆趕來的霽雲和十一的腳下。

霽雲瞥了一眼那痛得涕淚交流的少年，卻是停都沒停，徑直往阿遜身邊而去。

「雲兒。」阿遜眉梢眼角全是喜意，竟是自己搖著輪椅迎了上來，哪還有半點方才冷若冰霜的模樣？

「你的臉……」霽雲愣了一下。

「我也不習慣。」阿遜神情懊惱。自己只說要副面具，怎麼知道那老傢伙竟是打了這麼一張送來，生生把自己變了個人似的。

一旁的安武卻是面帶微笑。真是每看一次小少爺現在的樣子，就覺得心裡舒暢不少，那般模樣，和當年的錚之少爺幾乎有九分相像……

幾人緩緩離開，竟是再沒有人瞧地上的美少年一眼。

少年沒想到，這群人竟是如此對待自己，特別是那輪椅上的人，怎麼那般無情，絲毫不知憐香惜玉，還是第一次，有人會對自己的美貌視若無睹！

不對，不是視若無睹，根本就是深惡痛絕才對！

第五十六章

砰！

芸娘掂起一個茶碗，狠狠摔在地上。

真是太憋屈了，不就是摘了幾朵花嗎？卻被人這般對待！更可氣的是，明明是自己受了委屈，二姊怎麼胳膊肘往外拐，反說自己的不是？

容家待他們若客卿，那只是表哥大方，可說到底，他們李家也還是表哥的奴才！還要再摔，院裡突然傳來一陣腳步聲，緊接著，一個帶著笑意的聲音在外面響起。

「三小姐可在？老奴有禮了。」

芸娘嚇了一跳，杏兒忙把地上的碎片草草收拾了一番，這才小心開門，卻見外面站著一個管家婆子打扮的中年婦人。

待看清那人的容貌，杏兒一下把房門拉開，衝出去抱住婦人的胳膊。

「姑姑。」

婦人不是別人，正是杏兒的親姑姑秦嬷嬷，也是府裡的管事。

「老奴見過三小姐。」

秦嬷嬷忙同芸娘見禮，又拉過杏兒細細瞧著，嘴裡念叨著：「哎呀，姑姑的好杏兒，都這麼大了，那次陪著老夫人省親，我們杏兒才會扶著床走……」

說著竟是紅了眼圈，不住感謝芸娘。

「還是我們三小姐會調教人，我們杏兒真是跟對主子了！」

「秦嬤嬤說哪裡話。」瞧著秦嬤嬤待杏兒這般親厚，再想想自己那個不管事的姑母，芸娘一下紅了眼圈。「我在這府裡，以後還得多仰仗秦嬤嬤呢。」

「小姐莫傷心。」知道芸娘定是想起了早上的事，杏兒眼睛轉了轉，抱著秦嬤嬤的胳膊撒嬌道：「姑姑，您最疼杏兒了，可一定要想個法子替小姐出氣。」

「出氣？」秦嬤嬤一愣，待看到對面的主僕二人都是萬分委屈的樣子，疑惑之餘又有些奇怪。「這容府裡還敢有人讓妳們受氣不成？」

「何止讓我們受氣！」看姑母的樣子是要給自己和小姐撐腰了，杏兒添油加醋地把早上發生的事說了一遍……

「二小姐竟是那般處置嗎？」秦嬤嬤聽完也很是惱火，抱怨道：「合著這做主子的，還要瞧那些奴才的臉色做事？我們這些做奴才的，二小姐不給面子也就罷了，怎麼對自己的親妹子也這麼刻薄？」

芸娘聽得一愣。

「怎麼？二姊她經常為難嬤嬤嗎？」

「為難？」秦嬤嬤冷笑。「二小姐仗著是從宮裡出來的，眼裡哪有我們這些不中用的奴才？」

老夫人身體不好，府中內務差不多全由二小姐把持，想要給自己這些娘家跟來的舊人弄個肥差，那還不是輕而易舉的事情？二小姐倒好，淨弄些苦活累活交給自己等人，那些油水大的差使，還是照舊交給容府本家的人，真是豈有此理。

現在聽杏兒和芸娘如此說，眼睛一轉，冷笑道：「三小姐也忒好脾氣，都是一樣的身分，哪有自己威風得不得了，卻把自己親妹子憋屈成這樣的？」

芸娘愣了一下，嘴角漸漸泛起一絲笑意，忙拉了秦嬤嬤坐下。

「芸娘來時，母親就告訴我說，秦嬤嬤自來是個忠心為主的，特意囑咐我說，有什麼為難事，盡可找嬤嬤商量。嬤嬤教我，如今此事該怎麼做才好？」

看芸娘這般尊重自己，秦嬤嬤心裡很是舒服，拍了下芸娘的手道：「我看三小姐也是個伶俐人。二小姐日日管家，老奴記得，每至春日，二小姐身子骨就格外弱些，三小姐何不分擔著些？也省得二小姐累著。」

芸娘會意，笑著點頭。自己也想起來了，聽娘說，二姊每至春季，便有個不能碰觸花粉的症候，正是春暖花開時節，說不好什麼時候就起不來了，李奇不是國手嗎？自己倒要看看他有多大本事……

安府。

「安公子手法果然高妙。」

見識了阿遜精妙的針法，李奇不由撚鬚讚嘆，轉頭對著安武正色道：「老夫看來，公子不日應該就能站起來，而且公子醫術高明，不然，老夫——」

李奇本想說明日就不過來安府了，卻被阿遜開口打斷。

「我所習不過雕蟲小技，一切還要仰賴李伯伯。」

阿遜鮮少有這麼溫和的時候，便是對著安雲烈也是敬而遠之的模樣，饒是李奇也是老江湖了，卻是受寵若驚。

旁邊的安武卻是滿頭黑線。這段日子算是看明白了，少爺根本就是一刻也離不得那容家小公子，瞧瞧現在，竟是愛屋及烏，連帶著容府的大夫都很得青睞。

罷了，少爺眼下明顯對這安府並不在意，自己也想通了，想要讓少爺留下來，就必須要先和容公子打好關係。

正思量間，霽雲和十二一前一後而來，卻是藥已經熬好。

霽雲本是要自己端過來的，十二卻接了過去。

開玩笑，這般粗笨活計，怎麼能再煩勞公子。

便是熬藥之事，自己也早就看不慣了，安家也是鐘鳴鼎食之家，一般的僕役如雲，連個熬藥的人都沒有嗎？偏要勞累公子？

「咦，院外怎麼跪了個人？」十二忽然驚噫一聲。

霽雲抬頭去看，院外地上果然跪了個滿面淚痕的美人兒，再細看，不正是上午那個美貌僮兒？

那僮兒明顯也看到了霽雲兩人，抬起衣袖拭了把淚。平常的動作，他做來卻是說不出的風情萬種。

霽雲淡然收回眼神，神情卻是絲毫未變。十二也是眼觀鼻鼻觀心，仍是亦步亦趨地跟在霽雲身後。

那少年眼睜睜瞧著那對主僕漠然回了房間，鼻子都快氣歪了。

一個、兩個的都是怪物嗎？竟全是不懂憐香惜玉！這些人都瞎了眼嗎？方才那小子，哪裡比得上自己美貌？怎麼都捧著他？自己一眼就看出，那個一拳把自己打飛出去的人，明顯對這小子愛極，便是府內一向很威風的安武，自己瞧著待那少年也很不一般。

正自思量，房門已經打開，安武笑咪咪地迎了出來，客客氣氣讓了霽雲兩人進房間。

阿遜一眼看到霽雲，眼睛頓時一亮。

那般雀躍的神情，令得十二很是不舒服。這安家少爺也太黏著公子了吧？

看霽雲端起藥碗，小心地吹涼，然後再一勺勺地餵入阿遜口中，終於忍不住道：「那僮兒這般熱心，想要侍奉公子，何不把這活計讓給他做？公子什麼身分？這又是熬藥、又要侍奉人的，該有多辛苦。」

旁邊的李奇也是深以為然。白家金尊玉貴的小姐，卻要這般事無鉅細伺候旁人，縱使那人於小姐有恩，縱使他是安家少主，自己卻仍是瞧得極不舒服，若是公爺回來知曉此事，怕也定會不開心。

當下點頭道：「不妨找個機靈的僮兒，由公子把熬藥之法教於他。老夫聽說公爺不日即將班師，公子怕是需要做些準備。」

聽兩人的意思，是不想讓容公子再來安府了？

這般煩勞霽雲，又知道霽雲的真實身分其實是容家少主，安武也很是不好意思，有些訕訕地看向阿遜。

阿遜雖是心裡萬分不願，卻也明白李奇心裡的顧慮。雖然霽雲一直以男裝示人，但怎麼也無法改變她是容家大小姐的真實身分。若是日日到這裡來，又和自己如此親密，怕將來……自己心裡既是珍愛雲兒，就絕不可使她日子有一點點波瀾。

霽雲放下藥碗，對李奇和十二搖了搖頭，神情堅定。

「事有輕重緩急，我勞累事小，阿遜身體事大。熬藥這般重要的事，若是交與別人，我委實放心不下。」

嘴裡說著，冷冷瞄了眼院外，便不再多說。她抽出帕子，小心地幫阿遜拭去嘴角殘留的一點藥汁。

阿遜當日在謝家的不堪過往，自己也略知一二，原以為安家定然有所不同，可今日看來，怕有人同樣是居心叵測……

安武和李奇順著霽雲的眼光瞧去，也同時看到了院外跪著的美少年。

霽雲剛要收回手中的帕子，指腹卻突然一麻，低頭瞧去，卻是阿遜抓著自己的手輕輕啃咬著，不由哭笑不得。多大的人了，怎麼老毛病又犯了？

四年多前便是這樣，偶爾就會發瘋咬一下自己的手指，現在都成大人了，竟然又咬。

眾人回過頭來時，阿遜已經放開了霽雲的手，神情依舊淡淡的，看不出一丁點不同。

「我去看一下。」安武衝眾人點頭，神情冷凝。

主院內，彩蝶神情慌張地衝進老夫人的房間，撲通一聲跪倒在地，連連磕頭。

「老夫人，都是彩蝶的錯，竟然衝撞了貴人！求老夫人轉告貴人，要罰就罰彩蝶，放了雪明吧！」

安老夫人停下轉動念珠的手，很是疑惑。

「妳這嘰哩咕嚕一連串的，我都要聽糊塗了。什麼衝撞了貴人，什麼雪明……」

「老夫人忘了嗎？」彩蝶又重重磕了個頭。「雪明就是上次二爺回稟老夫人說，從雪窩裡撿回來的快要凍死的孩子。當日老夫人嘉許二爺心善，就把雪明留在二爺身邊伺候。」

「是那個孩子？」老夫人也想了起來。「倒也是苦命的。怎麼，雪明闖了什麼禍嗎？」

「倒不是雪明闖的禍。」彩蝶磕了個頭含淚道：「是奴婢今早上走路太快，打翻了托盤，污了客人僮兒的衣衫。恰好二爺瞧見，怕客人心裡不喜，就著人給那僮兒拿衣衫替換，又讓雪明替僮兒做活。哪知卻是惹惱了後院的貴人，竟是一下把雪明打飛出去……現在雪明還跪在貴人的後院，求老夫人明鑑，都是彩蝶的錯，要罰就罰彩蝶罷了。至於雪明，本就是個苦命的，彩蝶怎忍心瞧著他因為彩蝶受苦？」

老夫人本就是個心善的，安府自來從無苛待下人的先例，又聽彩蝶口口聲聲說後院的貴人，不由越發疑惑。

「後院原是錚之的居處，這許多年來一直空著，哪來的什麼貴人？」

「奴婢也不曉得。」彩蝶搖頭道。「只聽說是老公爺親自接回來的，就安置在大爺原先的院子裡……」

老夫人雖是多年念佛，卻是越聽越不對勁。老頭子親自接過來的，還安排在錚之的屋子裡，怎麼這麼久了，唯獨瞞著自己一個？

越想心裡越不是滋味，一推面前的木魚，沈聲道：「彩蝶帶路，我倒要去瞧瞧，是什麼樣的貴人，在我們安府裡這般威風。」

出門正好碰見來回事的內府管家林嬤嬤，一行人當即浩浩蕩蕩往後院而來。

安武剛走到院外，迎面碰上安老夫人領了一群娘子軍匆匆而來，不由一驚，顧不得再理雪明，趕緊上前給老夫人見禮。

「安武見過老夫人。」

「安武？」老夫人神情一頓。「你不陪著公爺上朝，怎麼待在這裡？」

安武尚未答話，雪明卻是一頭栽倒在地。

彩蝶驚呼一聲跑過去，探了探雪明的鼻息，頓時驚慌失措。「老夫人，雪明他昏過去了！」

「好你個安武！」老夫人枴杖狠狠在地上點了一下，怒氣沖沖道：「老身今日倒要瞧瞧，到底是什麼樣的貴人，竟敢跑到我安府撒野，做出這等苛待下人之舉！」

「老夫人息怒。」安武嚇了一跳，卻不知從何解釋。

本來找回小少爺是安府天大的喜事，但小少爺那時渾身是傷，危在旦夕，便是一生戎馬、見慣了生死的老公爺也險些承受不住。

老夫人當初因為錚之少爺就哭瞎了雙眼，要是知道找回了錚之少爺的孩子，可孩子卻又……說不好會出人命的。

也因此，公爺才決定一切暫時瞞著老夫人，也不知道老夫人從哪裡得到的消息，竟是這會兒趕了過來。

「安武，你還站著幹什麼？還讓老身去拜見那位貴人不成？」老夫人眼睛雖看不見，聽覺卻是敏銳，枴杖狠狠在地上搗了一下，又一迭連聲地命人去請大夫幫雪明瞧病。

安武心裡叫苦不迭。本來少主好轉，公爺已經決定這幾日就尋個機會告訴老夫人這天大的喜事，再擇個黃道吉日，把少爺的身分昭告天下，老夫人現在卻偏要逼問……

看老夫人現在的情形，怕是無論如何也搪塞不過去了。

只是自己記得清楚，老夫人身子骨孱弱，是受不得大喜大悲的，忙招手叫來林嬤嬤，小聲囑咐她把老夫人慣常用的藥丸拿過來，這才轉身對老夫人輕聲道：「老夫人，您且在這裡安坐，屬下這就去推小少爺出來見您。」

「小少爺？」老夫人愣了下，臉色旋即更加難看，手緊緊攥住龍頭枴杖。自己就錚之一個兒子罷了，現在，那所謂的貴人竟不但占據了錚之的院子，還成了連安武都承認的少爺？

好一個貴人，好一個少爺！

旁邊的彩蝶也聽得清清楚楚，頓時咬牙。竟然是真有個少爺嗎？怪不得，二爺這兩日瞧著越發憔悴了……

正自思量，安鈞之也聞訊趕來，看老夫人一臉慍色坐在那裡，忙上前邊幫老夫人捶背邊溫言道：「外面天氣尚寒，母親怎麼出來了？母親身體要緊，有什麼事讓兒子去做便可，切不可過於勞累。」

「二爺真是孝順，無怪老夫人平日裡那般疼你。」林嬤嬤也取了藥丸回轉，心裡也是一般的心思。瞧安武這作派，錚之少爺這院子裡也不知住了哪個狐媚子生的野種。

林嬤嬤本是老夫人的陪嫁丫頭，當初又服侍安錚之多年，憤恨之心較之別人又是更甚幾分，只想著待會兒那什麼狗屁少爺出來，只要老夫人一聲令下，自己就是拚著被老公爺責罰，也要上去撓他幾下。

正自發狠，後院的房門嘩啦一聲打開，安武推了輪椅緩步而來，後面還跟著個青衣少年。

安鈞之則是冷眼瞧著神情恭肅的安武，暗暗冷笑。自己就不信，老夫人那般剛烈脾氣，會容許一個野種繼承安家衣缽！還有那男寵……

鄙夷的視線慢慢落在低著頭、看不清面目的霽雲身上，良久又轉向輪椅上的阿遜，神情一動。竟是戴了個面具嗎？只是那又如何？只要老夫人堅決不允，自己就不信安雲烈能一意孤行。

「你、你……」一臉厲色的林嬤嬤，卻在看清輪椅上的阿遜模樣以後，一下張大了嘴巴，不敢置信地揉了揉眼睛，身子一晃，差點摔倒。

「老夫人……」一聲音裡早已帶了哭腔。

安鈞之一愣，有些不解地瞧了眼林嬤嬤，實在弄不懂剛才還一副要和人拚命的樣子，怎麼這會兒如此反常？

「杏芳？」老夫人突然覺得有些不對勁。

杏芳正是林嬤嬤的閨名。她這會兒也明白了，為什麼安武會叫自己回去拿藥，看輪椅上那孩子的長相，活脫脫就是當年的錚之少爺啊！

忙俯在老夫人耳旁，邊抽泣邊道：「老夫人，您聽我說，我看到貴人了……您可千萬別激動，真的是……咱們府裡的貴人啊……」

老夫人神情劇震，一把攥住林嬤嬤的手，聲音都是抖的。

「杏、杏芳，妳看到了什麼？啊？妳看到什麼了？」

「嗚……」林嬤嬤終於忍不住，哭出聲來。「老夫人，我看到了，我看到了，那孩子、那孩子生得和我的錚之少爺，一模一樣啊！」

什麼？此言一出，所有人都呆若木雞。

安鈞之神情瞬間扭曲。沒想到安雲烈如此老奸巨猾，自己就說，那人本是面醜若鬼，怎麼今日卻似換了個人，沒想到這模樣竟是當年安錚之的樣子！竟是要用這般法子，先騙了母親承認嗎？

老夫人卻是騰地一下站了起來，若不是林嬤嬤眼疾手快，險些就摔倒在地。

「杏芳，妳、妳說什麼？快，快扶我過去！」

竟是跌跌撞撞地就往前迎過去。

安武正好到了近前，恭敬地對阿遜道：「少爺，這位就是安府老夫人，也是……」

話音未落，老夫人一雙手已經摸上了阿遜的臉。

阿遜剛要抬手擋開，卻被另一隻手悄悄握住。那小手握在掌心，說不出的綿軟舒服。他終於安靜下來，皺著眉，任老夫人一點一點撫過自己的眼睛，然後是鼻子、嘴巴……

安武對霽雲感激不已，心知若不是這位容公子在，怕是少主又要發飆了！

老夫人眼中的淚越積越多，終於老淚縱橫。果然是天可憐見，這張臉，分明和自己摸索過的愛子一模一樣。

「奶奶的乖孫孫喲……」

孫子？

所有的僕人都目瞪口呆，安鈞之則是一個踉蹌，差點摔倒。安雲烈怎麼那般無恥，為了讓老夫人承認，竟讓他假扮安錚之的兒子！

已經「醒過來」的雪明則是嚇得臉都白了。瞧老夫人這樣子，自己就是再昏死過去多少次，怕老夫人要責罰的都不是輪椅上的少爺，而是自己。

他這般想著，頓時惶恐不已。

霽雲瞥了眼一副失魂落魄表情的安鈞之，眼神充滿嘲諷。

安鈞之恰好抬頭，正對上霽雲的眼神，不由一驚，心裡忽然有些惴惴。怎麼這男寵看著年紀尚幼，卻有這麼一雙洞察世情的眼睛？

待要細看，霽雲卻已經垂下頭。

又有一個家丁跑來，悄悄稟告安武，說外面容府中來人，說是有事要請李大夫回去。

「容府來人？」

李奇和霽雲都是一驚。莫不是府裡發生了什麼事？忙看向十二。

十二神情也很是茫然，方才並沒有其他暗衛來傳遞消息啊！

兩人這才心下稍安，匆匆回府，才知道竟是府裡表小姐溪娘突然病倒。

第五十七章

「表小姐病情如何？」

雖說只遠遠見過溪娘一面，霽雲心裡對她觀感倒還不錯。果然如楚昭所言，是個公正的，和她那刁蠻妹妹並不同。

「聽說病得很厲害。」那家丁回道。「說是手上、臉上忽然起滿了紅色的點子。」

眾人回到府中，李奇就匆匆趕往溪娘的院子。

只是到了傍晚時分，李奇竟是仍沒有回轉。

霽雲心裡詫異，莫不是那表小姐病體沈重，竟是連醫術高明如李奇也束手無策嗎？

正自沈思，李蕤忽然跌跌撞撞跑了進來，撲通一聲就跪在霽雲腳邊。「小姐，快救救我爹啊！」

「妳爹？」霽雲愣了一下，忙去攙李蕤。「妳爹不是去給表小姐瞧病了嗎？發生什麼事了？」

「嗚哇！」李蕤嘴一撇，放聲大哭起來。「嗚，表小姐、表小姐不知怎麼……突然昏迷不醒，那個、那個壞人……報官、報官說，我爹是庸醫！」

那王溪娘不知因何，服了李奇開出的藥物後初時還好，不過半個時辰，卻忽然昏迷不醒，甚至呼吸幾度停止。

府裡頓時亂了套，老太太無奈，只得按秦嬤嬤所言，讓王芸娘先打理內務。

孰料王芸娘做的第一件事，就是讓她那哥哥王子堯去報了官，說是李奇庸醫殺人，致使二姊重度昏迷。

官府聽說是容府人來報案，怎麼敢怠慢，上京令吳桓竟是親自帶了衙差來緝捕犯人歸案。

霽雲忙派人去喚林克浩來，讓他馬上派人悄悄取來溪娘方才用的所有物事。

林克浩和李奇家人都愣了一下。小主子果然心細，這般小小年紀，心思便如此縝密。

霽雲卻是苦笑。眾人皆以為自己不過是個十來歲的孩子罷了，哪裡知道，上一輩子，自己早已見識了各種陰險毒辣的陰謀詭計！

安排好各項事宜，霽雲才同林克浩、李昉一起匆匆趕往主院。行至半途，正碰上吳桓著人押了李奇過來，兩人身邊還有一個傲慢如同孔雀的男子，可不正是那表少爺王子堯？

「大人，這般庸醫，一定不可以輕饒！」那男子說得唾沫橫飛。「枉我容府養了這奴才這麼久，他倒好，竟是差點治死我二姊。現在看我二姊的樣子，也不知能不能挺得過今晚……」

說著，還假惺惺地胡亂在臉上抹了幾下，然後伸手，狠狠推了一下李奇。

「若是我二姊有個三長兩短，我一定要你這庸醫償命！」

李奇被推得一個踉蹌，險些摔倒，李昉忙搶步上前扶住。「爹爹。」

李奇也看到了霽雲，唯恐自己小主子會衝動之下，做出什麼不合時宜的事來，忙大聲道：「你們莫要急，我無事，切莫衝動！」

吳桓尚未開口，王子堯已經怒聲道：「不長眼的奴才，還不快滾開！若是我二姊有個三長兩短，我讓你這賤奴一家償命！」

又撇了撇嘴，傲然衝著林克浩道：「聽說你是我表哥手下的將軍，現在馬上去把這狗奴才全家都看著，一個也不許跑了。事情辦得好了，等表哥回來，我一定讓他重重賞你。」

說完，眼神陰冷地瞧了一眼旁邊始終一語不發的霽雲。

妹妹說的就是這個小子吧？竟敢衝撞芸娘，沒了那什麼李奇，看爺待會兒不玩死你。

哪知林克浩卻是根本沒理他，而是上前衝吳桓一拱手。「大人請了，在下容帥帳前驍騎將軍林克浩。」

容帥不日就將班師，先派了親信回府報平安一事，吳桓也有耳聞，現在聽林克浩這樣說，心知傳說中容帥的親信就是眼前這主兒了，卻沒想到是這般年輕。

只是年紀輕輕便能得到容文翰的青眼，前途定是不可限量。

這樣想著便也很客氣，拱手回禮。「林將軍。」

「大人，克浩現在有一句話放在這裡。容帥不止一次和在下提起，說是李奇乃世所罕見的杏林國手，據在下所知，私底下，容帥和李奇私交頗好。今次克浩雖不知情形到底如何，還是懇請大人善待李奇。」

吳桓愣了一下，不由自主瞧了眼旁邊同樣驚得張大嘴巴的王子堯，忙點頭道——

「將軍放心，本官絕不會冤枉任何一個好人，也絕不會放過任何一個壞人，告辭。」

等吳桓諸人離開，王子堯終於回過神來，指著林克浩的鼻子道：「你、你、你真是大膽！信不信、信不信我告訴表哥——」

卻被林克浩打斷。「這件事我一定會徹查，若是有人膽敢栽贓，故意弄出禍事來想讓容府蒙羞，林某人手裡的長槍可不是吃素的！」

「咱們容府雖也是公侯之家，可再厚的家底，也禁不起這麼多不想幹的人胡吃海喝啊！」王芸娘坐在正中間，下首站了一地的僕婦丫鬟。這般前呼後擁一呼百應的感覺委實很好，王芸娘真是飄飄然。

眾人皆不言語，卻是瞧著滿臉惶恐、低頭站著的中年婦人。知道表小姐這是在借題發揮，只是李奇那麼高的醫術，怎麼就偏在溪娘小姐身上出了岔子呢？聽說這會兒小命都快保不住了，也怨不得人家的親妹子要發作。

「吃容府的、喝容府的，再瞧瞧這穿戴，哎喲，不知道的，還只當是哪家的貴夫人呢！」王芸娘瞧著下首的母女倆，看兩人都是低著頭不說話，只當對方心裡肯定怕得要死，臉上嘲諷的意味頓時更濃。

「妳！」李蕤再也忍不住，明明自家吃穿用度，全是爹爹和哥哥醫治病人所得，怎麼這女人卻是如此誣衊？

剛要上前評理，卻被苗氏死死拽住。

丈夫被人帶走，搞不好會吃人命官司，現在還沒見著小姐，也不知會怎麼樣……苗氏內心恓惶，更是知道，這會兒多一事不如少一事。

「妳什麼妳？」芸娘大怒。「真是沒家教的東西。姑母既然把府裡的事務交到了我手裡，我自然要替姑母和表哥打理好整個容府。我這人眼裡自來是揉不得沙子的，容府可是絕不養廢人。我可不是和二姊一般，好性子讓妳們都給拿著！今兒個起，妳們母女就去浣衣處吧。今天先說這些，我也乏了，你們都散了吧。」

她剛要起身離開，卻又站住腳，冷笑一聲。「對了，後院種了亂七八糟東西的那塊地也騰出來吧，我另有他用。妳們倆現在就去，把那上面的東西全都給拔了！」

又衝杏兒道：「妳跟著她們一塊兒去，務必保證那塊地上一棵草都不能留！」

「好嘞，小姐。」杏兒也是揚眉吐氣的模樣，耀武揚威地就跟了上去。

杏兒「押解」著兩人行至半途，迎面就碰見匆匆而來的霽雲和李昉二人。

「哥。」李蕤的眼圈一下紅了，看著霽雲要說什麼，又不知該怎麼說，一副委屈得不得了的樣子。

「無妨。」霽雲安撫地拍了拍李蕤的肩，又衝苗氏點頭。「伯母和蕤兒只管回去，李伯伯無事。」

聽霽雲如此說，苗氏的心一下放進了肚子裡，李昉也溫言相勸了幾句，母女兩人臉上終於有了笑容。

「賴在這裡做什麼？還不快走！」杏兒一臉的不耐煩，惡聲惡氣道。

「妳們這是要去做什麼？」霽雲臉色一沈。

「小姐，」李蕤附在霽雲耳朵邊小聲道。「那個壞女人非逼著我們去把那些藥草全給拔了。」

「不必理她。」霽雲聲音並不高，卻也足夠杏兒聽得清楚。「妳們只管回院裡待著。至於藥田那裡，林大哥已經派人守起來了，我看哪一個能摘掉一片葉子！」

「妳！」杏兒大怒。沒想到這小子還敢這麼囂張，竟是當著自己的面就敢這樣說，猛一跺腳，轉身又拐了回去。

「小姐。」

芸娘沒想到杏兒這麼快就回轉，不由大為奇怪。「那對母女不是交給妳處置了嗎？怎麼這麼快又回來了？」

「小姐，」杏兒委屈得不得了。「還好奴婢跑得快，那個對小姐動手的小子來了！」

芸娘愣了片刻，頓時大怒。果然膽大包天，竟還敢來自己面前晃悠！當即就命人把那二人打將出去。哪知家丁很快卻又回轉，臉色也有些奇怪。

「可打出去了？」芸娘神清氣爽。

「啟稟三小姐，那李昉帶著藥僮趕去了二小姐的房間。」

王芸娘終於明白下人臉色有些古怪的原因了。明明容府中現在自己才是主事的，那兩人竟然不經自己允許就要直接去幫二姊瞧病，那不是根本沒把自己放在眼裡嗎？

本想藉著李奇差點治死二姊這件事發作李家，一是用以立威，第二麼，自然是要出了胸中這口惡氣。

自己正愁找不到那小子呢，沒想到他竟然自己送上門了！

王芸娘騰地一下站了起來，寒著臉命令下人速去點些精壯的家丁，然後領著一群人氣勢洶洶地朝溪娘的房間而來。

溪娘的房中，此時卻是一片慌亂。

大夫也是請了很多，竟然無一人瞧得出是何種病情，甚至有人說是不是時疫啊？此話一出，嚇得眾人都出了一身的冷汗。再加上李奇被帶走投入大牢一事，更是讓這些人心裡惶惑不已。

李奇是誰呀，便是太醫院，怕也沒有比他醫術更高明的了！而且李奇自來又很得容府家主容文翰器重，也是說扔到大牢裡就扔到大牢裡了。他們自問，醫術比起李奇來實在大大不如，李奇尚且如此下場，那他們……

奈何容府老夫人親自坐鎮，只是一迭連聲地催促他們快幫小姐診治，眾人心裡打鼓，也只能一個接一個幫溪娘把脈，這都個把時辰了，眼看著表小姐氣息越來越微弱，卻仍是沒弄出個所以然來。

正自戒懼不安，門外一個男子的聲音響了起來。「煩請通稟，李奇之子李昉特來幫表小姐診病。」

李奇的兒子？大家愣了一下，旋即一喜，一面暗暗讚賞李家義氣，竟是當爹的被扔進監獄，當兒子的還上趕著來蹚這渾水，一方面又暗暗慶幸，好歹自己等人終於逃過一劫，紛紛起身告辭。

王芸娘到時，正瞧見那些大夫離去的身影，忙快步進了房間，正瞧見房間裡的李昉，頓時氣不打一處來，剛要喝罵，轉頭卻瞧見一旁安坐的老夫人，只得又把到了嘴邊的話嚥了下去，邊命人攔住李昉，邊急急跑過去晃著老夫人的胳膊道：「姑母，便是這混帳東西的爹把我二姊害成了那般模樣！姑母莫要被這無恥之徒矇騙，還是快讓人把他們打出去為好！」

「什麼無恥之徒？表小姐這般慌張，莫不是心裡有鬼？」霽雲冷笑一聲道。

「心裡有鬼？」王芸娘一下被說中了心思，頓時大怒，轉身瞧著霽雲陰陰一笑。「好個牙尖嘴利的東西！張達家的、李寶家的，把這小子拖下去掌嘴！」

霽雲冷冷瞥了王芸娘一眼，神情不屑至極。「表小姐，妳也不過是容府的表小姐罷了，有老夫人在，哪裡輪得到妳作主？」

說完，避開惱羞成怒的王芸娘，徑直走到老夫人身旁。「老夫人安好，阿開有禮了。」

老夫人回頭，正好看清面前少年的模樣，兩眼頓時一亮，身子倏地前傾，差點摔倒。

霽雲忙上前扶住，卻被老太太一把抓住雙手。「好孩子，你可回來了，都要想死我了！」

那兩個強壯僕婦本已來至霽雲身後，忽聽老夫人如此說，都嚇了一跳，忙頓住腳步，卻是不敢上前。

王芸娘也被老夫人的反應驚到了，半天才回過神來，忙上前一步急急道：「姑母，二姊現在昏迷不醒，就是他和李家人害的，您莫要被他騙了。」

哪知話音未落，老夫人神情忽然變得嚴肅，很是不悅地對王芸娘道：「怎麼說話這般無禮？他也是妳可以說的嗎？這整個容府都是他的，在這府裡，自然是想要做什麼都可以。妳這丫頭不知好好服侍主子，反而還說出這般犯上作亂大不敬的話來，真是該打！來人，把她給我轟出去！」

此言一出，便是霽雲也有些被唬著了。不是說老夫人腦子一時清楚一時糊塗嗎？怎麼這會兒這麼精明，竟是一眼就認出了自己。

正在思量著怎麼開口，老夫人卻又溫和一笑，溫言道：「翰兒，莫怕，那些凶神惡煞，有娘替你擋著。」

霽雲這才明白，自己這個祖母怕是把自己當成了小時候的爹爹。只是這般維護愛憐的語氣，怪不得爹爹會對祖母的娘家如此厚愛，放心地任那表小姐打理內務。

王芸娘卻明顯快被氣暈了。明明自己才是姑母正經的姪女兒，姑母倒好，拉著那小廝的手竟是問長問短，還讓人把自己給轟出去！

「姑母。」

老夫人卻是看都不看她一眼，只顧笑咪咪地瞧著霽雲，那般親熱的神情，真是讓人暖洋洋的。

李昉得了霽雲暗示，繼續低頭幫溪娘診脈。

眼看那兩個僕婦竟是作勢朝自己走來，王芸娘臉脹得通紅，自然不願再留下來自取其辱，一跺腳，就出了屋門。

只是這口氣，自己怎麼也嚥不下去。

「杏兒，妳去找我哥，讓他再去找那吳桓，告訴他，容府有賤僕犯上作亂，讓他速來拿人！」

杏兒領命而去。

安府。

從李奇、霽雲二人匆匆離開後，阿遜就一直心神不寧。

安老夫人自從知道這後院中的貴人是自己親孫子時，竟是一時半會兒也不捨得離開。又聽說孫子受了傷，更是心疼得不知怎麼辦好，忙讓人把自己手裡各種名貴補品流水一般地送了過來，連帶著還有各色珍奇寶物，不要命地往阿遜面前堆。

阿遜卻是懶懶的，一副對什麼都不感興趣的模樣。

老夫人眼睛看不見，又聽不到阿遜的聲音，想著阿遜是不是睡著了？便一遍遍不停地輕輕喚安武到跟前來，小聲道：「阿武，我那乖孫孫還在吧？」

安武哭笑不得，只得一遍遍道：「在，好著呢。」

「嗯，在就好。」老夫人長吁一口氣，不停唸著阿彌陀佛。「原來不是在作夢，老身明日就要去廟裡布施，拜謝老天爺！」

「安武。」阿遜終於開口。

老夫人忙停止了念叨，臉上帶著愉悅至極的笑容，靜靜聽阿遜的聲音。

「少爺。」安武忙上前。

「你去查一下，容府到底發生了何事。」阿遜吩咐道。

安武領命出去，卻又很快回轉，身後還跟著匆匆而來的十二。

「公子。」十二上前一步，小聲說了李奇被帶走一事，又呈上霽雲讓自己收集溪娘接觸過的所有東西，便是最後的藥渣也帶了些來。「李昉和我家公子仔細查看，卻並未發現有什麼異處，公子想請安公子瞧一下，看能不能看出些什麼來。」

阿遜忙接過藥渣一點點撥開，沈吟半晌，又拈起一點藥渣，放在鼻下用力嗅了一下。待放下藥渣，又拿起其餘茶杯，甚至錦帕等東西，仔細嗅聞，神情一動，又忙捏了些藥渣在指間用力碾碎，再放到鼻下嗅了下，長吁一口氣。「果然是同一種花香。」

「花？」十二愣了一下，不明白阿遜這話是什麼意思。

阿遜卻已轉頭對安武道：「你安排一下，我要去一趟容府。」

雲兒暫時的身分是李昉的義弟，自己絕不能瞧著雲兒受一點點委屈！

安武愣了一下，立時明白少主怕是要去給容家公子撐腰呢。自己這看似冷血的少主，也就在一個人面前乖得不得了，那就是容家公子。

他只得點頭。「好，屬下這就安排。」

旁邊一直處於亢奮的老夫人卻不幹了。「我的乖孫兒要出去？那老身也要去！」

好不容易找回來的大孫子，自己可要看緊點，要是等會兒再找不到了，自己豈不是要哭死！

——未完，待續，請看文創風285《掌上明珠》3

絕妙好文．會心一笑／蘇芫

2015年3月出版

飯桶小醫女

吃飯皇帝大，
要她出手救人，至少先讓她吃個大飽吧！

文創風 278 1

阿秀真不知道自己是上輩子作了什麼孽，
竟然因為一個普通的感冒就穿越到了一個小屁孩身上，
別人穿越不是侯門千金就是名門貴女，
她穿過來只有一個當赤腳醫生的酒鬼老爹，
幸好前世是外科醫生，好歹也能治治貓狗牛馬，
日日她只求能吃個大飽……

文創風 279 2

這不小心誤綁來的……氣煞人的小女子，偏偏醫術過人，
要不是軍營裡正需要大夫，他絕不願意冒著忍氣忍得內傷的風險留著她，
之前治他的馬，開口要價十兩銀，現在治他的傷，居然只要三兩?!
這不是擺明他的人不如一隻畜牲嗎？
就算那隻畜牲是他的愛駒，一樣夠他氣得快冒煙！
英雄會氣短，就是被這種小人兼女子給氣的！

文創風 280 3

阿秀只想低調地醫醫平凡百姓、賺點銀兩足夠吃香喝辣就行了，
怎會搞到進宮為太皇太后看診？
場面搞到那麼大真的好嗎？
都怪那個心機深沈又愛跟她斤斤計較三兩銀錢的顧靖翎將軍，
真的很會給她來事！

文創風 281 4

這不是阿秀第一回給顧靖翎看病，
當初她幫他縫合背上的傷口時，他恨不得將她打一頓，
可是現在，他覺得自己的心跳好像跳得稍微有些快了……
他只覺得跟著她行醫，一路上的相處，好像見到了一個不一樣的阿秀。
原來她也會撒嬌，也會耍賴，看著她甜笑著說話的模樣，
他只覺得心頭好似有羽毛撓過，輕輕的、癢癢的……

文創風 282 5 完

這個對著自己微笑，溫柔地說著話的男人，
真的是那個有些傲嬌、有些小彆扭，平時總是故作深沈的將軍大人嗎？
阿秀瞧著瞧著，覺得整個人都有些不大好了。
唉，別怪她情竇不開，又不解風情啊，
她離那種感覺真的太久遠了，一時真的有點適應不良啊！

果然吃貨的世界是最單純的！
醫跟吃之外的事，
都交給「大人們」去愁煩吧……

＊文創風282《飯桶小醫女》5收錄精彩番外篇喔！!

2015年3月出版

當家主母

文創風 273～274

且看史上最衰穿越女，如何施展絕妙馭夫術——
左打小人、右抗小妾，夫君的心手到擒來～～
古代女子的端莊＋現代女子的勇敢＝自己幸福自己爭！

自成風流　妙筆生花／于隱

別以為穿越成了宰相夫人，就能從此過得前程似錦！
李妍尚未從穿越的震驚中回神，就遇上家賊盜賣財產的糟心事，
更別提丈夫在外遭叛軍包圍、性命堪憂，令她不免驚呼——
難道她連夫君的面都沒見過，就要直接當寡婦了?!
此番內憂外患苦不堪言，好不容易盼到相公歷劫歸來，
才明白先前的艱辛不過小菜一碟，這宰相夫君才是最不好惹的主！
他看似溫文爾雅，實則心思深藏不露，任眾妻妾勾心鬥角也不為所動，
那彷彿洞悉一切的雙眸更令她頭皮發麻，深怕「冒牌」身分被揭穿！
擔心歸擔心，日子總要過下去，誰教一家大小的吃穿用度全靠她張羅？
唉，就盼夫君大人高抬貴手，別再尋她開心，主母難為啊～～

2015年2月出版

被休的代嫁

文創風 270~272

突來一場車禍，不良於行的她穿到陌生朝代，而且還能站了？
但偏偏穿成怯弱又不受寵的庶女，立馬被逼著代姊妹出嫁！
如今兩眼一抹黑，只好先乖乖出嫁，再想法子被休吧……

嘻笑中寫出真心，吵鬧中鋪陳真情／安濘

不良於行的蕭雲遇上車禍，沒想到穿越來了陌生朝代，還能走能站！
但開心不久她立刻發現身陷險境，姊妹逼她代嫁王爺，
她人單勢孤，只好先嫁再說，
再找個法子激怒王爺，騙到休書逍遙去～～
被休之後做個下堂妻又如何？既來之，正好讓她大展身手，
不如以前世的「專業技能」，開創這朝代的娛樂事業！
只是她已下堂，為何前夫還要追著她跑？
恐怕不是「念念不忘」而已吧；
蕭雲當機立斷閃人去，可是又能閃去哪呢……
最危險的地方就是最安全的地方，前夫的「好兄弟」趙王如今在家養傷，
瞧他是個寡言謹慎的，乾脆去他府上做個復健師，
包吃包住兼躲人，那就平安無事啦……

2015年2月出版

兩世冤家

文創風 266～269

她的性子太過愛恨分明了，她開心了，便會讓人也開心，
相對地，她不開心了，反擊也極為強烈，沒給自己留太多情面，
因此，最終把自己弄得傷痕累累，跟他鬧得恩斷義絕，無一絲情分……

溫暖的文字　烙印人心的魅力／溫柔刀

難不成，那一跤竟把自己給摔死了？不是這麼衰吧？
更倒楣的是，不僅她重生了，連她那個和離了幾十年的夫君也重生了 ?!
不，這一切肯定是惡夢……若不是夢，就是孽緣啊！
前世和離後，她幫著摯愛的哥哥算計他這個政敵，毫不手軟，
可她千算萬算都沒算到，互鬥了幾十年的他們竟要重來一回！
兩個外表年輕的人卻擁有老人靈魂，這老天爺也太愛捉弄人了吧？
罷了罷了！賴雲煙決定，暫且先看著辦吧！
只要他不先攻擊，他們之間要禮貌以待地相處至分開是不成問題的，
雖然，他們更擅長的是在背地裡捅對方的刀子。
因此即便他對她噓寒問暖、關懷備至、嫉妒橫生，她也不為所動，
畢竟他太能裝了，前世一裝就是一世，沒幾人不道他君子，
相比之下，被休出門的她，不知被多少人戳著脊梁骨說風涼話呢！
唉唉，這樣殘忍虛偽的冤家，怎地就叫她一再地遇上了？

文創風 284

掌上明珠 2

國家圖書館出版品預行編目資料

掌上明珠 / 月半彎著. --
初版. -- 臺北市 : 狗屋, 2015.04
冊 ; 公分. --（文創風）
ISBN 978-986-328-441-3（第2冊：平裝）. --

857.7 104002901

著作者 月半彎
編輯 張蕙芸
校對 黃薇霓 周貝桂
發行所 狗屋出版社有限公司
地址 台北市104中山區龍江路71巷15號1樓
電話 02-2776-5889～0
發行字號 局版台業字845號
法律顧問 蕭雄淋律師
總經銷 知遠文化事業有限公司
電話 02-2664-8800
初版 2015年4月
國際書碼 ISBN-13 978-986-328-441-3
原著書名 **《重生之掌上明珠》**，由北京晉江原創網絡科技有限公司授權出版

定價250元
狗屋劃撥帳號：19001626
網址：love.doghouse.com.tw E-mail：love@doghouse.com.tw